COLLECTION FOLIO

Nicolas Fargues

Le roman de l'été

P.O.L

Nicolas Fargues est né en 1972. Enfance au Cameroun, au Liban puis en Corse. Études de lettres à la Sorbonne. Mémoire de DEA portant sur la vie et l'œuvre de l'écrivain égyptien Georges Henein. Deux ans de coopération en Indonésie, retour à Paris, petits boulots, publication en 2000 du *Tour du propriétaire*. De 2002 à 2006, dirige l'Alliance française de Diego-Suarez, à Madagascar.

Le roman de l'été est son septième roman.

1

« C'est dingue, tout ce que les gens peuvent balancer à la mer », pensa John en déplorant aussitôt la banalité de sa remarque. N'empêche, à perte de vue, des carcasses de jerrycans, des sprays rouillés, de la gomme de pneu durcie comme du bois par le sel et autres fragments de filets jonchaient la plage en une frange déprimante, parallèle au rivage. Dans un soupir, il se baissa pour ramasser un flacon vide d'huile solaire en tentant de se représenter les visages de ceux, plaisanciers ou pêcheurs du coin, qui se débarrassaient de leurs petites saloperies par-dessus bord en toute impunité, parfaitement conscients de leur acte.

L'objet jeté au fond du sac fourni par la municipalité, John se pencha à nouveau et saisit une vieille semelle de tong parmi les galets. Il avait bien changé. À l'époque, avant la vague écolo, à la fin des années 70 et jusque dans un bon milieu des années 80, lui-même larguait très spontanément papiers gras et mégots de Gauloises par la fenêtre de sa R12 sur les bas-côtés des départementales de la région. Et son père et sa mère avaient agi de la sorte pendant toute son enfance par la fenêtre de la Dauphine familiale sans que personne, alors, y trouvât à redire. Cela paraissait tout simplement normal. Tout comme, des décennies durant, cela avait paru tout à fait normal à tout le monde de fumer dans les lieux publics et de manger très protéiné.

Profitant de ces réflexions, il abandonna la semelle sur les galets en se disant que cette collecte organisée par le maire le rasait magistralement, qu'il crèverait de toute façon dans vingt ans maximum, que l'avenir de la planète lui était bien égal et qu'il avait surtout autre chose à foutre, par ce bel après-midi d'éclaircies, que de jouer au bon citoyen responsable au milieu de tous ces gens, qui s'adonnaient à la tâche avec une énergie et un enthousiasme non feints, eux. Les familles locales, qu'on reconnaissait à leur silence besogneux et à leurs mouvements économes d'habitués du rituel. Ce couple de Parisiens et leur petite fille, qui venait de faire retaper une grande étable à l'entrée du village, et qui profitait des vacances pour emménager. D'un œil agacé, John notait chez eux toute la bonne volonté et l'empressement naïf de bobos en veine d'authenticité.

Il s'attarda sur la silhouette de la maman trentenaire, vêtue avec un relâché choisi : chignon flou, ourlet du jean remonté à mi-mollet, sandalettes ethniques. La ligne des épaules accusait un léger tassement. La finesse de la taille avait dû prendre un coup avec les années. Les fesses et le bassin s'étaient probablement élargis depuis l'accouchement. Mais les seins demeuraient volumineux sans encore pendre trop bas, les jambes et les chevilles fines et, surtout, malgré les toutes premières grisailles de l'âge, son visage paraissait bien aussi joli que dans son souvenir, la seule fois où il l'avait croisée d'assez près, à la caisse du Super U de Bourgville, début juin.

John se dit que si, au cours de sa vie, les femmes avaient pu deviner ce qu'il y avait réellement dans sa tête lorsqu'il les regardait, elles ne l'auraient probablement pas autant aimé. Comme elle n'avait pas de lunettes de soleil, la fille plissait les yeux dans la lumière, révélant des paupières plus lourdes et un front plus plissé que prévu. John en conçut un soulagement cruel. Il pensa que les stigmates disgracieux de son propre corps vieillissant, de celui de tout homme quinquagénaire normalement constitué, rebuteraient toujours moins une femme que l'inverse. Et que c'était très bien ainsi.

Alertée par l'œil insistant de John, la femme releva la tête. Ce qui lui fit baisser la sienne à lui, dans un mouvement malhabile et trop brusque. Rougissant, il regretta ce réflexe mesquin qu'il méprisait si souvent chez les autres. Cette façon d'ignorer quelqu'un, tout en voulant lui laisser croire qu'on ne l'a pas remarqué. Ridicule. Lui qui avait l'âge ou presque d'être le père de cette fille. « Ça, c'est bien mon côté Français balai dans le cul », diagnostiqua-t-il tout en reportant son attention sur un autre couple, d'Anglais celui-là, qui officiait un peu plus loin.

Il pensa qu'en matière d'hypocrisie, de toute façon, en France, on n'avait aucune leçon à recevoir des Anglo-Saxons. Mais qu'au moins, chez eux, c'était, comment dire, plus « assumé ». À peine moins âgés que John, l'homme et sa femme se prêtaient à la corvée de ramassage avec un dosage parfait de réserve (pour éviter une promiscuité excessive avec des autochtones dont ils n'avaient que faire de l'amitié), et d'une ardeur suffisante pour donner à tout le village le sentiment qu'ils cherchaient à s'intégrer. Et, par là même, éveiller chez ces gens suffisamment de sympathie pour se faire pardonner d'avoir acquis sans effort la propriété la plus convoitée de Vatenville grâce à un agent immobilier spécialisé dans la recherche de manoirs normands pour des clients exclusivement originaires d'outre-Manche. Lesquels, avec leur pouvoir d'achat deux fois supérieur à celui de Français de catégories socioprofessionnelles comparables, renvoyaient ainsi de la France l'image pénible d'un pays déclassé, et des Français d'un peuple soumis à la loi du plus fort.

« C'est bien les Brits, ça », s'amusait John en détaillant avec une certaine admiration leurs polos neufs en coton piqué, parfaitement tendus dans leurs bermudas, leurs coupes de cheveux imperturbables et leur hâle vermeil mais uni. « Parvenir à leurs fins sans faire de vagues, calmement. Sans petit esprit de connivence, sans compromission d'aucune sorte, avec le sourire et l'humour en prime. Mais intimement convaincus de leur supériorité sur le reste du monde. Exactement comme les Américains. »

Désormais, chaque fois qu'il croisait des Anglais ou des Américains quelque part, il pensait à son père avec un douloureux sentiment d'impuissance. La décontraction noble de Larry, son rire sonore et clair, cette manière si vivante et si spontanée de s'imposer dans l'espace dont il avait lui-même hérité. Enfant, John n'était jamais vraiment parvenu à assimiler son image à cette France, où il avait pourtant choisi de s'installer définitivement, en famille, à l'âge de trente ans. Dépassant d'une tête les gabarits parisiens de l'époque, sa carrure, sa blondeur, ses dents nettes, son accent, ses mouvements de mâchoire, sa façon de marcher, de se tenir à table, au volant, au zinc du bistrot, même sa façon de porter le béret (le simple fait qu'il portât un béret, d'ailleurs) : tout dans son apparence en faisait un père différent de tous les pères de ses camarades de classe.

Et, aujourd'hui, presque trois années après sa

mort, et plus de quarante-cinq de rapports orageux auxquels son propre mariage, puis le fait d'être devenu père à son tour, n'avaient rien changé, John regrettait de les avoir négligées, ces petites différences. Un père égoïste reste un père égoïste, d'où qu'il vienne. Mais un père égoïste américain, avec son ventre plat, ses vêtements bien coupés, ses compétences sportives et son sens de l'organisation, il lui fallait quand même reconnaître que c'était plus marrant et plus sexy que son équivalent français, torse creux, hygiène douteuse et gestes malhabiles. À présent, toutes ces années passées à ruminer de la rancœur à son égard paraissaient à John tout autant inutiles qu'irrattrapables. « De quel droit a-t-on pu lui reprocher à ce point, maman, Beth et moi, de chercher à satisfaire *d'abord* son désir d'accomplissement personnel ? Le succès, la reconnaissance, coucher avec de belles femmes, voyager : c'est bien ce qu'on recherche tous, non ? Moi, à sa place, j'aurais fait exactement la même chose. Bravo, papa. »

Au large, se rappelant au bon souvenir de tout le monde entre deux bancs véloces de nuages, le soleil irradia en quelques secondes une grosse parcelle d'océan, dévoilant, comme sous une colossale couverture qu'une main céleste aurait tirée, une onde d'un vert émeraude insolite, laquelle fit aussitôt naître dans l'esprit de John un désir intense mais imprécis. Les yeux fixés sur l'horizon, son sac pendant au bout de son bras, il demeura immobile une bonne minute, cherchant dans sa tête les mots justes pour exprimer cette sensation mêlée de liberté et de nostalgie que ces contrastes lui inspiraient.

Sa rêverie prit fin avec l'arrivée de Jean-Luc Agostini, maire de Vatenville et député UMP de la sixième circonscription de la Manche. Le politique avait hélé John et s'avançait vers lui à la tête d'un petit groupe comprenant, respectivement, sa seconde épouse, leur fils de onze ans, ainsi que deux hommes, dont un type que John savait s'occuper d'écologie à l'usine de retraitement des déchets nucléaires de Valanches.

Jean, baskets, t-shirt blanc imprimé *LAPD* et Ray-Ban *aviator*, Agostini brandissait son sac blanc de ramassage des déchets avec une détermination qui disait à tous ses concitoyens présents : « Non, je ne suis pas venu pour la galerie. Oui, je suis là en tant que simple riverain soucieux de son environnement. » Un effort aussitôt démenti par sa femme qui, pour sa part, n'avait aucun scrupule à afficher son peu d'enthousiasme pour cette opération de séduction. Son jogging rose pâle à bandes blanches et son imposante paire de lunettes Dolce & Gabbana à logo diamanté qu'elle avait relevées sur son front avaient beau chercher à prouver le contraire, John retrouvait quand même dans l'inexpressivité suffisante de ses traits la pharmacienne pète-sec à blouse médicale et brushing de la place des Résistants de Vatenville, à qui, manifestement, tous les honneurs et toutes les marques de luxe du monde ne parviendraient jamais à ôter l'air de quelqu'un qui n'est pas venu sur terre pour rigoler.

Derrière, leur fils traînait les pieds, tête baissée, produisant une moue boudeuse où l'on lisait à la fois une précoce conscience de classe et une grande solitude, ce qui le rendait antipathique et touchant à la fois.

L'un des deux types, peut-être l'attaché parlementaire d'Agostini, portait une chemisette déboutonnée sur deux crans avec la décontraction rigide de ces produits types des grandes écoles françaises, qui ne se sentent vraiment à l'aise qu'en costume. Quant au gars de la SOREDA, pensa John, dont les références en la matière restaient curieusement limitées au paysage politique des années 1990, il n'incarnait pas de prime abord, pas davantage en tout cas qu'Antoine Waechter, Brice Lalonde ou Dominique Voynet, un engagement écologique vigoureux et épanoui.

Émergeant de ce tableau décourageant, le sourire d'Agostini n'en parut que plus artificiel :

— Mais c'est ce bon vieux John !

Il existait donc dans ce pays des gens qui usaient de formules aussi improbables et éculées que *Mais c'est ce bon vieux Untel !*

Leur année 1966 de CM2 passée ensemble à l'école de garçons de Vatenville : c'est cela qui autorisait au maire une telle familiarité à l'égard de John. Une amitié provisoire jamais vraiment consommée, naissant et s'évaporant au rythme des vacances d'été de leur enfance, étés que les parents de John, retournés vivre à Paris dès 1968, avaient régulièrement continué à passer au village par la suite.

Le maire, qui s'était passé de faire les présentations, indiqua du menton le sac de toile tout ratatiné aux pieds de John :

— Ben dis donc, pas très miraculeuse, ta pêche ! T'as vu tout ce que j'ai ramassé, moi ?

À bout de bras, il tendit comme un trophée son propre sac aux trois quarts rempli. John, lui, se demandait, après *Bon vieux John* et *pêche miraculeuse*, de quelle prochaine expression toute faite Agostini s'emparerait sans vergogne.

— Ben oui, ironisa-t-il. Tu sais bien : les vieux gauchos à cheveux longs, ça ne sait que refaire le monde en fumant des joints et profiter bien pépères du système. Quand il s'agit de mettre la main à la pâte en même temps que les autres, là, y'a plus personne.

Il savait bien que son agressivité traduisait une forme d'envie à l'égard d'Agostini. Il refusait d'admettre qu'un type aussi grossièrement m'as-tu-vu puisse avoir été officiellement investi d'un pouvoir auquel lui-même, tellement plus intellectuel, tellement plus distancié sur le monde, était soumis. Pour désamorcer cet accès d'amertume, il tenta, en même temps qu'un bref signe de tête qui tenait lieu de bonjour général, un grand sourire franc à l'adresse de l'épouse et des collaborateurs, du genre : « Il sait bien que je dis ça pour déconner. »

— *Vieux gaucho, vieux gaucho*… reprit Agostini qui ne se démontait pas, vieux gaucho qui peut tout de même se permettre une retraite anticipée confortable au bord de la mer grâce à l'héritage de papa…

Le mot provoqua un bref ricanement nasal chez l'attaché parlementaire. Le visage de John était devenu rouge écrevisse.

— O.K., t'as gagné.

Pris de court par la brusquerie de la répartie d'Agostini, John avait jugé qu'il n'avait plus que l'humilité à disposition pour s'assurer une sortie honorable. Tout en se demandant quelle était, dans cette remarque parfaitement assumée, la part à mettre sur le compte de l'avènement de Sarkozy première période, mettons entre mai et octobre 2007. Du temps de ce fameux état de grâce où l'on a pu, en France, avouer sans complexe que l'on était de droite.

Mais, puisque tous les coups semblaient permis, il se ravisa et décida, toujours sur ce même mode tendu de fausse camaraderie, de charger à son tour :

— Au fait, c'est pour faire comme le grand patron, les lunettes et le t-shirt *LAPD* ?

— Ah non ! se réjouit Agostini en affermissant le ton, lui c'est *NYPD* (« *ènou**aaaaï**pidi* ») ! Faut bien se démarquer un peu, quand même !

L'expression de satisfaction qui s'était installée sur son visage indiquait que, depuis son arrivée sur la plage, il avait sans doute attendu que quelqu'un de suffisamment observateur lui fît la remarque, afin de lui permettre de servir sa réponse toute prête. Il laissa planer son effet pendant quelques secondes, puis, avec une fausse sollicitude, reprit la parole :

— Alors, comment ça va, les affaires ? Il t'en reste beaucoup, des tableaux de ton père, ou ils sont tous vendus ?

John émit un faible soupir. C'est fou ce que la pratique du pouvoir pouvait dispenser un homme du tact et de la patience les plus élémentaires à l'égard d'autrui. Entre les lignes de son arrogance, Agostini venait d'avouer les vraies raisons du détour qu'il avait fait pour venir le saluer : acquérir une toile de son père. À son tour, donc, de prendre l'avantage :

— Pas tant que ça.

Le maire pencha la tête vers son attaché parlementaire et l'écologiste tout en désignant John du bras :

— Je vous présente John Bennett. Vous savez qui c'est ?

— Pas du tout, sourit exagérément l'assistant en révélant une mâchoire supérieure où, comme chez l'acteur Christian Clavier ou Ségolène Royal avant sa chirurgie orthodontique, le banc rectiligne des incisives était en retrait léger par rapport aux canines, ce qui lui donnait un air méchant.

— C'est le fils de Larry Bennett. Vous connaissez, Larry Bennett ?

— J'ai déjà entendu parler, se ferma l'assistant avec les sourcils de quelqu'un qui refusait d'admettre son ignorance.

— Ben, c'est *zeu* peintre de la région, dit Agostini doctement. Il a tout peint, ici : le nez de Jobourg, la mer, les falaises…

Il se tourna vers le type de la SOREDA :

— … et même le chantier de l'usine, dans les années 60. C'est un peu Millet, mais en version Hopper, vous voyez ? Vous voyez qui c'est, Hopper, quand même ? Hein, Rostre ?

L'intéressé fit une grimace gênée qui ne répondait ni oui ni non, tandis que l'assistant, saisissant là une occasion de se rattraper, souriait avec l'indulgence satisfaite de celui qui trouve la question trop facile.

— À Drouot, 80 euros le point sur ses marines, quand même ! compléta Agostini en surveillant d'un œil en coin la réaction de John. C'est sûr, ça a pas la finesse de Millet. Mais bon, faut dire qu'il était pas trop de la région, ton père, hein ?

Il poussa un petit rire qui cherchait l'approbation de John.

— Et donc, continua-t-il en détachant précautionneusement ses mots, je me disais que s'il t'était resté un ou deux tableaux dont tu savais pas quoi faire et dont tu serais prêt à diviser la cote par deux ou trois pour un vieux copain, eh ben ce serait pas mal que tu me le fasses savoir. J'ai un mur à la maison qui demanderait pas mieux non plus. Et puis, à la mairie aussi, dans mon bureau, ça ferait de mal à personne…

Il s'interrompit, adressa un clin d'œil à John :

— Pour ça, par contre, la cote, t'es pas forcé-forcé de la diviser par deux. C'est aux frais de la princesse.

John détourna le regard et s'assombrit d'une grimace embarrassée.

— Alors là, Jean-Luc, chais pas, chais pas trop. C'est compliqué, ces questions. Faudra qu'on en reparle.

Comme John ne plaisantait pas, Agostini hésita une seconde puis se recomposa aussitôt son sourire de candidat pour changer de sujet :

— Alors, ça te plaît, la vie à la campagne ? Ça te manque pas trop, Paris ?

— J'adore, répondit John en adoptant un ton adéquat.

— Tu sais qu'en hiver, c'est pas pareil, hein ? Tu vas pas craquer ?

Agostini posait des questions, mais ses yeux n'étaient déjà plus dans la conversation.

— On verra. Jusque-là, tout va bien en tout cas.

— Tu vas avoir un peu de visite pour les vacances, quand même ?

Le maire ne laissa pas à John le temps de répondre :

— À propos, ta fille, comment elle va ?

Un sursaut inattendu d'intérêt avait ravivé son regard.

— Ça va, elle va bien, merci. Normalement, elle arrive vendredi, là.

Omega consultée à tout bout de champ, réajustements intempestifs des Dolce & Gabbana dans le sens du lissage des cheveux sur le crâne, soupirs secs et corps court trépignant en équilibre sur la pointe des pieds chaussés de mocassins André premier prix : l'assistant, l'épouse et le nommé Rostre ne cachaient plus leur impatience. Quant au gamin, le regard fixe, il ramassait des galets qu'il rejetait invariablement un peu plus loin d'un geste machinal et mou.

— Ah bon ? s'étonna Agostini, que l'évocation de la fille de John semblait inspirer. Ben vous avez qu'à venir à la maison, samedi soir.

Il se tourna vers sa femme, prit un ton désinvolte :

— Hein, Catherine ? Je disais à John : y'a sa fille qu'arrive vendredi. Tu la connais ? Tu vois qui c'est, sa fille, à John ? Eh ben, je lui disais qu'y pourraient venir aussi dîner samedi soir ? Qu'est-ce t'en penses ? Quand y'en a pour cinquante, y'en a bien pour cinquante-deux, non ?

— Et pourquoi pas ? dit l'épouse avec une ironie qui disait bien que, de toute façon, elle n'avait pas le choix.

— Eh ben voilà, c'est calé, y'a plus qu'à,

conclut le député comme s'il commentait une digestion alimentaire.

Il tendit un bras magnanime en direction de l'assistant et de l'écologiste :

— Ça me fera une occasion de te parler un peu de nos projets sur la région. Et puis, je t'en dis pas plus, mais on vous réserve une petite surprise, à Vatenville. C'est pour très, très bientôt. Vous allez voir ce que vous allez voir.

Tandis que ses deux acolytes ponctuaient ses mots de sourires entendus et sibyllins, le maire adressa un nouveau clin d'œil à John tout en pointant de son index libre son sac de ramassage :

— Mais avant, tu vas me faire le plaisir de remplir un peu ce sac. Je veux bien qu'on soit copains tous les deux, mais t'en restes pas moins un administré comme les autres. *Liberté, égalité, fraternité*, mon pote.

2

En pénétrant dans le Castorama, Jean regarda avec anxiété du côté des caisses du magasin. Comme il l'avait redouté, c'était plein de gens qui faisaient la queue pour payer :

« Évidemment, un samedi après-midi, le dernier week-end avant les vacances, fallait pas s'attendre à aut' chose », se plaignit-il pour lui-même, puisqu'il n'y avait personne d'autre sur qui reporter son dépit.

Le monde, il n'aimait pas ça, Jean. Certains cherchent à éviter les grandes surfaces, les sorties de bureaux, les retours du dimanche soir sur les autoroutes, les plages bondées et les quartiers touristiques par haine du conformisme. Jean, lui, dans ces cas-là, éprouvait tout à la fois le sentiment confus d'être là où *il fallait être* (puisque tout le monde y était), et la subtile inquiétude d'être potentiellement spolié, doublé, pris de vitesse, dépossédé par les autres de cet espace et de ces biens qu'il convoitait tout autant qu'eux. Une chose était sûre : il ne lui venait jamais à l'esprit que le gros du *monde*, précisément, était constitué de gens qui, tout aussi inquiets que lui, n'aimaient pas *le monde.*

Un instant, il fut tenté de laisser tomber et de retourner attendre Claudine dans la voiture. Là, au moins, il était tranquille. Et certain que personne ne viendrait lui rayer la carrosserie ou emboutir son pare-chocs, comme cela lui était arrivé à Noël. Un type qui avait dû racler la portière au moment de manœuvrer sur le parking et qui n'avait rien laissé, le salopard : pas de carte, pas de numéro de téléphone, rien.

Ayant repéré un vigile noir en costume, il alla lui demander, méfiant, dans quelle direction se trouvait le rayon des scies électriques, tout en imaginant que, sous l'étoffe de son pantalon, l'homme devait posséder un sexe aux mensurations hors norme. Après l'avoir remercié d'un borborygme, Jean fila à pas raides vers le secteur indiqué, portant sur l'outillage exposé à l'entour des regards réflexes d'initié. Au panneau des meuleuses d'angle, parmi l'ensemble des articles proposés, ce qu'il était venu chercher ne s'y trouvait pas. Contrarié, il se mit en quête d'un vendeur. Il y en avait un au bout de l'allée, déjà accaparé par un client. Jean, qui sentait monter l'impatience, dut attendre de longues minutes avant que celui-ci fût libéré. Aussi est-ce dans un état avancé d'agitation, auquel s'ajoutait désormais la menace d'un troisième client en attente, qu'il finit par demander tout de go :

— Elle est où, la promotion à 99,99 euros sur la disqueuse Black & Decker 2 000 watts ? Je la vois pas.

Le vendeur était occupé à réassortir un lot de gants de jardinage sur un portant. Sans doute refroidi par l'obstination bourrue de Jean, il ne prit pas la peine de se retourner :

— Y'en a plus. Elles sont toutes parties.

— Mais j'ai encore vu la réclame hier dans le journal ! s'émut Jean en haussant la voix, comme si l'argument pouvait y changer quelque chose.

Le vendeur ne releva pas la remarque.

— Vous allez en recevoir d'autres ?

— Ben non, s'irritait le vendeur. Une promo, quand c'est épuisé, c'est épuisé.

— Mais pourquoi vous continuez à passer

l'annonce dans l'journal, si y'a pus d'promo ? Chuis v'nu spécialement pour ça, moi !

Le vendeur ne répondit pas, continuant sans ciller à suspendre ses paires de gants.

Jean était terrassé. Il eût aimé avoir le cran de lui foutre son poing dans la figure, au vendeur, de l'insulter, ou de seulement demander à rencontrer un supérieur. Au lieu de cela, écœuré et haletant, le plat de sa main droite posé sur son cœur comme pour prévenir une syncope imminente, il retourna au rayon des meuleuses. Dans le pack promo annoncé dans le journal, pour 99,99 euros, il y avait non seulement la machine, mais, en plus, une paire de lunettes de protection et un disque à meuler 125 mm offerts, exactement ce qu'il lui fallait, le bon diamètre et tout. À ce prix-là, il n'y avait rien de comparable en stock. Quant aux machines chinoises, Jean s'en méfiait. L'axe pouvait casser net et tout vous péter à la gueule. La seule meuleuse suffisamment puissante et fiable en présentation était une Bosch à 160,15 euros. Avec le disque à 3,80 euros l'unité, plus un de rechange, et les lunettes de protection à 7,15 euros, on arrivait à 180 euros : quasi le double de ce qu'il avait prévu !

Mais cette meuleuse, il la lui fallait. Les travaux, c'est le plus vite possible qu'il comptait les commencer. Pas question d'aller courir les autres centres commerciaux de la région aujourd'hui, il commençait à se faire tard, ce n'était pas encore l'heure des embouteillages, il était temps d'aller récupérer Claudine à l'hypermarché et de rentrer à la maison. Le lendemain, c'était dimanche. Et, à partir de lundi, les vacances : fini les allers et retours Vatenville-Cherbourg jusqu'à la rentrée. Alors, c'était décidé, la Bosch, il la prenait immédiatement.

Après un profond sentiment de défaite, Jean éprouvait à présent une excitation coupable à l'idée de s'offrir ce nouveau joujou. Car ces 80 euros de différence, ce n'était pas rien : plus de 500 balles en francs ! Le prix d'un plein et demi d'essence pour la voiture, des courses pour cinq jours, une facture mensuelle de téléphone portable, 80 tickets de Banco, 40 de Millionnaire, 25 de Tac-O-Tac.

Moins d'une demi-heure plus tard, Jean avait fait ses achats et récupéré sa Clio. Il passait pour la quatrième fois devant l'entrée principale de la galerie marchande, sur le parking, dans l'espoir de retrouver Claudine, lorsqu'il la repéra enfin. Elle manœuvrait avec peine un caddie aux deux tiers rempli, tout en cherchant à la ronde son mari d'un regard égaré. Jean freina brutalement, donna un bref coup de klaxon, se pencha par-dessus le volant et agita ses deux bras dans sa direction.

Lorsque Claudine l'aperçut à son tour, il était trop tard : une voiture lui collait déjà au train. Avec ça, pas moyen d'ouvrir le coffre et de charger les courses en vitesse sans provoquer des protestations de la part des autres automobilistes. Dans un début de panique, Jean désigna à Claudine une allée attenante par des mouvements frénétiques. « Hein ? Quoi ? » grimaçait muettement Claudine loin derrière le pare-brise, rivée à son caddie. « MAIS LÀ ! LÀ ! VA ME REJOINDRE LÀ ! » gesticulait Jean dans l'habitacle insonorisé.

La voiture de derrière émit un premier coup de klaxon.

« Mais elle comprend rien ! C'est pas possible ! Va m'attendre là, ch'te dis ! ! » cria-t-il, affolé, sans pour autant songer à avancer sa voiture. Derrière, un second coup de klaxon, plus appuyé, le décida enfin à bouger. Son cœur de nouveau soumis à rude épreuve, il alla se ranger en double file dans la contre-allée la plus proche.

Il releva le frein à main, enclencha les warnings, sortit de la voiture, ouvrit le coffre et adressa un signe agacé à Claudine, qui poussait dans sa direction le caddie aussi rapidement qu'elle le pouvait, tout aussi déroutée que lui par l'épisode. Il regarda s'approcher cette robe d'été trop volumineuse, portée sans grâce, inutilement colorée et fleurie, flottant au-dessus de chevilles énormes et blafardes qui plongeaient tout droit dans des mocassins distendus par des pieds trop forts. Voilà des années que Jean ne se préoccupait plus de ce que les gens pouvaient bien penser de la démarche, de la silhouette et du poids de son épouse. Qui, il l'avait bien compris, ne mincirait jamais.

— Ben alors ? T'étais où ? demanda-t-il sur un ton de faux reproche qui connaissait déjà la réponse.

— Ben, à l'intérieur, répondit Claudine sans surprise. Y'avait la queue, qu'est-ce tu crois ?

Ils auraient pu, ainsi, s'attarder longtemps à redérouler dans le détail le fil de ces événements exceptionnels : la ponctualité de Jean (« Et pourtant, c'tait plein comme un œuf, au Castorama. Moi aussi y'avait la queue »). Les tours réguliers qu'il avait effectués en voiture devant l'entrée du magasin (« J'avais pas l'air con, tiens »). Claudine qui n'arrivait pas (« D'habitude, tu mets vingt minutes/une demi-heure pour les courses. Pas trois quarts d'heure »). Le moment, enfin, où Claudine était sortie (« Cht'ai vue, moi. Mais c'est toi qui m'as pas vu »). La voiture de derrière, le premier coup de klaxon, les gestes de Jean qu'elle aurait dû comprendre du premier coup. Puis le deuxième coup de klaxon de la voiture, les gens qui n'avaient pas la patience d'attendre deux minutes (« Vacances ou pas, y'z'ont toujours l'feu au cul, les gens »).

Claudine, de son côté, aurait pu incriminer cette entorse à leurs usages, cette idée saugrenue que Jean avait eue de venir jusqu'à Cherbourg pour sa meuleuse (« Ça t'a pris comme une envie d'pisser »). Un samedi qui plus est

(« C'est pour ça que j'les fais le jeudi matin, les courses : y'a personne, le jeudi matin »). Dans ce centre commercial-là (« Ah, c'est pas pareil, hein, c'est pas organisé exactement pareil dans les rayons. J'avais plus mes marques, moi ! J'me suis perdue, moi ! »).

Mais Jean ne répondit rien, se bornant à charger le coffre des sacs de course tandis que Claudine, tout en s'éventant le visage à l'aide d'un prospectus publicitaire, s'affaissait lourdement sur le siège, mettant à l'épreuve les suspensions du véhicule. Sa tâche accomplie, il referma le coffre, alla raccrocher le caddie au parc, récupéra son euro, rentra à son tour dans la voiture et démarra en silence.

Ils s'approchaient de la bretelle qui reliait la départementale, sans toujours avoir échangé un seul mot. Au bout d'un moment, n'y tenant plus, sur un ton frisant la gravité, Claudine finit par lâcher :

— Tu sais qu'c'est moins cher, ici ?

En temps normal, Jean aurait grogné un bref « Mmhh » de conciliation passive, sans cesser de fixer la route devant lui. Cette fois, tourmenté par le montant de ses propres dépenses, il fronça des sourcils concernés :

— Ah bon ?

Claudine ouvrit son porte-monnaie et brandit comme un étendard la facturette où était consigné le détail de ses achats :

— Le Cœur de Lion, ici, c'est 1,75 euro au

lieu de 2,15 chez nous. Ta bière, exactement la même marque, hein : les 6 canettes, eh ben c'est 3,05 au lieu de 3,25. Mes tablettes de lessive, 8,54 au lieu de 8,70. C'est comme ça sur encore plein d'autres produits.

On la sentait profondément perturbée.

— Y'a qu'le cervelas qu'est un peu plus cher : 1,64 au lieu de 1,55. T'imagines, si on avait su ça avant, tout c'qu'on aurait pu économiser ?

— Et l'essence, alors ? se défendit au quart de tour Jean, que la ferveur croissante de sa femme culpabilisait d'autant plus. T'y as pensé, à l'essence ? C'est vingt kilomèt' de plus pour arriver jusqu'ici. L'un dans l'aut', chuis sûr qu'ça r'vient pas plus cher chez nous. Ça doit même rev'nir moins cher, j'en suis sûr. Y'a rien à r'gretter. Et puis, l'jeudi matin, moi, de t'façon, ch'peux pas t'accompagner puisque ch'travaille.

Claudine prit une expression douloureuse :

— Oui mais, quand on y pense, ça fait quand même un p'tit peu mal au cœur.

Elle évoqua ensuite la proposition d'une carte de fidélité gratuite qu'on lui avait faite à la caisse, et qu'elle avait à regret déclinée : « J'me suis dit qu'c'était pas la peine, puisqu'on reviendrait pas. » Elle ajouta : « Le seul problème, là-bas, c'est qu'ils ne donnent pas d'sachets plastique. Ça m'obligerait à acheter des sacs-poubelles esprès. Encore que non puisque j'en ai en réserve pour au moins six mois, des sachets plastique, à la cave. C'est juste pour porter que ça s'rait moins pratique. Mais, même ça, ça s'rait pas un problème puisque suffirait que ch'prenne des cabas et que, de toute façon, y'a les caddies pour porter les courses jusqu'à la voiture. »

Claudine aurait pu, de la sorte, assurer seule la conversation une bonne partie du trajet, et Jean rester imperturbable au volant en pensant à autre chose, comme d'habitude. Parler sans discontinuer des courses, de la pluie, du menu du soir et des restes à finir dans le frigo, commenter les scandales publics, les frasques des célébrités politiques et télévisuelles, critiquer les membres de la famille de Jean, critiquer les parents de leur belle-fille et la belle-fille aussi par la même occasion, trouver à quel point leur fils aurait pu en trouver une moins grande gueule et moins désagréable, dire : « J'espère qu'elle va pas encore nous faire ses grands airs à table, demain midi » : tout ça, ça allait. Mais, ce que Jean ne supportait pas, c'était que Claudine se mêle de conduite et d'itinéraire choisi : « Mais qu'est-ce tu fais ? Pourquoi tu passes par là ? Pourquoi tu prends pas par la Saline ? »

Dans ces cas-là, Jean n'hésitait pas à réagir. Surtout lorsqu'elle prenait cet air si sûr d'elle, avec cette nonchalance hautaine dans sa manière d'agripper la poignée de maintien au-dessus de la portière, avec son regard fixé droit devant elle tout en réajustant sa ceinture de sécurité sur son ventre scandaleusement gras. Là, Jean voyait rouge. Surtout que, le permis, elle avait jamais été foutue de le passer, elle :

— Ch'passe par là parce que ch'connais ! Cherbourg, moi, j'y viens tous les jours ! J'y travaille, à Cherbourg ! Alors, laisse-moi faire !

— Tu connais, tu connais. Mais, par la Saline, y'a pas autant d'feux rouges. Et pourquoi tu prends pas la file de gauche ? Ils vont plus vite, sur la file de gauche. C'est toujours dans la file la plus lente que tu t'retrouves, toi.

— Mais qu'est-ce t'en sais, de quelle file il faut que ch'prenne ! Tu veux la conduire toi-même, la voiture ? Hein ? Tu veux que ch'te l'passe, le volant, qu'on rigole un peu ?

Ils se firent ainsi raisonnablement la gueule, exaspérés l'un par l'autre, trop rompus l'un à l'autre pour qu'entre eux un silence, même prolongé, se muât en réel malaise. Et c'est tout aussi naturellement qu'ils reprirent leur échange, sans préalable d'aucune sorte, lorsque, après une quinzaine de kilomètres à travers champs, après une brève traversée de la commune de Bourgville et les lacets de la colline à descendre, la Clio ralentit pour s'engager dans la grand-rue de Vatenville. Au bout de cent cinquante mètres, Jean s'apprêtait pour la n-millième fois à amorcer son quart de cercle au centimètre près pour placer bien comme il faut la voiture face au portail de leur villa, sans risque de râper la carrosserie au moment de passer. Claudine avait déjà ôté sa ceinture de sécurité et posé des doigts impatients sur le clapet d'ouverture de la portière, lorsqu'ils aperçurent leur voisin. De retour de la plage, il s'apprêtait précisément à rentrer chez lui en même temps qu'eux, mais par le portail contigu.

— Mon dieu, ces cheveux ! se scandalisa Claudine à mi-voix tout en s'armant d'un sourire démesuré à l'intention de l'homme.

Jean immobilisa la voiture à sa hauteur, lui aussi tout sourire et obséquiosité derrière l'épaule de sa femme. Claudine baissa la fenêtre :

— Bonjour ! Comment allez-vous ?

— Eh ben, ça va pas mal. Et vous-mêmes ? chantonna le voisin sur le même ton un peu niais.

— Alors, c'était bien, le ramassage ? intervint Jean qui ne voulait pas rester hors champ.

— Utile, on va dire, finauda l'autre. Et vous, pourquoi vous êtes pas venus ?

— Ben nous, on était à Cherbourg, dit Jean.

— On aurait bien voulu, précisa Claudine, mais on n'a pas pu. On avait des courses à faire.

Son sourire toujours plaqué sur son visage, Jean cherchait à tout prix à créer une complicité avec l'homme :

— Et puis, entre nous, pour c'que ça va changer. Dans deux mois, avec tous les bateaux qui s'ront passés pendant les vacances, y'aura pus qu'à r'commencer !

— Ah, ça… soupira le voisin d'un ton suffisamment vague pour paraître d'accord avec Jean.

Profitant du silence qui s'était installé, il ajouta :

— Bon, ben j'ai plus qu'à vous souhaiter une bonne soirée. Allez…

Esquissant un mouvement de départ assorti d'un signe de la main, il leur adressa un dernier sourire et disparut derrière son portail.

— Bonne soirée ! émirent Claudine et Jean à contretemps mais en chœur.

Cessant aussitôt de sourire, Claudine remonta la fenêtre de la portière, tandis que Jean s'apprêtait à enclencher la première pour terminer sa manœuvre.

— Pourquoi tu lui as pas dit ? fit-elle sèchement.

— Hein ? Quoi ? Pourquoi je lui ai pas dit quoi ?

— T'aurais pu en profiter pour lui demander, s'entêta Claudine, ignorant délibérément la question de son mari.

Jean n'avait pas besoin de se faire préciser ce à quoi sa femme faisait allusion. Il accéléra, puis, dans un grondement caoutchouté de graviers écrasés, mena avec précaution le véhicule jusqu'au centre de la cour :

— Tu trouves que c'est le moment, toi, comme ça, en pleine rue, pour lui demander ?

— T'aurais pu au moins lui parler de la perceuse. En lui parlant de la perceuse, ç'aurait fait une bonne occasion d'en parler.

— C'est pas une *perceuse*, s'agaça Jean en coupant le contact, c'est une *meuleuse*. Et je lui aurais dit quoi, hein ? Ça lui aurait fait une belle jambe, de savoir que j'ai acheté une meuleuse, tiens.

Claudine ouvrit la portière et posa un premier pied à terre :

— Ben, que t'as fait une bonne affaire. Ç'aurait pas fait une bonne occasion d'en parler, non, que t'as fait une bonne affaire ?

3

Le long ballon de Lebout arriva sur Frédéric sans que celui-ci eût à ralentir sa course pour le contrôler. Levant à peine sa jambe droite, il l'amortit en vol de l'intérieur du pied dans un geste technique parfait. Lancé sur l'aile avec une détermination calme, et, sur le visage, un air d'absence presque imbécile qui contrastait étrangement avec la maîtrise de ses gestes, il semblait ignorer qu'il était l'objet de tous les regards, des autres joueurs comme des quelques spectateurs présents autour du terrain.

Le ballon dompté sous ses crampons, il obliqua vers les cages tenues par Renouf. Beyssac arrivait en face, qu'une simple feinte de corps laissa dans le vent. Plus pugnace, un type dont il ne connaissait pas le nom tenta en vain un tacle glissé. Bondissant par-dessus son tibia, Frédéric collait au ballon avec une évidence qui confinait à la grâce. Les battements de son cœur accélérèrent à peine lorsqu'il aperçut au sol les résidus de poudre blanche de la ligne des seize mètres.

Les yeux rivés au ballon, il sentait néanmoins la présence d'un ou deux défenseurs adverses devant lui. Et, tout au fond, Renouf sur sa ligne, tendu en avant, fébrile. Il savait que Trichet était tout seul à gauche, attendant une ouverture. Il leva la tête pour s'en assurer, ce qui pouvait s'interpréter comme une soudaine hésitation de sa part. Se rendant compte du subtil flottement que ce geste venait de provoquer au sein de la défense, il se surprit lui-même à décider qu'il oublierait Trichet pour en découdre seul avec Renouf.

Après un ultime contrôle de l'extérieur du pied pour se dégager un angle de tir, le jeune homme arma loin en arrière sa jambe gauche et, tout son corps transformé en un ample balancier, il faucha la balle dans un mouvement lourd, presque lent. Avec le même regard d'humilité aussi butée que fataliste, il regarda le ballon brossé, désormais autonome, amorcer sa courbe finale, interminablement flotter dans l'air, atteindre son point culminant, redescendre sous la barre transversale puis, enfin, s'enrouler tranquillement dans les filets de Renouf, laissant celui-ci impuissant et hébété sur ses marques.

Si ce but procura à Frédéric une forme de satisfaction, le garçon n'en resta pas moins impassible sous les cris de joie et d'admiration de ses coéquipiers. Nul signe visible de conquête chez lui : pas de pirouette ni de déhanchement, pas de main placée en cornet autour de l'oreille, pas de bras tendus de chaque côté du corps pour figurer les ailes d'un avion, pas de doigt tendu vers le ciel comme un défi aux dieux, ni une course hilare vers le rond central ou le piquet de corner, pas même un sourire. À la place, un bref serrement du poing, un *Ouaais !* sec prononcé pour lui tout seul entre ses dents, puis un retour en trottinant parmi les siens, lesquels aussitôt lui administrèrent avec frénésie claques et embrassades diverses sur les épaules et sur le crâne.

Même pondération aux vestiaires où, quinze minutes plus tard, Frédéric fut à nouveau célébré par les joueurs à moitié nus, chantant faux de leurs voix de mâles juvéniles : *Il est vraimeeent… Il est vraimeeent… Il est vraiment phé-no-mé-naa lalalalalaa laaa…* On le sentait flatté, il souriait volontiers. Mais sa pudeur naturelle le retenait de monter sur les bancs et de faire tournoyer sa serviette de bain comme un lasso tout en se tortillant du bassin.

D'ailleurs, c'est un visage assez fermé qu'il montra à Renouf, le gardien de l'équipe adverse, lorsque celui-ci le héla sur le parking du stade, quelque vingt nouvelles minutes plus tard. Le soleil s'était déjà couché, mais le bleu diurne de ce ciel de début d'été demeurait intact. Comme Frédéric, les cheveux de Renouf étaient encore humides de la douche, son teint frais. Il avait enfilé des vêtements propres et tenait à la main un sac de sport contenant maillot trempé, short, crampons et shampoing. Mais, si Frédéric, ayant passé un survêtement et des baskets premier prix, s'apprêtait à regagner une simple Twingo 1998, Renouf, lui, portait des Adidas neuves, une chemise repassée et venait de biper à distance la portière d'une Peugeot noir métallisé.

— C'est bien Frédéric Leguez que tu t'appelles ?

— *Lejuez*, oui, précisa Frédéric d'un œil que la timidité rendait méfiant.

— Tu joues avec ceux de l'aile nord, mais t'es bien à l'unité de levage, c'est ça ?

— Oui, c'est ça.

— J'ai rien compris à ton tir, s'avança Renouf, qui tâchait de dissiper chez Frédéric toute appréhension. Je t'ai vu t'écarter, j'ai pas bougé parce que j'étais sûr qu'y aurait padsouci, que le ballon sortait, j'étais sûr qu'il était pas cadré. C'est incroyable, l'effet que t'as mis. Comme Roberto Carlos au Real du temps des Galactiques, pareil !

Frédéric battit des paupières. Renouf fronça les sourcils :

— Putain ! 1-0 à trois minutes de la fin ! Vous êtes vraiment des salauds ! Et en quart, vous allez tomber sur qui, déjà ?

— Ben, ça dépend du résultat entre la Décontamination et la Maintenance. Ils ont pas encore joué.

Approuvant de la tête comme pour l'inciter à finir rapidement sa phrase, l'autre se remit à sourire avec une fausse chaleur :

— Moi, c'est Emmanuel Renouf. Je suis aux Ressources humaines.

— Je sais. Je vous connais.

Dix ans de moins que Renouf mais, surtout, situé bien au-dessous dans la hiérarchie de l'entreprise, Frédéric n'osait pas le tutoyer.

— Ça fait plusieurs fois que Monsieur Azoulay il parle de toi. Il fait toujours des compliments. Il dit que tu fais partie de ceux sur lesquels on peut compter.

Frédéric baissa des yeux gênés. Il le savait, qu'il arrivait toujours à l'heure, qu'il était sérieux, qu'il ne prenait jamais de pause dans la journée parce qu'il n'en ressentait pas la nécessité. Il le savait bien, qu'il comprenait rapidement, qu'il travaillait vite, qu'il était adroit, discret, qu'il ne se plaignait jamais et qu'il ne s'était jamais mis personne à dos. Que tout le monde le respectait parce qu'il connaissait bien les machines, parce qu'il faisait bien son boulot, sans jamais chercher à marcher sur la tête d'aucun de ses collègues.

Entre-temps, Renouf avait miraculeusement extirpé d'une poche de son sac une carte de visite qu'il tendit à Frédéric. Le geste lui fit automatiquement adopter un ton plus professionnel :

— En fait, si t'y vois padsouci, j'aimerais qu'on puisse se rencontrer rapidement. Je sais qu'il y a les vacances qui commencent, mais tu pourrais passer me voir lundi après-midi à mon bureau ?

— Ben, euh, oui. C'est pourquoi ?

— Alors, le pitch, en gros, commença Renouf tout aussi satisfait d'utiliser avec autant de naturel le mot *pitch* que persuadé de faire chic et moderne en l'utilisant, le *pitch*, c'est que la SOREDA voudrait développer sa branche environnementale. Je sais pas si t'en as entendu parler, ça s'appelle NuéClair.

— Oui, je vois, confirma Frédéric en posant un œil prudent sur la carte de visite.

— En fait, avec l'arrivée du chantier EPR à Flamanville, avec les soucis du genre la pseudo-affaire de radioactivité aux Pierres Pouquelées l'année dernière, avec tous les abrutis en ce moment qui s'amusent à se poster sous les lignes à haute tension avec un tube de néon pour montrer aux journaux que ça s'allume tout seul, à cause de tout ça, eh ben ils voudraient communiquer plus et mieux, chez NuéClair. Tu vois ce que je veux dire ? Mais surtout, surtout — et c'est pour ça qu'on a pensé à toi —, la commune de Vatenville vient de signer un protocole d'accord pour un partenariat avec nous. On prépare un événement un peu spécial — je suis désolé, je peux pas encore te dire quoi, c'est confidentiel —, et dans le cadre de ce truc, en gros, on recrute pour préparer un peu les choses. T'es bien de Vatenville, toi ?

— Oui.

— T'y habites toujours ?

— Oui.

— Et l'écologie, ça t'intéresse ?

— Faut voir. Pourquoi pas.

— C'est juste une question de disponibilité et de motivation. Je te donnerai les détails lundi. O.K. ? Padsouci ?

Puis, avec un sourire entendu, il ajouta :

— Et puis, t'inquiète, c'est payé. Padsouci d'ce côté-là.

Frédéric battit à nouveau des paupières à l'évocation de cette rémunération complémentaire.

— Ben ouais. Faut voir.

— Bon, s'impatienta Renouf qui, de toute évidence, souhaitait retourner à son week-end. Alors, à lundi, hein ? J'appelle Azoulay, je le préviens, et tu viens dans mon bureau. T'inquiète, il comprendra, je suis certain que ça fera pas souci pour lui.

Après un dernier petit rire de circonstance, il fit jouer ses clés dans la paume de sa main, adressa un bref salut à Frédéric et regagna sa Peugeot.

Pour Frédéric, son but marqué, ainsi que la proposition de Renouf, donnèrent une saveur particulière au trajet du retour. Sans prêter au paysage davantage d'attention qu'à l'ordinaire, le jeune homme sentit néanmoins une sorte d'euphorie lumineuse le gagner de l'intérieur, qui donnait un air d'ailleurs à l'horizon. Il pensa que, rien qu'avec deux ou trois cents euros de plus, il aurait de quoi s'acheter une sellette pour son parapente, voire un pack complet de kitesurf d'occasion, sans rien changer à leurs dépenses habituelles, avec Élodie. Il pourrait aussi avancer dans l'aménagement de la camionnette, qu'il avait commencé à transformer en camping-car.

Mais il mit de lui-même un terme à ses espoirs naissants en imaginant la réaction d'Élodie. L'argent en plus, c'est à coup sûr pour le bébé qu'elle songerait à l'utiliser, ce qui était bien normal. Ou pour la maison : une télé plus grande, un nouveau frigo. Ou encore, un GPS pour la voiture. Elle lui en parlait tout le temps, à Frédéric, de ce GPS, c'était une véritable obsession. Elle lui disait : « Pourquoi on n'achète pas un GPS ? Marine et Stéphane ils en ont un, c'est vachement bien. Pourquoi t'en veux pas un, toi, dans la voiture ? »

Le GPS, lui, il s'en fichait pas mal. D'abord, vu qu'Élodie n'aimait pas trop voyager, il n'en voyait pas l'utilité puisqu'il les connaissait par cœur, les routes de la région. Et puis, dans une

Twingo, il trouvait ça ridicule, un GPS. Sans compter toutes les cartes routières de toute la France et même d'Europe qu'il avait à la maison. Parce que les cartes, c'était moins cher qu'un GPS. Et que, jusqu'à preuve du contraire, les routes, elles avaient pas changé de tracé, depuis l'invention du GPS. Mais bon. Comme il n'était pas de nature à s'opposer à Élodie, et comme ça lui faisait plaisir de lui faire plaisir, c'est sûr, l'argent, au cas où il en aurait en plus, c'est elle qui déciderait ce qu'on en ferait.

4

L'Abreuvoir était l'un de ces bars parisiens éclos à la faveur du *rock revival* du début des années 2000. Une adresse dans le XXe arrondissement de la capitale. De la bière fade servie dans des gobelets jetables en plastique. En sous-sol, une salle de concert de poche pour groupes amateurs. Un public de jeunes Français de souche, bourgeois et cultivés, qui ne savaient que faire de leurs doigts désormais privés de cigarettes, et qui s'abstenaient de danser pour ne pas donner l'impression de livrer trop facilement leur enthousiasme.

Mary, qui, bien que groupie de la première heure, avait moins chanté que Julie ce soir-là, était en train de prendre conscience pour la première fois que tous ces jeunes n'étaient pas les mieux habillés ni les plus intelligents d'entre tous les jeunes du monde, mais qu'ils obéissaient tout simplement aux lois d'un style parmi une infinité d'autres styles possibles. En gros, les garçons portaient tous de fines cravates noires et des tennis blanches de toile astucieusement rétro. Il y avait des livres de Gilles Deleuze ou de Jacques Derrida dans les poches de leurs vestes cintrées, et tous s'étaient rendus au moins une fois à Londres ou à New York au cours des deux dernières années. Quant aux filles, leur look glamour austère indiquait qu'elles cherchaient surtout à ne pas paraître trop futiles aux yeux des garçons.

Sur l'estrade, de ses deux mains fébriles, Hubert enveloppait le micro comme Jim Morrison, rejetant convulsivement ses longs cheveux du côté droit ou gauche de son visage, qu'il penchait « un peu comme une femme suçant une bite », nota pour elle-même Mary en se disant qu'elle ne se serait jamais risquée devant quiconque à une telle comparaison.

Hubert : son mètre quatre-vingt-douze, son beau prénom idéalement suranné, sa voix grave, ses longues mains, ses cheveux, sa permanente barbe d'une semaine, son jean slim et ses Converse pâles sales. Hubert le ténébreux aux poses hautaines éthérées, se rêvant Kurt Cobain, Pete Doherty ou Julian Casablancas. Hubert faisant perdre tout leur sens critique aux minettes constituant traditionnellement le gros des premiers rangs de la salle. Hubert qui, pour le *bis*, susurrait à présent d'un air pénétré de mâle meurtri : *They all let me down / In this town / And now / I know / I'm alone / On my own / With that bone / I'm alone / On my own / My own hound / Grown / From the underground.*

Mais Hubert dont Mary savait bien l'anglais hésitant, en vérité : ce mot *hound* trouvé par hasard dans le Robert & Collins, et qui l'avait enchanté (« Tu sais que ça veut dire *meute de chiens* ? C'est cool pour la métaphore avec *bone*, non ? Et j'ai même pas fait exprès, en plus ! »). Hubert dont Mary savait aussi, par contraste avec ces paroles d'écorché vif qu'il écrivait, l'enfance et l'adolescence dorées à Saint-Mandé, les découverts bancaires que son papa médecin comblait régulièrement en lui disant à chaque fois : « Je te préviens, c'est la dernière fois. Quand est-ce que tu vas te mettre à bosser comme tout le monde ? »

Pour la première fois, qu'il fût beau, composât des chansons, jouât de la guitare électrique et chantât, qu'il eût une dégaine à faire défaillir les jeunes filles ne suffisait pas à Mary, laquelle se reprochait tant de sévérité soudaine à son égard. Elle était bien incapable de dire pourquoi. Et, surtout, incapable de définir précisément ce qu'elle attendait d'autre de sa part pour continuer, avec le même plaisir, à chanter en même temps que lui, Julie et les autres, des paroles qu'elle connaissait par cœur.

Tel un Christ vaincu, le garçon se laissa choir à genoux sur le bord de la scène, tête baissée, ses cheveux venant opportunément cacher son visage. Au passage, il heurta du pied une enceinte de retour qui vacilla un instant dangereusement au-dessus du vide. Alors qu'une fille quelque part laissait échapper un bref cri hystérique, Mary, elle, pensa aux fesses creuses d'Hubert pendant l'amour. À ses ronflements et à la bave qui séchait blanc au coin de ses lèvres pendant son sommeil. À ses grasses matinées quotidiennes, à son café pris au radar avec un air d'enfant bougon, à ses slips sales traînant par terre dans l'appartement.

Un dernier larsen de guitare qui fit vibrer la caisse claire de la batterie, un spot qui s'attardait sur Hubert prostré, un fondu au noir et, enfin, des applaudissements nourris ponctués de *Yeaah !* accentués à la française : tout cela marqua la fin de la prestation du groupe, largement surestimé par un public dont on pouvait s'interroger sur le réel niveau d'exigence musicale. « Et sa mère, avec sa Smart et ses carrés Hermès, qui vient tous les vendredis remplir le frigo », poursuivit la jeune fille tandis que tout le monde, briquets et paquets de Marlboro Lights à la main, cherchait en même temps à gagner le trottoir pour une cigarette libératrice.

« Allez-y, je vais faire un tour dehors, je vous rejoins dans cinq minutes », mima de ses doigts Mary à Julie et Renaud qui, l'interrogeant des yeux à une dizaine de mètres de là, s'apprêtaient à retrouver directement Hubert et les autres *backstage*, comme à chaque fin de concert des *Useless Blankets*. Cette fois, en effet, la jeune femme avait préféré se laisser porter mollement par la foule. Au fur et à mesure de sa progression vers le grand air, elle identifiait des odeurs de sueur, de bois moisissant et d'eau de Javel trop diluée. Un cocktail olfactif que, depuis la mise en application de la loi antitabac, six mois auparavant, l'on retrouvait dans la plupart des débits de boissons parisiens, révélant ainsi l'entretien sommaire des établissements. Mary imagina capter cette odeur caractéristique, l'enfermer dans une fiole à parfum et y opposer, dans une autre fiole, celle d'un très bon restaurant où, dès le seuil, des fragrances de cuisine saine et conviviale vous enveloppaient comme le souffle d'un bon feu de cheminée. Une étiquette sur la première fiole : *Air de rien*. Une autre sur la seconde : *Eau-de-vie*.

Dehors, elle fut instantanément happée par le bleu intense de la nuit de ce début d'été, que le halo des lampadaires environnants donnait l'impression de faire scintiller. Saisie d'un indéfinissable sentiment de liberté, elle s'écarta légèrement du flot bourdonnant des fumeurs, fouilla dans son sac et en ressortit son téléphone portable, qu'elle positionna en mode appareil photo afin de fixer cette nuance si particulière et se l'appliquer en fond d'écran, sachant parfaitement que le rendu du cliché n'aurait plus rien à voir avec l'original. Mais, peu importe, c'est le souvenir de ce bleu qui comptait.

Le cadran du portable signalait un appel en absence, assorti d'un message vocal. Une Vienna avait appelé, dont Mary ne se souvenait pas avoir jamais rentré le nom dans son répertoire. Il lui fallut quelques secondes pour remettre qu'il s'agissait de cette Italienne dont elle avait fait la connaissance sur le pont du ferry Athènes-Patmos, pendant la semaine de vacances qu'ils avaient prise en Grèce fin avril, avec Hubert. Étrange, ce paradoxe des rencontres sans lendemain : Mary avait fini par oublier complètement l'existence de cette fille. Mais qu'elle rappelle pour la première fois, deux mois après leur échange de coordonnées, l'enchantait littéralement.

Elle consulta sa messagerie. La voix était douce, l'accent appuyé et le français imparfait mais assez fluide. Vienna annonçait son passage à Paris le mercredi suivant pour un entretien d'embauche. Et sachant que Mary vivait dans la capitale, elle avait pensé que ce serait une bonne occasion de la revoir. Elle lui disait combien elle gardait un bon souvenir de leur rencontre et de leur conversation sur le bateau, et qu'ayant conservé ses coordonnées, elle s'était permis de téléphoner. Elle la saluait, ainsi que son ami, dont elle avait oublié le prénom, je m'excuse.

Pas étonnant qu'elle ait oublié son prénom puisqu'ils s'étaient à peine croisés, avec Hubert. Découvrant avec bonheur que leur cabine était dotée d'une télé, le jeune homme, plutôt que d'accompagner Mary sur le pont pour assister au départ du ferry, avait préféré s'affaler sur sa couchette et regarder les émissions grecques de télé-achat ou de variétés en s'esclaffant (« Putain, ils sont vraiment trop has-been, les Grecs. On se croirait en 1985 ! »).

Mary se souvenait avec précision de cette fin d'après-midi au Pirée. L'accueil à bord du navire désert et hors saison par des stewards sexagénaires mégot au bec. La déco seventies fatiguée des salons immenses et bas de plafond. Le coin douche en formica de la cabine, constellé de brûlures de cigarettes. Les interminables corridors capitonnés, le self-service qui lui rappelait la salle de cantine de son lycée, la boutique de souvenirs où l'on vendait une boule à neige dans laquelle était enfermé un Parthénon miniature.

Et, enfin, ce pont arrière surplombant le quai Et, à l'extrémité du port gigantesque, avec le va-et-vient des camions de marchandises manœuvrant, puis s'engouffrant dans les cales du navire. Le vacarme métallique sourd qui secouait imperceptiblement le bateau à chaque nouveau chargement, les exclamations lointaines des dockers. Dans son dos, la piscine en plein air du pont supérieur, vidée de son eau et recouverte d'un filet. Le bastingage rouillé, les peintures qui s'écaillaient un peu partout, l'odeur de mazout, les vieux parasols de paille fixés dans les tables de la terrasse et les quelques rares touristes présents sirotant leur café au lait frappé tout en contemplant, comme elle, Le Pirée s'agiter dans une brume de chaleur et de pollution, si grasse qu'on aurait dit que la ville tout entière reposait sur une poêle à frire.

Mary s'était assise seule à l'une de ces tables qui entouraient la piscine. Elle était vannée par une journée entière de métro, de bus et de longues marches dans la clameur urbaine, avec son sac de voyage trop lourd qui lui cisaillait l'épaule, avec la mauvaise humeur d'Hubert qui se plaignait sans cesse de la chaleur, des embouteillages, des klaxons, des trottoirs trop étroits, de la crasse, des odeurs, des queues au guichet, de l'alphabet grec sur les enseignes et des connexions internet déficientes dans les cybercafés. C'était donc le retour au calme pour Mary. Elle savourait en silence ce moment suspendu au-dessus du quai, avec son guide de voyage ouvert devant elle, quand cette fille et son copain, barquettes alimentaires et sandwiches dans les mains, lui avaient demandé en anglais s'ils pouvaient s'asseoir aussi.

Elle était un peu plus grande qu'elle, très mate, et ses yeux étaient d'un bleu extraordinairement pâle. Rien dans son allure ne pouvait s'apparenter aux fréquentations habituelles de

Mary à Paris. Sa coupe de cheveux, tout d'abord : un bol de garçonne teinté rouge vif, dégradé très haut sur la nuque et retombant le long des joues en mèches de tailles inégales. Un piercing sur l'arcade sourcilière, un t-shirt noir très ajusté et dont l'échancrure révélait de larges épaules. De gros seins fermes ainsi que des omoplates musclées. Une peau du visage unie, de hautes pommettes et un nez busqué avec style. Une bouche large et mobile, de petites dents au blanc mat éclatant, deux incisives du bonheur, une taille marquée, des mollets fermes mais dessinés et dorés. Bref, un subtil mélange de délicatesse et de tentation masculine. Un style général qui, s'il parut dans un premier temps un peu *too much* à Mary, ne l'en intimida pas moins.

Car où, ailleurs qu'à l'étranger, pouvait-elle avoir l'occasion de côtoyer des individus de son âge qui lui ressemblaient si peu ? À Paris, tous ses amis étaient tellement snobs et despotiquement mesurés, qu'une fille comme celle-là, qui assumait ses fantaisies, qui *osait*, aurait immédiatement été rangée dans une catégorie du genre *néo-bab-punk*, avec tout le cortège de ricanements afférents (« Style : je m'assois par terre en rond avec mes potes en fumant des pétards et en jouant au tarot », « Style : j'écoute Manu Chao en bouffant un kebab », etc.).

À côté d'elle, le garçon paraissait pâle et invertébré. Piercé lui aussi, vêtu d'un t-shirt vert vintage *Buddha Is My Homeboy*, visage émacié et cerné, barbiche rasta, dents sales, bras blancs maigrelets, pas de torse ni de fesses, jean affaissé sur de grosses baskets de skater. Il semblait plus préoccupé par son tabac et ses feuilles à rouler que par la salade toute prête que la fille lui proposait de partager avec elle. Pas plus de vingt-cinq ans l'un et l'autre, ils ne se connaissaient pas depuis longtemps puisqu'elle lui demandait, dans un anglais qui n'était manifestement pas sa langue maternelle : « You don't like salad ? »

Une fourchette en plastique entre ses doigts, la fille avait commencé à raconter au type l'histoire d'une femme, ou plutôt d'un personnage, de film ou de roman. Mary aimait la façon qu'elle avait de manger et de parler à la fois, sans jamais postillonner, sans laisser jamais apparaître de trace d'aliment broyé entre ses dents impeccablement blanches et régulières. Même l'huile d'olive qui faisait délicatement briller ses lèvres, on n'avait pas envie de la lui éponger.

Mary, qui faisait semblant de consulter son guide pour se donner une contenance et ne surtout pas avoir l'air d'écouter leur conversation, ressentait une irrésistible envie de faire connaissance. C'est en entendant le nom de Nicole Kidman qu'elle comprit que la fille évoquait *The Hours*, ce film inspiré du roman *Mrs. Dalloway*, de Virginia Woolf. Elle décrivait au garçon la façon dont la romancière s'était suicidée en

1941, s'étant enfoncée dans une rivière après avoir lesté de grosses pierres les poches de sa veste. Le type hochait la tête en fumant. Mais on sentait bien que ce n'était pas trop son truc, la littérature britannique féminine de la première moitié du XXe siècle. À un moment donné, d'ailleurs, elle avait fait une pause dans son récit, puis avait dégluti pour finir par lui demander d'un ton très naturel, presque naïf : « Do I bore you ? »

« Not at all », avait toussé le type en faisant tomber son Zippo par terre. Il était descendu aussitôt de son tabouret pour aller le ramasser. « But I have to go to piss », avait-il ajouté dans un accent indéfinissable en se contorsionnant sous la table. Il s'était relevé, avait rajusté son jean qui laissait largement entrevoir l'étoffe de son caleçon à carreaux et le haut de la raie de ses fesses. Puis il était revenu poser un baiser neutre et expéditif sur la joue de la jeune femme, avant de s'en aller. Mary avait aimé la parfaite désinvolture avec laquelle, ignorant dans un demi-sourire le baiser du garçon qui tournait déjà les talons, elle avait murmuré pour elle-même : « Nice information ! You should write poems. »

Sa salade achevée, la fille s'était essuyé les lèvres avec le dos de la main. Dans un très beau mouvement franc, pensa Mary, qui eût paru inconvenant chez n'importe qui d'autre. Elle s'était levée à son tour pour jeter barquette et couverts dans une poubelle, puis était revenue s'asseoir, extirpant de son sac à dos un livre, de Virginia Woolf, précisément. Une édition de poche en anglais d'un recueil de nouvelles intitulé *Haunted House and Other Stories* qu'elle posa sur la table et se mit à lire aussitôt, révélant une capacité instantanée à se couper du monde qui laissa Mary admirative. Laquelle pensa également que cela attestait un sens du goût et une certaine exigence, de s'intéresser si jeune à l'œuvre de Virginia Woolf, en langue originale de surcroît.

Mais elle se sentait un peu vexée que la fille ne lui ait pas lancé un seul regard depuis qu'elle lui avait demandé l'autorisation de s'asseoir à la même table qu'elle. Elle se dit que cette faculté de se plonger immédiatement dans sa lecture, comme celle de ne pas se laisser distraire par la présence d'une inconnue lisant à moins d'un mètre d'elle, était certainement la marque d'un caractère entier et déterminé. Jugeant que c'était le moment, elle se racla la gorge et dit dans son anglais sans taches, pointant d'un doigt humble le recueil de nouvelles : « She had bipolar disorders, right ? »

La fille avait lentement levé de son livre ses yeux vers Mary, puis demandé d'un air surpris : « Sorry ? » Et Mary avait répété, en précisant cette fois : « Virginia Woolf : she suffered from bipolar disorders, right ? »

Une conversation en anglais avait ainsi débuté,

que n'avaient interrompue ni le retour de son copain, revenu des toilettes coiffé d'écouteurs puis presque aussitôt reparti, ni la courte visite d'Hubert, monté une heure plus tard demander à Mary ce qu'elle fabriquait, et lui annoncer hilare qu'il avait vu l'animateur Nikos Aliagas rapper en grec sur un plateau. Mary trouvait charmant l'anglais truffé de latinismes de la fille. Celle-ci avait commencé par dire qu'elle venait de commencer le livre et qu'elle n'avait jamais entendu parler auparavant de Virginia Woolf. Que le bouquin lui avait été donné par un couple féminin de touristes néo-zélandaises, à Athènes, et qu'elle n'y comprenait pas grand-chose, préférant le cinéma à la littérature. Mary avait apprécié cette franchise, inconcevable à Paris, qui ne s'encombrait pas de vouloir paraître « cultivée » à tout prix.

Elle s'appelait Vienna, elle était italienne et habitait à Turin. Lui, Alèkos, venait de Thessalonique. Ils s'étaient rencontrés lors du set d'une DJ allemande absolument inconnue de Mary dans un club de Turin, un mois et demi auparavant, et ils s'étaient promis d'aller visiter ensemble les îles grecques du Dodécanèse avant l'été, pour éviter les touristes. Ils se rendaient à Kos.

Parallèlement à ses études, Vienna servait dans une discothèque le soir et, en bénévole au sein d'une association, allait faire la conversation à de jeunes délinquants immigrés sud-américains détenus dans la prison pour mineurs de la ville, afin de les empêcher de se mutiler et de mettre le feu à leurs matelas, comme cela se pratique souvent dans ce type d'institutions.

Dans l'entourage de Mary, à Paris, personne ne se consacrait de la sorte aux problèmes d'autrui, ni ne payait ses études en travaillant. Aussi est-ce avec un léger embarras qu'elle avait à son tour parlé de ses cours aux Arts déco, et de ses propres créations d'objets :

« Euh, ben, euh, des petits trucs de rien du tout, rien de génial, hein. J'ai déjà fabriqué une tête de rhinocéros en papier mâché grandeur nature, des bibendums en fil de fer, un nounours désarticulé à longue queue, tu vois, plein de petits trucs comme ça qui ne servent pas à grand-chose. Et comme j'aime aussi bien coudre, comme j'aime bien les tissus et les matériaux, je fais de la récupération, je détricote des pulls en laine pour en faire des pelotes bizarres, j'essaye de dessiner des vêtements, des bijoux, des chaussures, de mélanger des fruits et des condiments un peu spéciaux pour faire des confitures à feu nu, voilà. Un peu de tout, quoi. »

Mary se souvenait surtout qu'à un moment donné, tandis que le bateau avait quitté le port et atteint sa vitesse de croisière depuis une bonne demi-heure, elles avaient fini toutes les deux par se lever pour s'accouder à la rampe du bastingage, à une vingtaine de mètres à pic au-dessus de la mer. Vienna lui avait alors révélé ne pouvoir s'empêcher, dans ces cas-là, de cracher dans le vent, comme dans cette fameuse scène de *Titanic* où Leonardo DiCaprio enseigne à Kate Winslet la bonne façon de mollarder. « Exactement comme moi ! » s'était exclamée Mary, ravie. Jamais, à Paris, elle n'avait eu l'occasion d'avouer à quiconque qu'elle avait *vraiment* aimé *Titanic*, dont il était plutôt de bon ton de railler le romantisme échevelé. Toutes les deux avaient donc craché par-dessus bord. Mary, une sorte de bruine maladroite de gros postillons. Vienna, une vraie morve verte et compacte qui impressionna Mary davantage qu'elle ne la dégoûta.

Au moment de se séparer et de se dire au revoir, chacune devant rejoindre son copain, Mary avait ressenti de la honte à lui avouer qu'avec Hubert, ils avaient réservé une cabine avec couchettes et salle de bains au lieu de se contenter, comme tout le monde, des sièges et des banquettes communes.

Elle se rappelait, enfin, que beaucoup plus tard, une fois allongée dans l'obscurité sur sa couchette et Hubert endormi sur la sienne, en dessous, elle avait entendu à travers la fine cloison un couple faire l'amour dans la cabine d'à côté. Les râles de la fille, d'une animalité violente, l'avaient littéralement électrisée, entre effroi et fascination, au point qu'elle avait été incapable de décoller son oreille de la cloison jusqu'à la fin de l'étreinte, ressentant jusque dans le bas de son propre ventre la poussée sourde, puissante, des deux corps encastrés.

C'est à tout cela que repensait Mary en réfléchissant aux termes de son texto de réponse à Vienna. Avec cette lumière si particulière ce jour-là sur le quai, avec le ferry qui traçait son sillage dans un crépuscule clair et rassurant, avec les silhouettes des innombrables îles qui se profilaient au large, c'est toute une Europe du Sud, tout un style de vie, libre, décomplexé, épanoui, que cette fille avait incarnés aux yeux de Mary.

Lorsque, quelques minutes plus tard, elle alla retrouver ses amis dans les loges de *L'Abreuvoir*, Hubert, fumant ostensiblement une cigarette, genre : « J'ai suffisamment de génie pour m'autoriser cette petite entorse au règlement », était debout dans le couloir, testant des airs de star accessible et bienveillante auprès d'une jolie jeune femme, tout employée à se composer une pose involontairement sexy, avec ses deux mains glissées dans les poches arrière de son jean. Un geste qui, induisant un haussement d'épaules, avait également pour but de faire avantageusement s'écraser ses deux seins l'un contre l'autre.

En voyant Mary s'approcher, Hubert se redressa dans un net mouvement de recul. La fille se tourna à son tour et, comprenant rapidement que Mary avait des droits sur le garçon, elle rougit légèrement, enleva les mains de ses poches, laissa ses épaules s'affaisser de nouveau et s'essaya à un sourire aussi humble que possible.

— Bonjour, lui sourit en retour Mary, sans rancune.

À Hubert :

— Gaffe quand même de pas te faire choper, avec ta clope.

— Rien à foutre, rétorqua Hubert avec morgue. Tu crois qu'ils font pas la même chose, eux ?

Mary affecta un bref air *Je t'aurai prévenu*, puis se tourna vers la fille :

— Ça vous a plu, le concert ? demanda-t-elle avec une amabilité désarmante.

— Oui, beaucoup, répondit la fille, qui semblait à présent bien plus subjuguée par l'évidente beauté de Mary que par les affectations d'Hubert.

— Vous n'avez pas trouvé ça un peu excessif, la fin ? Vous savez, quand il s'est mis à genoux.

Elle prenait également à témoin Julie et Renaud, affalés au pied de la porte de la loge, d'où provenaient les voix du reste des membres des *Useless Blankets*. D'un geste débonnaire, elle caressa du dos de sa main le menton d'Hubert :

— Non ? Tu crois pas que tu aurais pu rester debout ?

Vexé, Hubert allait répondre quelque chose, mais il en fut empêché par un quadragénaire fulminant qui fit irruption dans le couloir au même instant, factures dans une main et portable contre la joue :

— Je me disais bien que ça sentait la clope ! rugit-il sans prendre la peine d'écarter le téléphone de son oreille.

Hubert, qui ne comprit pas immédiatement que c'est à lui qu'il s'adressait, pointa son index sur son torse en haussant les sourcils d'un air interrogateur.

— Oui, toi ! confirma le type sur le même ton et en le regardant droit dans les yeux. Tu m'éteins ça immédiatement ! Les 135 euros d'amende que je peux me prendre dans la gueule s'il y a un agent de la Santé publique qui traîne dans le coin, c'est pas toi qui les allonges !

Au cours des semaines qui avaient précédé, Hubert n'avait rencontré qu'une seule fois le patron de *L'Abreuvoir*. C'était dans son bureau, au moment de la signature du contrat. Il l'avait reçu avec enthousiasme et simplicité, ce qui avait eu pour conséquence, notamment, de conforter Hubert dans l'idée qu'artistes et patrons de salle n'étaient pas sur un pied d'égalité, les seconds étant nécessairement au service des premiers.

Là, plus de compliments, plus d'encouragements, rien. Pris de court par la détermination sans appel de l'homme, Hubert ne chercha même pas à argumenter. Il ouvrit la bouche et, comme rien n'en sortit, il écrasa docilement sa cigarette sur la semelle de sa Converse et garda le mégot fripé entre ses doigts. Un temps mou et indécis s'installa entre les trois jeunes gens alors que le type tournait les talons, tout en reprenant dans son téléphone sa conversation là où il l'avait laissée.

Un maigre, dont le jean semblait tenir comme par miracle sur un bassin tout à fait dépourvu de fesses, entrouvrit la porte de la loge. Une housse de guitare à la main, il regardait Hubert avec cet air à la fois coupable et goguenard d'un écolier qui vient d'échapper à une punition collective :

— Putain, qu'est-ce ç'aurait été si on avait fait péter les cônes !

— Connard, lâcha à contretemps Hubert à l'intention du patron des lieux, bien assuré que l'intéressé était définitivement hors de portée de sa voix.

Mal à l'aise, la jolie admiratrice leva une main hésitante qu'elle agita un peu frénétiquement à l'intention de tout le monde :

— Bon. Eh ben, peut-être à bientôt, alors. Salut !

Julie et Renaud répondirent par un geste de la tête. Le garçon à la housse réintégra la loge et Hubert, lui, grommela un « Ouais, salut » récalcitrant.

Une fois que la fille eut à son tour quitté les lieux, Mary se tourna vers Hubert avec un sourire étrange, moqueur sans l'être tout à fait.

— Vachement mignonne, dis donc, ta copine.

Puis, limite complice :

— C'est qui ?

5

La vaisselle de son petit déjeuner terminée, John se sécha les mains, remplit d'eau la bouilloire, la mit à chauffer sur la vieille gazinière puis alla se brosser les dents à la salle de bains. La bouche fraîche et mentholée, il revint à la cuisine, attrapa sur l'étagère un gros mug marqué *I Love N. Y.* qu'il déposa sur un plateau, ainsi que la théière vide et deux sachets d'Earl Grey.

Estimant, au faible frémissement qu'émettait la bouilloire, qu'il disposait encore de suffisamment de temps avant l'ébullition, il abandonna le plateau et passa au salon. Sur le bureau était posé un bloc épais de papier vierge. John l'avait acheté en début de semaine à la maison de la presse de Bourgville, avec beaucoup d'espoir et beaucoup d'entrain, pensant qu'il finirait forcément par tirer quelque chose d'un paquet de feuilles qui semblait lui dire alors que tout était possible.

Mais, à présent, il émanait du papier davantage que de l'indifférence à l'égard de John. C'était comme un air de défi, à la frontière de l'hostilité. « Et la ramette de papier blanc qui bâille comme une huître », récita-t-il mentalement, sans se rappeler où il avait bien pu lire cette phrase. Un instant, il envia tous ceux qui, à sa place, n'éprouveraient que de la confiance et réserveraient à ces feuilles le seul destin raisonnable auquel elles pouvaient être promises : se faire couvrir de mots.

Par prudence, il n'en saisit que cinq ou six sur la pile, ramassa le premier stylo bille qui traînait à proximité, puis, après avoir vérifié qu'il fonctionnait en raturant un peu nerveusement le bord d'une facture EDF qui, elle, ne s'encombrait pas l'existence de velléités littéraires, il gagna directement la terrasse par la cour, sans repasser par la cuisine. Le vent était tombé. Pas un nuage dans le ciel exceptionnellement limpide. Il fit encore quelques pas en direction de la table du jardin, y posa les feuilles et le stylo, alla chercher une chaise un peu plus loin, qu'il disposa bien au milieu de la table, face à l'horizon. Au-devant, quarante mètres carrés de dallage bordé d'herbes folles et d'arbustes, un petit muret de pierres, ainsi qu'un champ vert tendre où paissaient au ralenti quelques vaches. Tout au bout du champ, à deux cents mètres, la plage, puis la mer, parfaitement plate, étale, infinie, qui étincelait dur déjà sous le soleil de onze heures. Pas l'ombre d'un parasite sonore, pas la moindre verrue dans le paysage à 180 degrés à la ronde :

« C'est dimanche, j'ai un panorama rêvé sous les yeux, il fait un temps idéal, je suis loin de Paris, j'ai tout mon temps. Pas de tracas, pas de rendez-vous prévu, plus d'enfant dont il faut s'occuper, plus de femme non plus. J'ai démissionné de mon boulot pour vivre librement, j'ai mis du fric de côté, et en plus j'ai une part de l'héritage de mon père pour voir venir jusqu'à ma mort. C'est l'été, c'est les vacances, le frigo est plein de choses que j'aime, j'ai fait les courses hier, je suis allé acheter du pain frais ce matin et j'ai pris un copieux petit déjeuner, un peu trop peut-être. J'ai fait le ménage dans la maison, j'ai fait la vaisselle, ma fille et son copain ne se pointent pas avant vendredi, je n'ai rien d'autre à foutre que m'occuper de ma petite personne. Alors, c'est le moment, je dois m'y mettre, c'est maintenant ou jamais. C'est pour des moments comme celui-ci que j'ai décidé d'arrêter de bosser l'année dernière, ça fait des années que j'attends des moments comme celui-ci, j'ai cassé les oreilles de pas mal de gens en leur disant que tout ce que je désirais dans la vie, c'était me ménager des moments comme celui que je suis en train de vivre, là, maintenant. Alors, même si je pourrais encore me trouver mille autres bonnes raisons de ne pas m'y mettre, je n'ai plus d'excuse, je n'ai pas le choix : faut y aller. »

Toutes les conditions étaient réunies, oui. Mais John sentait bien qu'il lui manquait l'essentiel : l'évidence, l'urgence préalable à toute cette mise en scène. Et si son désir d'écrire ne relevait que d'un vulgaire caprice bourgeois ? C'était quoi, exactement, le *besoin* d'écrire ? Il jeta sur les feuilles et le stylo un dernier regard implorant d'amant trahi, soupira, tourna les talons et rentra dans la maison, où l'eau devait bouillir depuis belle lurette. Une minute plus tard, il était de retour sur la terrasse. Tout était en place sur la table. Les sachets d'Earl Grey infusaient dans la théière, et le mug attendait. Faisant tourner son Bic entre ses doigts, John scrutait mollement la ligne de l'horizon, conscient de rêvasser dans le vide, luttant passivement contre le découragement qu'il sentait monter.

Un nouveau coup d'œil aux feuilles muettes étalées sous son nez lui fit réaliser combien, s'ajoutant à l'incandescence de la lumière de midi, celles-ci l'aveuglaient de leur blancheur. Il posa le stylo, se leva de la chaise et alla chercher ses lunettes de soleil au salon. À son retour, la table lui parut légèrement de guingois. Mesurant l'ironie de son geste, il sacrifia donc l'une des feuilles qu'il avait apportées pour confectionner une cale de fortune, qu'il plaça sous l'un des pieds de la table. L'équilibre retrouvé de la table appelait à présent un confort complémentaire : un coussin sous les fesses. John se leva donc à nouveau en se jurant que c'était la dernière fois qu'il se trouvait une bonne raison de ne pas s'y mettre, et revint avec deux coussins, dont un pour le dos, persuadé d'être devenu le jouet d'un engrenage utilitariste pervers qui ne pouvait déboucher que sur la folie.

« Tiens, c'est une idée, ça, s'illumina-t-il sans trop y croire en reprenant son stylo, je pourrais écrire ça : les obstacles, les entraves, les petits états seconds de tous les jours. Ça se présenterait sous forme de petits paragraphes légers et bien gaulés, indépendants les uns des autres. Ma liste à moi des petites galères de tous les jours, dont le lecteur se dirait : *C'est marrant, je n'y avais pas pensé, mais c'est exactement ça que je ressens dans ces cas-là.* Pas mal, non ? J'appellerais ça : *Inventaire communément subjectif des petites entraves du quotidien.* Non ? »

Il lâcha les coussins sur la chaise, s'y affaissa à contrecœur, soupira :

« Non, c'est nul comme titre. Trop précieux. Pédant, faussement modeste, faussement détaché, faussement drôle, faussement malin. Ça ne me ressemble pas du tout, c'est pas moi, un titre comme ça. Je vaux mieux que ça, quand même, je suis beaucoup plus subtil que ça. Pas ça. Oui, mais quoi, alors ? C'est bien beau, de se sentir planer au-dessus des stéréotypes. Mais comment le suggérer par écrit sans se trahir, sans rester *en deçà* de soi ? J'en ai connu tellement, des types intelligents qui rêvaient d'écrire et qui n'ont rien fait. Et il y a tellement de cons qui ont fini par se la faire publier, leur petite crotte. Ça tient à quoi, cette injustice-là ? Qu'est-ce qui fait que ça sort pour les uns et pas pour les autres, malgré leur jugement sûr, malgré leur discernement en matière de bonne et de mauvaise littérature, en matière de bon et de mauvais goût ? C'est une question de quoi ? De capacité ? De volonté ? C'est quoi, exactement, le talent ? »

John se demanda si cela vaudrait le coup, par exemple, d'écrire mot pour mot tout ce qu'il venait de penser. Ce n'était pas très original, beaucoup de gens pouvaient tenir le même raisonnement dans des termes comparables. Mais comment certains pouvaient-ils se permettre de l'écrire ? Par quel prodige pouvait-on transformer n'importe quelle banalité en littérature ?

Il songea à nouveau à ces *Entraves du quotidien* :

« Et pourquoi pas, hein ? Une petite liste sans prétention de nos petits emmerdements de rien du tout, sur 150 pages maximum : la sueur froide qui monte dans le cuir chevelu, en hiver, lorsqu'on vient de courir comme un dératé pour attraper à temps un bus, et qui vous fiche par terre votre coiffure et l'effet de votre déodorant pour le reste de la journée. Le goût du jus d'orange longue conservation qu'on vous propose dans l'avion, qu'on déteste mais qu'on finit quand même par boire jusqu'au bout, jusqu'à pousser le masochisme à en redemander un verre à l'hôtesse. Des trucs comme ça. »

John s'était redressé sur sa chaise. Ses yeux avaient cessé de vagabonder dans le vague et ses doigts de torturer le stylo :

« Oui, pourquoi pas ? » sourit-il avec une

conviction qu'il sentait s'affermir. « Et pourquoi pas aussi, pendant que j'y suis, développer le pendant *positif*, dans un bel esprit de symétrie ? Les petites galères d'un côté, les petites euphories gratuites de l'autre, en alternance, sur le mode *J'aime/j'aime pas.*

En mode « mot juste », direct, sans fioritures :

J'aime pisser longuement après le thé. Je n'aime pas avoir à ajourner une défécation pressante.

En mode « joli » :

J'aime nager dans le bleu profond du large.

En mode « rimé au second degré », gentiment suranné :

J'aime ces places de parking, le long des trottoirs, qui, sans crier gare, se libèrent devant vous en plein centre-ville, le samedi soir.

On pourrait prévoir des variations sur le même thème :

J'aime me payer le luxe de passer en quatrième sur le périph fluide.

John se rembrunit aussitôt :

« Le syndrome *Première gorgée de bière*, quoi. Ou *Les Miscellanées de Monsieur Machin*. On ne rentre pas en littérature avec des choses pareilles. Ça a été décliné mille fois, ce genre de trucs, depuis Perec. Tout le monde fait ça. Non, il n'y a rien à faire, je peux pas me lancer là-dedans. Ça fait trop recette. C'est vulgaire. »

Désenchanté, il posa le stylo, empoigna la théière et se versa du thé. Le liquide avait viré au noir et exhalait un parfum excessivement concentré.

« Évidemment, j'ai laissé infuser trop longtemps », soupira John en ôtant de la théière les sachets détrempés et informes, tout en notant que le coup du thé trop infusé, justement, aurait tout aussi bien pu figurer dans son éphémère inventaire *J'aime/J'aime pas*.

Il porta le mug à sa bouche, aspira du bout des lèvres l'équivalent d'une demi-cuiller à café de breuvage, fit la grimace. Un polar ? Il en serait bien incapable. Et puis, un polar, ça ne l'intéressait pas. Ce qu'il voulait, n'en déplaise aux meilleurs auteurs de polars, c'était un *roman*, un vrai. Un roman intello-sentimental un peu prétentieux à la française, qu'on écrit durant l'été, dans une maison louée pour les vacances au bord de la mer, dans le sud de la France, dans le Luberon, en Corse. Ou bien à l'étranger, mais pas trop loin. Dans des pays comme le Maroc, l'Italie ou la Grèce. Dans des maisons pourvues de chambres pour d'hypothétiques amis de passage, lesquels vous demanderaient parfois en passant : « Alors, ton roman, ça avance ? » Ces amis un peu fascinés, qui vous observeraient à la dérobée dans la journée en se demandant à quoi vous pouvez bien penser, vous, l'écrivain, lorsque tout le monde se retrouve innocemment pour le déjeuner ou pour une grande balade collective. Qui s'imagineraient que vous avez forcement du recul sur les situations et les conversations, que vous n'en pensez pas moins, que vous en tirerez forcément quelque chose pour votre livre en cours. Un roman comme on en écrivait jadis, tapé directement à la machine à écrire. Qu'on tapait à deux doigts en fumant des cigarettes, entre deux pauses ouzo, pastis ou Campari sur la terrasse, dans l'incomparable douceur des soirs de Méditerranée. Un roman qui irait de soi, uniquement interrompu par des bains de mer, pour aller régénérer l'inspiration. Un roman à l'ancienne, avec les pages qui s'accumuleraient de jour en jour. Un roman forcément destiné à être remis à un éditeur dans une chemise cartonnée extensible à sangle de nylon. Un roman destiné à être publié dans la collection « Blanche » de Gallimard exclusivement. Un roman à la Gary, à la Modiano, à la Le Clézio ou à la Kundera, avec un beau titre simple et grandiose, du genre *Le Bel Été*. Un titre qui dirait, en tout cas, toute la pensée profonde, toutes les cicatrices, tout le détachement et l'humour d'un bel homme de cinquante-cinq ans qui, au cours de sa vie, aura davantage réfléchi, observé et éprouvé le goût et le sens des choses que la moyenne des hommes. Le roman d'un homme mûr qui aura rêvé, voyagé, connu les femmes et des désillusions. D'un homme revenu de tout. Sauf, peut-être, de la littérature et des mots. Dont acte.

Comme pour expier ces divagations qui lui faisaient, au bout du compte, davantage de mal que de bien, John avala une longue rasade de thé refroidi.

« Une spécificité bien française que ce mythe, que ce *romantisme du roman*, si je puis dire », ricana-t-il non sans amertume. « Les profs de lettres, les critiques littéraires, les journalistes, les médecins, les avocats, les ambassadeurs, les étudiants de Sciences Po, de Normale : ils veulent tous l'écrire, leur petit roman égotiste. Même les hommes politiques ! » C'était à croire qu'à leurs yeux, il n'y avait pas de raison d'être, pas d'achèvement personnel plus complet, pas de motif de reconnaissance publique et d'admiration plus insurpassable que celui-là. Ni d'exceller dans leur fonction, ni l'argent, ni le pouvoir, ni les femmes.

Il but d'un trait le reste du thé, puis reposa le mug un peu précipitamment sur la table.

« Et si je développais un peu cette remarque ? Si je me lançais carrément dans un essai là-dessus ? Je prendrais le concept à bras-le-corps, je demanderais : est-ce que cela signifie qu'on est, en France, moins matérialiste qu'ailleurs quant à nos ambitions personnelles ? Davantage préoccupé par les questions profondes de l'être et la poésie que par la marche inexorablement mercantile et consumériste du monde ? Ou, tout au contraire, c'est parce que nous sommes bouffis d'orgueil et avides d'un prestige d'autant plus considéré supérieur qu'il est purement intellectuel ?

Incurablement nombrilistes, les littéraires français ?

Je comparerais avec les civilisations anglo-saxonnes, où l'on ne cultive pas avec autant de complaisance le mythe de l'artiste maudit. Où un livre, ça doit se travailler dur et puis se vendre, point. Pas concentrer les états d'âme mélancolico-dépressifs d'apprentis Proust. J'en viendrais à la conclusion que, si beaucoup de hauts fonctionnaires font leur métier sans passion en France, c'est à cause de leur obsession cachée de la littérature. »

Il prendrait en exemple son propre cas de cadre, vingt-cinq ans durant, au sein d'une célèbre compagnie d'assurances. Ses études à Paris, la recherche d'un métier sérieux et bien considéré, qui rapporterait de l'argent et dans le choix duquel ses convictions politiques (de gauche comme il se doit) n'entreraient pas trop en cause. Il raconterait son entretien d'embauche au GAN, la signature du contrat, la tête dans le guidon les premières années, la motivation, les bonnes idées, les premiers coups, les félicitations des supérieurs, les recommandations, les montées en grade, l'ambition grandissante, encore les honneurs, les responsabilités, les augmentations de salaire et les primes. Puis, petit à petit, la démystification des enjeux, la lassitude, la démotivation, le je-m'en-foutisme qui pointe. Et puis, un jour, on finit par ne plus y croire du tout. On ne vient plus au bureau que pour y assurer le minimum syndical, on délègue de plus en plus, on ne tente même plus de faire illusion. Et puis, du jour au lendemain, l'amertume, le dégoût, le sentiment d'être passé à côté de soi-même, de s'être forcé à croire à tout cela par simple conformisme social, par lâcheté.

Puis, à cinquante-quatre ans, après la mort d'un père peintre de renom, la grande remise en question. Le choix de tout abandonner, de tomber la cravate, de vendre son appartement de Paris, de laisser sa sœur s'occuper seule de leur mère atteinte d'Alzheimer pour venir s'installer dans le trou du cul de la France, tout en haut du Cotentin, dans la maison de villégiature des parents, et d'écrire pour tenter enfin de produire quelque chose qui lui ressemblerait un peu, qui donnerait un sens à sa vie. Bref, la liberté.

John sentait qu'il tenait là quelque chose. Même si c'était, au bout du compte, pour finir par raconter sa petite histoire personnelle, comme tout le monde. Il se dit que, sur un plan plus général, la littérature avait beau prendre de grands airs, les romans, même les plus grands, même les plus éternels, eh bien cela ne servait pas à grand-chose. Il ne s'agissait de rien d'autre, en somme, que de contes pour les grands. De leçons de vie pour les grands. Que tout cela ne consistait en rien d'autre qu'à élaborer ou reproduire, à l'intention des petits mortels gesticulants et égocentriques que nous sommes, de petites histoires plus ou moins banales et réalistes dc « personnages », c'est-à-dire d'êtres humains parfaitement banals ou banalement exceptionnels, rien de plus, rien de noble là-dedans. Alors, pourquoi pas lui ?

Il saisit la théière, qu'il renversa mécaniquement tête-bêche au-dessus de son mug, espérant d'improbables gouttes de thé. Puis il la reposa sur la table, reprit son stylo et inscrivit en haut d'une page :

Les assurances. Démarrer sur les assurances (le symbole du mot « Les assurances » : ça ne s'invente pas !). « Assurer », se « rassurer », s'« assurer de ». La certitude de. Jusqu'au jour où.

Il sentait qu'il lui fallait un incipit, un premier élan, un premier appui, quelque chose. Il se revoyait à son bureau du trente-troisième étage, à la Défense, vers 1999-2000, à contempler pensivement l'Arc de Triomphe tout au bout de la perspective Neuilly-Paris tandis qu'un rendez-vous important patientait dans le bureau de la secrétaire. À jouer avec le bout de sa cravate, à se demander ce qu'il foutait là. Il pensa que ce ne serait pas mal, pour un début de roman, le type *haut placé* (le trente-troisième étage, en plus !), haut placé mais dans le doute, sa cravate, sa secrétaire, tout ça.

Désormais débarrassé de toute appréhension, il sentait une sorte de flux dense se créer entre son cerveau et le stylo. Il se redressa sur sa chaise, prit une nouvelle feuille et écrivit tout de go :

J. contemplait Paris du haut du trente-troisième étage de la tour, un index indécis posé sur son nœud de cravate.

Cela sonnait un peu trop « roman », justement, mais comment faire autrement ? Il se demandait ce qu'il serait opportun d'exprimer dans la phrase suivante lorsque, rompant le silence à peine altéré par la rumeur sourde de l'océan au loin, la sonnerie du vieux téléphone en bakélite retentit de toute sa stridence par les fenêtres ouvertes de la maison.

« Merde ! Chier ! » marmonna John, qui se maudit aussitôt d'avoir omis de débrancher l'appareil, dont le volume était par tradition réglé au maximum l'été pour que l'on puisse l'entendre depuis la terrasse. Il lâcha son stylo, se leva précipitamment de sa chaise et courut au salon pour mettre un terme à cet enfer.

C'était Bénédicte. Chaque fois qu'elle appelait, John ne savait trop si cela lui faisait plaisir ou non.

— Coucou, c'est moi. Je te dérange ?

— Ben, en fait, j'étais en train d'écrire, là.

— Ah oui ? Ça y est, t'as fini par t'y mettre ? Ça avance ?

— Bof.

— J'ai essayé de t'appeler sur ton portable, mais je suis tombée sur ta messagerie.

— Ben ouais, c'est normal, c'était un peu fait exprès.

— Oui, donc, c'est bien ce que je disais, se vexa Bénédicte, je dérange.

John pensa que, vingt ans auparavant, il n'aurait jamais répondu à Bénédicte avec autant de désinvolture. Non seulement il ne se serait sous aucun prétexte éloigné d'un téléphone dans l'espoir obsessionnel d'un appel de Bénédicte. Mais, de surcroît, rien ne lui aurait semblé plus prioritaire qu'honorer un coup de fil d'elle. Pas même la littérature. « D'ailleurs, se dit-il, c'est bien simple, il y a vingt ans, elle avait autre chose à fabriquer le dimanche midi que de m'appeler. Pendant les vacances, qui plus est. »

Vingt ans auparavant, en effet, à vingt-cinq ans, Bénédicte affichait encore cette assurance écrasante et bienveillante en apparence, qui est le propre des filles particulièrement jolies, convoitées et intelligentes qui paraissent avoir toute la vie devant elles.

Ils avaient fait connaissance au douzième étage d'un immeuble du boulevard Richard-Lenoir, à Paris, au cours de la soirée d'anniversaire des quarante ans de Dominique, un ami architecte qu'ils avaient à l'époque, avec Monique. Dominique, qui venait de quitter sa femme, entendait rattraper dix ans de mariage par une toute nouvelle vie de jeune homme. Et il était tellement fier de sortir avec une fille aussi jolie que Bénédicte, encore étudiante, qu'il n'avait pu s'empêcher de vouloir la présenter à John en privé, à l'écart des autres, sur le balcon de l'appartement.

John et Monique venaient d'arriver à la fête. Ils avaient remis son cadeau à Dominique, ils s'étaient mêlés aux conversations d'un petit groupe et, profitant dc l'inattention de Monique, Dominique s'était avancé et avait dit à John en aparté : « Viens, il faut que je te présente quelqu'un. »

Sans curiosité particulière, il avait calmement suivi Dominique à travers la pièce pleine de gens, de musique, de fumée de cigarettes, d'assiettes en plastique grasses et de verres à moitié pleins, jusqu'à la grande baie vitrée de la salle à manger qui dominait plein ouest toute la ville. Dominique avait fait coulisser la fenêtre, et ils étaient passés discrètement à l'extérieur, dans la pénombre de ce balcon où il n'y avait personne d'autre qu'une fille de dos. Une main posée sur la rampe, dominant le tumulte apaisé de la capitale, elle fumait de l'autre une cigarette tout en regardant briller le Sacré-Cœur au loin.

Dominique s'était avancé et l'avait enlacée par-derrière avec plus d'avidité que de réelle délicatesse. Rien qu'à la façon dont elle s'était retournée, trop lentement, presque avec réticence, John avait compris qu'elle n'était pas amoureuse. Il fut très surpris par la beauté nette de son visage, exaltée par une exceptionnelle mobilité des yeux qui faisait d'elle bien davantage qu'une belle fille de passage au bras de Dominique. Il avait fallu une seconde à Bénédicte pour comprendre que, des deux hommes en présence, celui qui aurait dû lui être destiné n'était pas Dominique, trop fébrile, sans mystère, le nez trop proéminent. Mais John, beaucoup plus beau, plus affûté, plus animal, plus *présent*.

Ils échangèrent les politesses d'usage en s'accordant l'un à l'autre une extrême attention qui excluait en finesse Dominique de la partie. Avec le recul, plus tard, John s'était d'ailleurs interrogé sur le côté suicidaire de la démarche de Dominique. En voulant à tout prix présenter John à Bénédicte, il avait dû s'imaginer que compter parmi ses amis un garçon aussi séduisant le valoriserait aux yeux de la jeune femme. Mais comment, s'était demandé John, comment diable avait-il pu un seul instant ne pas concevoir que tout ça finirait, d'une façon ou d'une autre, par se retourner contre lui ?

John et Bénédicte avaient, ainsi, passé tout le reste de la soirée à jouer en silence, à se chercher du regard à l'insu de leurs conjoints respectifs, lesquels ne s'étaient doutés de rien. Même si, sur le chemin du retour, avant d'aller libérer la baby-sitter de leur petite fille, Monique n'avait pas pu s'empêcher de faire une remarque un peu coupante sur cette nana qui, avec son insupportable côté « je suis belle mais tellement humble », avait l'air d'être une sacrée bouffeuse de mecs, avec une prédilection très probable pour les hommes mariés encore potables.

« Et toi ? elle avait demandé à John sur un ton mi-plaisantin, mi-suspicieux, et toi, elle t'a pas mis dans tous tes états, au moins ? »

John avait évidemment ricané jaune. Puis, affectant l'air de celui à qui on ne la fait pas, il avait rétorqué quelque chose comme : « Tu sais, moi, les lolitas… Et puis, personnellement, je la trouve pas si canon que ça. T'as vu ses oreilles, comme elles sont petites ? »

Évidemment, il avait suffi d'un coup de fil de Dominique à John, quelque sept ou huit jours plus tard, il avait simplement suffi qu'il l'appelle pour lui demander s'il pouvait s'arranger pour décrocher un stage de trois mois à Bénédicte dans sa boîte : « Bénédicte m'a dit que le GAN venait de créer une fondation pour le cinéma ? Tu sais que Bénédicte *adore* le cinéma ? Et que, dans le cadre du stage obligatoire qu'elle doit faire en entreprise pour compléter son année de maîtrise de communication, ce serait génial pour elle de bosser sur un nouveau projet comme celui-là ? Elle n'osera jamais te le demander. D'ailleurs, elle m'a demandé de ne pas te le demander. Elle m'a dit : “Ne lui demande surtout pas, on se connaît à peine." Mais, je te le demande quand même : tu crois que tu pourrais lui arranger ça ? Ce serait super de ta part. Je t'en serais vachement reconnaissant, John. »

Il avait suffi que John réponde à Dominique : « Écoute, je vais voir ce que je peux faire, mais je ne te promets rien », en prenant son ton le plus neutre possible malgré son cœur qui s'était mis étrangement à s'emballer. Comme si, tout au fond de lui, il avait parfaitement compris ce qui allait arriver. Il lui avait suffi de passer aussitôt un ou deux coups de fil bien placés pour le lui obtenir, ce stage, à Bénédicte. Et pour que, dans sa vie, tout bascule du jour au lendemain.

Car on connaît bien la suite de l'affaire. D'abord, la tentation qu'on essaye de contenir, la culpabilité, les « Je ne peux pas faire ça à Dominique ». Puis le premier baiser volé dans la pièce des photocopieuses, les premiers coups de fil en douce, le premier rapport sexuel, les premiers mensonges. Bénédicte qui quitte Dominique, les premiers *Je t'aime*, les premières remises en question sérieuses, les « Je ne peux pas faire ça à Monique », « Et puis ma fille qui n'a que six ans ». La vie qui va à cent à l'heure, la schizophrénie, on commence à perdre la tête. Monique à qui l'on finit par tout avouer à force de coups bas et de lâcheté, qu'on finit par quitter et qu'on brise, Dominique qui vous hait pour toujours, la petite à qui on explique tout un peu lâchement : « Papa et maman ne s'aiment plus, mais on t'aime, toi. » L'appartement familial qu'également l'on quitte pour le studio de Bénédicte dans un premier temps, puis pour un petit deux-pièces à deux ensuite.

La nouvelle vie, le nouvel élan, les nouveaux projets. Puis les nouveaux horaires, les rythmes difficilement compatibles, la petite un week-end sur deux et la moitié des vacances scolaires. Les amis de Bénédicte auxquels on ne se fait vraiment pas. L'amour qu'on fait moins souvent qu'avant. Bénédicte qui boude sans qu'on sache bien pourquoi, Bénédicte qui fait la gueule, qui commence à dire qu'elle en a marre, Bénédicte qui ne sait plus très bien ce qu'elle veut, Bénédicte qui a besoin de réfléchir, d'air, d'un peu de temps seule et qui retourne chez ses parents un week-end sur deux, précisément celui de la petite à la maison.

Puis, un beau jour, Bénédicte que tout cela n'amuse plus du tout. Qui prend des amants de son âge, puis un amoureux pour de bon. Puis qui finit par vous annoncer avec de fausses larmes qu'elle va vous quitter. Et John tout seul dans son deux-pièces fraîchement repeint qui jure qu'on ne l'y reprendra plus jamais.

*

Ainsi, vingt ans plus tard, il arrivait parfois à John de mal cacher son impatience lorsque Bénédicte appelait. Ce n'était pas en représailles tardives de son orgueil blessé, non. Mais bien parce que Bénédicte ne suscitait plus chez lui qu'un trouble très modéré, avec ce jadis si joli visage qui s'était arrondi au fil des années, entraînant un imperceptible affadissement des traits. Ajouté à cela, la peau trop fine qui, ayant perdu son élasticité, lâchait prise autour des yeux, de la commissure des lèvres et du menton, amollissant peu à peu les contours de la mâchoire.

Les années avaient accentué également l'orientation générale de son ossature, révélant notamment la voussure des épaules et l'arcure des jambes, ces fémurs qu'elle avait de toute façon déjà trop courts à vingt-cinq ans. Et si ses yeux n'avaient rien perdu de leur vert vif exceptionnel, ils triomphaient moins désormais, disant les destins souvent imprévisibles des belles jeunes filles certes intelligentes et convoitées, mais trop présomptueuses et insuffisamment prévoyantes. On l'a déjà dit : après le bel assureur de dix ans votre aîné qui a quitté sa femme pour votre jeunesse, la vie en couple prématurée. La gamine de l'assureur à se farcir un week-end sur deux, tous les hommes à vos pieds, deux ou trois écarts avec des prétendants de votre âge (parce que votre divorcé-père-assureur-métro-boulot-dodo, ça va un moment), le coup de foudre pour un joueur de didgeridoo, l'assureur qu'on finit par larguer, puis l'artiste dont on ne supporte plus l'immaturité et les sautes d'humeur au bout de six mois, l'assureur qu'on regrette vaguement mais que par orgueil on ne rappelle pas, puisque les hommes, ça se trouve partout, un de perdu dix de retrouvés. Les vagabondages amoureux qui s'enchaînent, la carrière qui ne décolle qu'à moitié. Et, à la mi-trentaine, l'angoisse d'approcher les fatidiques trente-sept ans sans enfant, un bon copain géniteur, hop !, l'enfant qu'on élève seule, l'amour qu'on n'a plus autant envie de faire qu'avant (*bis*) et la grande carrière dans le cinéma à laquelle on a fini par renoncer tout à fait.

Puis votre gamin a cinq ans. Vous en avez quarante, votre libido revient comme un boomerang mais vous baisez triste, sans complicité. Vous aimeriez un vrai compagnon pour ne pas finir toute seule, mais il n'y a pas tant de mecs valables que ça. À votre âge, les mecs sont soit mariés, soit dépressifs. Les types de quarante-cinquante ans disponibles, ils sont tous décevants, vaniteux, égoïstes et cons. Quant à la soixantaine, non merci, pas pour tout de suite, il ne faut pas exagérer non plus. Bref, les hommes se cherchent à la loupe.

Alors, vous repensez à John, que vous n'avez jamais vraiment oublié. Vous recherchez ses coordonnées sur internet et vous lui passez un coup de fil, histoire de reprendre contact. Vous

vous revoyez et, heureuse surprise, vous vous retrouvez comme avant. Il a pris un peu de bide mais est resté bel homme. La maturité lui sied, à lui. Vos dix ans d'écart vous paraissent bien peu de chose, désormais. Seulement, il est plus hésitant que vous à envisager les choses sérieusement. À l'occasion, lorsque votre fils de dix ans déjà est en vacances ou en week-end chez son père, il vous fait la grâce de vous inviter à dîner, de vous faire l'amour à domicile et de s'en aller après. Ce n'est déjà pas si mal. Avec John, au moins, vous vous sentez moins seule. Ses défauts d'antan aussi vous paraissent bien anodins aujourd'hui. Avec lui, au moins, vous vous marrez et vous échangez vraiment. C'est tellement rare, finalement, les types dont vous n'êtes pas contrainte de surestimer l'intelligence ou la sensibilité pour avoir le sentiment de partager quelque chose avec eux. Et puis, il faut quand même l'avouer, vous êtes vous-même moins jolie et moins fraîche qu'à vingt ans. À bientôt quarante-six ans, vous n'avez plus vraiment le choix, vous ne pouvez plus trop vous permettre de faire la fine bouche. Vous ne prenez pas encore ce qu'on veut bien vous donner, mais presque.

*

— Mais non, tu ne me déranges pas. Ça me fait plaisir que tu m'appelles, exagéra John.

— Ah bon ? s'adoucit Bénédicte, touchée.

Puis, d'un ton teinté d'ironie, elle se reprit :

— C'est parce que tu t'emmerdes, tout seul, dans ta grande maison, c'est ça ?

— Mais non, j'adore, je t'assure, je m'emmerde pas du tout. Et puis, il fait un temps magnifique.

— En tout cas, s'il te prenait un jour l'envie de te civiliser un peu et de vivre avec quelqu'un, j'aimerais pas être à la place de ta nana. Ça doit être d'un chiant ! C'est vrai qu'il y a même pas une maison de la presse, dans ton bled ?

Somme toute, John aimait la simplicité, le côté direct de leur relation à présent. Plus besoin de simagrées. Il se dit que vieillir, cela avait quand même du bon.

— C'est une façon de me demander de t'épouser ?

— Oh le gros vantard ! fit mine de s'offusquer Bénédicte. J'ai jamais dit ça ! J'ai d'autres projets pour Jules dans la vie que de lui imposer un beau-père misanthrope et maniaque !

— Ah, parce que tu comptais sur moi pour prendre ton mouflet en charge, en plus ? s'amusait John.

Ils rirent ensemble.

— Bon, c'est pas tout, enchaîna Bénédicte d'un ton gai, quand est-ce que tu m'emmènes dans ton soi-disant super-petit-resto-sympa-pas-cher du côté d'Alésia ? Je vais finir par penser qu'il n'existe pas, à force d'offres de Gascon.

— Ben, je compte pas faire de tour à Paris avant un bon moment, là, tu sais. Pourquoi c'est pas toi qui viendrais, pour une fois ?

— T'es sérieux ?

— Euh, oui, je suis sérieux, regrettait déjà John. Tu files Jules à une copine, tu prends le train à la gare Saint-Lazare, t'en as pour trois heures et demie de trajet, je t'attends à Cherbourg avec la voiture et je t'emmène dîner à *La Malle aux épices*, à Auderville. Tu sais, c'est le village où Truffaut a tourné *Les Deux Anglaises et le continent*. Tu passes la nuit à la maison et tu repars le lendemain. Qu'est-ce t'en penses ?

— Là, excuse-moi, John, mais t'es vraiment pas très élégant, se ferma franchement Bénédicte. Je sais que t'as la hantise de te faire envahir, mais tu pourrais au moins y mettre les formes, un peu de délicatesse, non ? Je prends le train, tu me sautes et je repars, c'est ça ? Donc, ne compte pas sur moi pour te dire oui, là. Il faut que je réfléchisse.

Ce fragile sursaut de dignité éveilla la compassion de John :

— T'es vexée ?

— Ben oui. C'est vexant quand même, reconnais.

— Mais faut pas le prendre comme ça... Allez, je m'excuse.

— Tu pourrais faire un peu attention, quand même. Merde, on n'est pas des animaux !

— Excuse-moi, je te dis. Allez, viens, ça sera

chouette. Pourquoi pas demain, d'ailleurs ? Chiche ? T'es en vacances en ce moment, non ? Ou après-demain ? Tarde pas trop, hein ? Il y a ma fille et son mec qui arrivent vendredi. Après, ce sera plus possible avant août. Et encore, il faudra le faire avant que Beth n'arrive avec ma mère. Elles viennent passer un mois.

— Tu recommences ?

— Mais qu'est-ce que j'ai dit ?

— Te fous pas de ma gueule, John ! Tu vois vraiment pas ce que je veux dire ?

— Mais qu'est-ce que t'es compliquée ! s'agaça John. Je te dis les choses simplement. Alors, prends-les simplement.

Ils boudèrent pendant trois ou quatre secondes. C'est John qui rompit le silence :

— Allô ? T'es toujours là ?

— Ouais.

— Pour changer de sujet, je voudrais te demander un truc.

— Quoi ?

— Tu sais, le roman que je suis en train d'écrire. Enfin, que *j'essaye* d'écrire…

— Ouais. Quoi ?

— Eh ben voilà. Euh, dis-moi franchement, hein ? Est-ce que par hasard — c'est juste une idée comme ça qui me passe par la tête, hein…

— Accouche.

— Eh ben, je me demandais : ça te dérangerait, toi, si, éventuellement, dans ce roman, je mettais un ou deux passages un peu inspirés de notre rencontre ? Où tu serais, toi, très légèrement évoquée ? Mais juste à peine, hein. Presque rien.

6

« Pourquoi on ne mangerait pas dehors, pour une fois ? » demanda Frédéric, quatre assiettes dans une main, et une pleine poignée de couverts dans l'autre.

Un dimanche midi sur deux, il tentait comme il pouvait de détendre l'atmosphère.

— Ah non ! s'opposa Claudine. Faut sortir la table du jardin, faut la nettoyer, faut aller chercher la nappe qui va avec : ouhhhh ! Là, au moins, dans la maison, on est à côté de la cuisine, on perd pas de temps pour apporter les plats et pour débarrasser.

Sans insister, Frédéric passa à la salle à manger. Assise dans le canapé, Élodie feuilletait un magazine étalé sur ses genoux, une main posée sur son ventre dont la forme, nettement arrondie, ne laissait plus de place au doute désormais.

— Ça va ? demanda Frédéric d'une voix douce. T'as pas soif ? Pas trop chaud ? Tu veux pas un verre d'eau ?

— Non, c'est bon, fit la jeune fille sans lever les yeux du magazine.

Frédéric marqua une légère hésitation, puis alla disposer les assiettes et les couverts sur la table. Pour faire dimanche, Claudine l'avait recouverte d'une nappe brodée. Il y avait également des serviettes assorties, une salière et une poivrière en porcelaine, ainsi que les verres que Claudine sortait également pour Noël, la Saint-Sylvestre et les anniversaires.

— Qu'est-ce qu'on mange, au fait ? fit Élodie en s'attardant avec un intérêt manifeste sur une série de photos de Carla Bruni-Sarkozy.

— Je sais pas. Je vais demander à ma mère.

Frédéric lança un bref coup d'œil à l'allure générale de la table et retourna à la cuisine. Affairée, Claudine tenait un saladier en plastique entre ses mains.

— On mange quoi ? demanda-t-il.

— Beignets de calmar et purée.

Frédéric enregistra, ressortit de la cuisine et s'immobilisa sur le seuil de la salle à manger, les deux mains appuyées dans l'encadrement de la porte :

— Beignets de calmar et purée.

Élodie interrompit sa lecture et leva vers Frédéric un air dégoûté :

— Ça va être plein de graisse, encore. Je bouffe pas ça, moi, dit-elle d'une voix glacée.

Embarrassé, Frédéric laissa retomber ses mains, s'approcha d'Élodie, se pencha :

— Ah bon ? T'en veux pas ? Mais qu'est-ce tu vas manger, alors ? Faut que tu manges quelque chose, quand même.

— Je prendrai juste la purée, soupira Élodie.

C'est avec des vraies pommes de terre qu'elle la fait, au moins ?

— Je sais pas. Je vais voir. Je reviens.

À la cuisine, Claudine versait le contenu d'un sachet de cœurs de laitue tout prêts dans le saladier.

— Tiens, tu veux pas faire la vinaigrette, pendant que t'y es ? demanda-t-elle à Frédéric sans se retourner.

Le jeune homme approuva brièvement de la tête et se mit aussitôt en quête d'huile et de vinaigre.

— Au fait, la purée, c'est avec des vraies pommes de terre que tu la fais ?

— C'est de la Mousline. Pourquoi ?

— Non, comme ça. Tu veux pas que j'en fasse une avec des pommes de terre ? C'est meilleur, non ?

Claudine se retourna vers son fils, le sachet vidé dans les mains, suspicieuse :

— Pourquoi ? T'aimes plus ça, la Mousline, toi, maintenant ?

Son rictus insinuait que la suggestion de Frédéric lui avait été soumise par un tiers. Et, vu la configuration, de tiers possible, il ne pouvait y en avoir qu'un seul. Elle froissa nerveusement le sachet entre ses doigts, tourna à nouveau le dos à son fils, ouvrit le placard de la poubelle sous l'évier, jeta le sachet :

— C'est trop tard, on n'a plus le temps de faire bouillir des pommes de terre, fallait le dire avant. Et puis, il m'en reste plus, de toute façon. Si vous en vouliez, vous aviez qu'à en acheter.

Frédéric encaissa en silence ce *vous* qui accusait clairement Élodie. Il prit une brève inspiration, convoqua tout son courage :

— Euh, maman, je pense qu'Élodie, elle en mangera pas, du calmar. Tu sais, en ce moment, pour elle, les fritures…

Il sentit sa mère se crisper sous ses mots.

— Tant pis. Il y a rien d'autre.

L'intransigeance de sa mère renvoyait Frédéric au manque de bonne volonté d'Élodie. Pourquoi ne faisaient-elles pas l'une et l'autre l'effort de s'entendre ? Au moins pour lui ?

— Elle est encore ouverte, la boucherie, à Bourgville ? Je prends la voiture, je prends un steak là-bas et je reviens. Je suis là dans dix minutes.

— Il aime pas attendre, ton père. Tu vas l'entendre.

— Le temps qu'il termine son bazar, qu'il sorte du garage et qu'il se lave les mains, je serai là.

Désespérant du moindre signe d'acquiescement de sa mère, Frédéric sortit de la cuisine :

— Ça te va, si je prends un steak à la boucherie ? demanda-t-il en coup de vent à Élodie tout en tâtant les poches de son jean à la recherche de ses clés de voiture.

Élodie se redressa et leva les yeux du magazine, les sourcils inquisiteurs :

— Attends, elle a rien d'autre, ta mère, dans son frigo ?

— Non, rien.

— Mon œil.

Frédéric s'efforça de ne rien laisser paraître de la nervosité qui l'avait gagné à son tour.

— Bon. Un steak, ça te va ?

— Je m'en fous, prends ce que tu veux, fit la jeune femme en se laissant retomber dans le canapé.

Elle replongea comme à contrecœur dans son magazine, secouant la tête, la lèvre mauvaise.

— Ah, chuis dégoûtée…

En sortant de la maison, Frédéric croisa Jean qui revenait du garage.

— Ça y est, papa ? T'as déjà fini ? demanda-t-il, dépité.

— Tu vas où ?

— À Bourgville. Je suis là dans dix minutes maximum.

— Qu'est-ce tu vas foutre à Bourgville ? On va manger, là.

— J'arrive, cria-t-il tout en s'éloignant. En attendant, faites comme si j'étais pas là.

*

Moins d'un quart d'heure plus tard, Frédéric était de retour. Il suait légèrement, sous tension encore de toute cette précipitation imprévue. Il avait roulé trop vite sur la départementale, trépigné derrière un client trop bavard à la boucherie, attendu l'argent du boucher qui n'avait pas la monnaie, et distribué à tour de bras des *Bon dimanche* et des sourires forcés à tous les gens qu'il avait croisés.

À sa surprise, personne n'était passé à table. Dans le salon, Élodie et les parents étaient tous les trois massés derrière l'une des deux fenêtres orientées côté jardin, leurs regards braqués vers la maison du voisin. Du dos de la main, ils maintenaient les rideaux légèrement écartés et avaient gardé un recul suffisant pour ne pas être aperçus depuis l'extérieur. Claudine lâcha son pan de rideau :

— C'est vraiment écœurant, dit-elle en tournant les talons, laissant son mari et sa belle-fille à leur contemplation.

— Qu'est-ce qui est écœurant ? demanda Frédéric avec l'espoir qu'en son absence une complicité s'était créée entre son épouse et ses parents.

Sa mère passa devant lui tout en jetant un regard offensé sur le sachet plastique de la boucherie.

— Tiens, grimaça son père en désignant du menton la propriété d'en face, c'est ça qu'est écœurant.

Frédéric s'approcha de la fenêtre. À trente mètres, au-delà du mur de briques qui séparait les deux maisons, le voisin, en claquettes de plage, bermuda, marcel blanc et lunettes de soleil, écrivait à une table de jardin.

— Ah, approuva le jeune homme d'un ton peu convaincu qui cherchait surtout à ne pas contrarier son père.

— Tout seul, qu'il est, l'enfoiré ! Tout seul ! se crispa Jean. Et vous allez m'dire qu'il a besoin de tout ça ?

Comme pour contenir un malaise, il posa une main sur sa poitrine et balaya d'un bras impuissant l'espace devant lui.

— Ouais, c'est dégueulasse, admit Élodie.

— C'est vrai que ça fait beaucoup pour un seul homme, convint à son tour Frédéric, dopé par le ton de conciliation imprévu de sa femme.

Élodie, qui n'envisageait pas pour autant de s'éterniser à la fenêtre, se retourna en baissant les yeux sur les mains du jeune homme :

— Alors, tu l'as trouvée, la viande ?

— Oui, sourit-il en brandissant comme un trophée le sachet plastique à mi-hauteur devant lui. Comme ils allaient fermer et qu'ils avaient déjà tout mis au frigo, il restait plus que du steak haché. Ça ira quand même ?

Élodie releva un regard d'agacement contenu.

— Ben, c'est un vrai steak que j'aurais préféré, j'ai plus cinq ans. C'était bien la peine que tu te déplaces, tiens. T'aurais mieux fait de rester ici.

Puis, plus bas, tout en indiquant du pouce le père de Frédéric dans son dos :

— Au moins, je me serais pas forcée à faire la conversation.

Frédéric sentait bien que, ce qu'Élodie lui reprochait, c'était d'avoir une famille, une vraie. Une famille unie avec deux parents vivant ensemble dans une maison propre et bien équipée dont ils avaient fini par devenir propriétaires, et des déjeuners du dimanche copieux et servis sur une belle table nappée de blanc. Ce qu'elle lui faisait payer, c'était ses deux parents à elle, divorcés depuis toujours. Son père lâche tôt parti se faire oublier en Afrique, où il végétait désormais entre bières tièdes et viagra générique, n'ayant jamais versé la pension alimentaire prévue par le tribunal à sa femme et à leurs deux enfants, dont un fils malentendant et lunatique. Ce qu'elle ne digérait pas, c'était sa mère, longtemps caissière de supermarché, puis RMIste, puis chômeuse, puis intérimaire, puis employée depuis cinq ans à la cantine de l'IMC-Normandie, locataire à Cherbourg d'un meublé trop étroit. Femme irascible, dévouée de mauvaise grâce au handicap de son fils et compensant une vie sociale et sexuelle réduite à néant par d'incessants reproches à sa fille. Dont, entre les lignes, celui de passer davantage de temps avec sa belle-famille qu'avec elle.

Un peu plus tard, tout le monde était à table. C'est peut-être parce qu'il coupait en deux les citrons pour les calmars que Frédéric se remit à parler du soleil :

— Avec un temps pareil, ça vous donne pas

envie d'aller faire un tour, après manger ? On pourrait monter jusqu'à Biville.

— Si on pouvait déjà en profiter chez soi, du beau temps, ce s'rait d'jà pas mal, grommela Jean tout en immergeant, à même le pot de mayonnaise, une rondelle de calmar frit mal plantée sur sa fourchette.

— Jean ! Le pot ! J'ai mis *esprès* un ramequin avec une petite cuiller dedans ! s'insurgea Claudine qui, la bouche pleine, indiquait l'objet du bout de son couteau.

— Tu vois, poursuivit Jean sans relever, mais tout en tentant de repêcher son calmar enlisé dans la crème, tu vois, quand y aura la f'nêtre, on pourra pt'êt pas s'bronzer comme les richards d'à côté, mais au moins manger en r'gardant la mer. Et pas être quasi obligé d'allumer la lumière en plein jour pour y voir clair.

— La mer, la mer, déglutit Claudine, attends, on n'y est pas encore. Tu t'es précipité pour acheter tes outils, là, et tu lui as même pas encore demandé, au voisin.

— Lari, y m'a dit qu'on le ferait ! protesta Jean que le sujet rendait particulièrement nerveux.

Une bouchée en attente dans la joue, il tenait couteau et fourchette à la verticale entre ses poings.

— Lari, il t'a dit ça six mois avant d'mourir. Et non seulement il est pas passé à la mairie, mais en plus il lui a rien dit, à son fils.

Puisqu'en trois ans, il t'en a jamais parlé, son fils.

— Il avait promis, fit Jean dans une colère impuissante. Et une promesse, ça s'tient.

Élodie, dont l'évocation d'un conflit avait éveillé l'intérêt pour la conversation, intervint avec une douceur vénéneuse :

— Frédéric m'a déjà expliqué une fois, mais je me souviens plus très bien. C'est quoi, en fait, le problème ?

Frédéric indiqua de l'index le fond de la salle à manger :

— Mes parents ont pas le droit de percer une ouverture dans le mur qui donne sur la mer parce que, juste derrière, c'est la propriété des voisins.

— Et alors ? Je vois pas où est le problème. On n'a pas le droit de mettre une fenêtre où on veut, chez soi ? Vous êtes propriétaires, non ?

Cette dernière remarque était teintée d'ironie.

— Pas si ça donne sur le terrain du voisin, poursuivit Frédéric. Il y a une loi pour ça. Ou alors, faut son accord.

— Attends, s'anima Élodie qui prenait un plaisir certain à remuer le couteau dans la plaie, attends, ne me dis pas qu'il veut pas, alors qu'il y est jamais, dans sa baraque ?

— Cinq semaines par an, précisa Claudine tout en extirpant un kleenex froissé de la manche de sa blouse. Et sa sœur, deux grand maximum. Même la mère on la voit plus.

— Comme elle est gâteuse, compléta Jean d'une voix d'outre-tombe, comme elle est gâteuse et qu'il avait pas envie de s'en occuper, le salaud, il l'a refilée à la sœur qui la garde avec elle à Paris.

— Oh le monstre ! fit Élodie qui buvait du petit-lait.

— J'ai tout acheté, poursuivit Jean en secouant la tête, balançant son idée fixe d'un côté à l'autre de son crâne. J'ai acheté le linteau, un burin, la meuleuse, les gants, les lunettes de protection, tout. J'en ai eu pour plus d'200 euros en tout.

Dans une grimace, il porta une main à sa poitrine.

— Comment ça, 200 euros ? se raidit Claudine, le nez enfoui dans le mouchoir, son humeur liquide en suspens. Tu l'as payée combien, la ponceuse, hier ?

Brutalement tiré de son obsession, Jean releva des yeux qui se muèrent aussitôt en un regard fuyant :

— C'est pas une *ponceuse*, c'est une *meuleuse*. Ben, euh, comme cht'ai dit : 100 euros.

— Ouais, donc, tout ensemble, ça fait pas 200 euros, se détendit Claudine qui, le doute dissipé, put souffler tout à son aise dans son mouchoir en papier.

Élodie se composa une mine scandalisée :

— Ils viennent cinq semaines par an et ils

vous laissent pas percer une fenêtre ? Putain, j'y crois pas...

— C'est pas qu'ils veulent pas, modéra Frédéric qui regretta ce *Putain* dissonant. C'est que, depuis la mort du grand-père, ils en ont jamais reparlé, avec papa.

— Ça fait dix ans que j'attends ça, dix ans, s'obstina Jean qui s'était remis à fixer son assiette avec inquiétude.

— Avec tous les services qu'on leur a rendus, insista Claudine qui, après avoir jeté un œil sur les fraîches souillures du kleenex, le chiffonna et le renfonça dans sa manche. Avec tous les services qu'on leur a rendus... Qui c'est qu'a toujours un double des clés au kazou ? Qui c'est qui va les chercher à la gare quand tizon pas la voiture ? Qui c'est qui jette un coup d'œil pour voir si tout va bien ? Qui c'est qui disait rien au voisin quand sa fille faisait le mur à quatorze ans pour aller rejoindre les vacanciers au camping ? Hein ? Qui c'est ?

Élodie se tourna vers Frédéric :

— Sa fille, c'est celle avec qui t'étais sorti, c'est ça ?

— Oh, rougit Frédéric, on avait à peine seize ans.

L'argument ne sembla convaincre qu'à moitié Élodie.

— En tout cas, j'aimerais bien la rencontrer, celle-là. Je l'ai vue qu'une fois, de loin. Elle a pas l'air si jolie que ça.

Ni Frédéric ni ses parents ne répondirent, laissant le champ libre aux déglutitions et au tintement des couverts dans les assiettes. Jean releva la tête. De minuscules fragments de purée étaient restés accrochés aux poils de sa moustache :

— J'vais pas les avoir achetés pour rien, les outils. C'est moi qui vous l'dis.

— Et puis, ponctua Claudine, s'ils en veulent, de l'espace, avec tout le pognon qu'ils ont, ils pourraient encore s'acheter la moitié du terrain d'à côté, s'ils voulaient. T'as d'la purée sur la moustache, Jean.

— Ah bon ? fit Élodie qui avait perdu brusquement toute velléité de sarcasme. Ils sont si riches que ça ?

— Faut pas exagérer, tempéra Frédéric. Il était vraiment connu, Lari ?

— En tout cas, ch'peux t'dire qu'y s'vendent, ses tableaux, dit Jean tout en s'essuyant négligemment la moustache du dos de sa main. Roland, y m'a dit qu'il en avait vu un de même pas trente centimètres de hauteur qui coûtait 200 000 euros. Et qu'c'était même pas si bien peint qu'ça, en plus.

Suivirent quelques secondes d'admiration taiseuse au cours desquelles chacun put se demander quel genre de cinglé pouvait bien dépenser 200 000 euros pour un dessin.

— En tout cas, reprit Claudine en écho, c'est pas chez l'coiffeur qu'il le dépense, l'autre, son argent. Ni dans les travaux pour la maison. Ils ont rien fait depuis la mort de Lari. Ça a pas bougé.

Elle pointa une petite assiette sur la table :

— Vous allez pas m'laisser cette viande hachée, hein ? Vous l'avez achetée, vous la mangez ! Le gaspillage, ça, moi, j'chupporte pas.

Frédéric jeta un coup d'œil rapide sur Élodie pour s'assurer qu'elle ne prenait pas trop à son compte les paroles de sa mère.

— Faut qu'on aille lui parler, fit Jean, pensif. Maintenant que je me suis décidé à aller acheter la meuleuse, faut qu'on lui parle. Sinon, on l'fera jamais.

— Faut que *tu* lui parles, précisa Claudine, qui, d'un pouce et d'un index faussement désinvoltes, s'apprêtait à détacher un bout de steak haché à même l'assiette.

Puis, dans un renvoi buccal mal réprimé :

— Bon. On l'invite quand ?

7

Comme chaque matin, Mary se réveilla vingt bonnes minutes avant l'alarme de son téléphone. À l'aspect des reflets du jour sur les murs clairs de sa chambre, elle paria qu'il faisait beau dehors. Elle pensa *Matin de fin d'année scolaire*, se souvenant en effet de ces ciels de juin sur le chemin de son école, les arbres pleins de feuilles vert vif sur les trottoirs. Ce léger picotement du pollen dans l'air des boulevards. Les gens en bras de chemise faisant pisser leur chien ou allant acheter les croissants avec des visages et des manières plus détendus qu'en hiver. « Lorsque le meilleur jour des vacances, c'était le dernier jour de classe », résuma la jeune femme qui, de fil en aiguille, trouvait là une analogie possible avec cette réplique entendue dans elle ne savait plus trop quel film : « Le meilleur moment de l'amour, c'est quand tu montes l'escalier qui mène à la chambre. »

Elle tourna la tête : Hubert dormait sur le ventre, ses cheveux comme un gros poulpe sombre recouvrant entièrement son visage parmi les draps. L'image renvoya Mary à cet inquiétant tableau de Matisse montrant une femme nue de face, mais la tête vissée à l'envers, à 180 degrés. Elle n'aimait pas, en outre, la pâleur obstinée de la peau du garçon. À force de manque de soleil et d'exercice, à force d'excès de cigarettes, de marijuana et d'alcool, son épiderme avait fini par prendre une orientation grisâtre mou que sa jeunesse biologique ne parvenait plus à compenser. L'ensemble était souligné par une constellation disgracieuse de grains de beauté dont l'un, tout particulièrement, posé en équilibre sur sa clavicule, évoquait clairement à Mary un germe de taboulé, qu'elle s'imaginait lui arracher d'un petit coup d'ongle chaque fois qu'elle caressait son épaule.

Elle se leva prestement du lit, désactiva son alarme et passa dans la pièce, où elle put constater avec bonheur qu'il faisait effectivement soleil. Afin de dissoudre sans tarder ce goût de sommeil qui pouvait parfois lui donner une haleine un peu âcre le matin, elle prit une golden dans le saladier en pyrex et croqua, se demandant au passage, comme chaque fois qu'elle mangeait une pomme, ce qu'il pouvait bien y avoir à l'intérieur pour ainsi vous donner l'impression que cela nettoyait les dents aussi efficacement qu'une brosse.

Sa sensation de propreté et de santé en bouche, elle se rendit à la salle de bains. Là, elle s'assura d'un coup d'œil dans le miroir que son visage n'était pas moins joli que celui qu'elle avait laissé au même endroit la veille, ouvrit le robinet, s'aspergea la face d'eau froide, s'épongea approximativement avec un coin de serviette, repassa par la chambre pour enfiler à la va-vite culotte propre, jean délavé tout-terrain et robe de coton. À même ses pieds nus, elle chaussa une paire de Nike de running dont elle ne prit pas la peine de nouer les lacets, préférant les tasser grossièrement dans les parois du soulier. Saisit 15 euros dans le cendrier *Three Horse Beer* posé sur la petite étagère en balsa du couloir, rafla ses clés, claqua doucement la porte blindée, alluma la veilleuse du palier et, plutôt que d'appeler l'ascenseur, emprunta l'escalier de secours pour faire durer son plaisir de s'impatienter.

Le kiosque à journaux avait déjà ouvert. Mary sentait l'appréhension monter tandis qu'elle s'avançait vers la vendeuse. Lorsque celle-ci fut à portée de sa voix, elle tenta d'afficher un visage le plus avenant possible :

— Vous avez le *Elle* ? sourit-elle, sachant très bien que sa question n'était que de pure forme.

— Là, juste devant vous.

Bien décidée à ne pas laisser transparaître son émotion, Mary attrapa un exemplaire du magazine sur la pile, paya, remercia, sourit à nouveau à la vendeuse, salua. Mue par une impérieuse nécessité de s'isoler du reste du monde, elle s'écarta de plusieurs bons mètres du kiosque et des premiers passants à prendre le chemin du métro. Puis ouvrit le magazine et parcourut les premières rubriques sans vraiment regarder. Tourna à la hâte page après page jusqu'à la section recherchée.

Dans un premier temps, rien ne lui sauta aux yeux. En se concentrant un peu plus, elle finit par identifier un encadré, en bas de page, comportant une photo qui la choqua tant elle lui était familière, et intitulé « On parie sur Mary ». Le cœur battant, elle lut l'encart d'une traite, sans vraiment prendre le temps de s'arrêter sur les mots, trop remuée par le fait que c'est bel et bien d'elle qu'il s'agissait dans ces lignes :

> Une djellabah à manches de mousseline parme et bleu stratosphère estampillée *LalAl-*

lah. Un kit *On reste calme* comprenant, astucieusement disposés en yin et yang, un goutte à goutte d'huile essentielle d'ylang-ylang, 25 cl d'eau de piscine turquoise et, au centre, une puce électronique diffusant en sourdine une succession raffinée de nappes de cordes inspirées du deuxième mouvement d'un concerto pour piano de Bartók. Mais aussi des peluches rapiécées, des cintres désinvoltes, des patchs anti-téléphonite parfumés à la citronnelle, un *Tour du monde en 80 rouges* : c'est l'univers de Mary Bennett, jolie blonde rafraîchissante de vingt-cinq ans, étudiante aux Arts déco, américaine par son papa mais, dans la vie, parisienne jusqu'au bout de ses ongles nacrés, coupés particulièrement court. Objets et vêtements en vente chez Jeanne et Mathilde, 23, rue des Engoulevents, 75001, et à la galerie Coup de lune, 14, rue du Lamentin, 75009. Site internet : www.carpeetdiademe.com.

La photo qui accompagnait l'article montrait Mary de profil en débardeur blanc, souriante, et tenant face à son visage un exemplaire de son fameux *Milou à queue longue (papier mâché, chiffons et soie)*.

Mary relut l'article, puis leva discrètement les yeux au ciel en disant tout bas : *Merci !* Forte d'une puissante sensation d'épanouissement et de légèreté, elle referma le journal, le plia en deux et se mit en quête d'une boulangerie ouverte sur l'avenue d'Italie. Elle acheta pour Hubert deux pains au lait et, chez le maraîcher voisin qui organisait ses étalages pour la journée, du cassis et des groseilles en branches. Au pied de son immeuble, parmi les bacs à fleurs qui délimitaient l'entrée de la résidence, elle collecta une poignée de pétales de géraniums roses et rouges, puis composa un bouquet sommaire de campanules et de rudbeckias dont elle noua ensemble les tiges avec une feuille de laurier-rose artistement roulée.

Dans l'appartement, Hubert dormait encore, ce qui accrut l'empressement de Mary. Elle notait bien que la parution de cet article la rendait plus clémente à l'égard du garçon. À nouveau, il la touchait dans sa maladresse et ses travers juvéniles. C'était donc ça, l'amour ? Aimer par amour de soi ?

Impatiente de lui annoncer la nouvelle, elle passa à la cuisine pour lui préparer son petit déjeuner. Tandis que l'eau du café chauffait dans la Bialetti, elle enfila les grains de cassis et de groseille sur des cure-dents, puis planta les mini-banderilles ainsi réalisées sur le côté arrondi des pains au lait, qu'elle avait pris soin au préalable d'enduire au pinceau d'un doigt de fleur d'oranger afin d'y coller les pétales de géranium, l'ensemble évoquant clairement une grosse coccinelle à antennes. Elle pressa ensuite trois oranges dont elle versa le jus dans un gobelet en plastique dont la couleur, orange, avait été choisie à dessein, breuvage auquel elle ajouta un trait d'eau de rose, histoire de brouiller les pistes en douceur.

Après avoir disposé son bouquet improvisé dans un minuscule vase de poupée, elle sélectionna parmi sa collection de fiches plastifiées de consignes de bord de compagnies aériennes, celle qu'Hubert préférait (Gujarat Airways), puis la posa en guise de set de table sur un plateau syrien rond en cuivre, bien assorti à la tasse libanaise qui était dépourvue d'anse, ainsi qu'à la petite cuiller en argent provenant du service américain 1930 jadis offert à ses grands-parents pour leur mariage.

Elle dut s'y reprendre à plusieurs reprises pour réveiller Hubert de ses caresses.

— 'Tain ! Je dors ! finirent par prononcer les lèvres du jeune homme à travers les mèches de cheveux qui collaient à ses joues.

Mary, qui craignait, à juste titre, qu'il ne replongeât aussi sec dans son sommeil, profita de l'ouverture :

— Dring-dring darling !

Il se retourna à contrecœur, quasi menaçant, ses joues marquées en de longues rides provisoires par l'empreinte de ses cheveux :

— 'Tain ! Mais qu'est-ce qui te prend !

Mary s'assit au bord du lit et sourit :

— Ben rien. C'est juste que je suis contente de t'apporter ton p'tit dej au lit, même si je m'en veux un peu de t'avoir réveillé. Il y a un truc que je voudrais te montrer, en fait, j'ai super hâte ! Mais bon, comme t'as pas l'air trop chaud, là, je vais attendre que tu aies mangé. À moins que tu ne préfères que je te laisse te rendormir ?

— Non, laisse tomber. C'est fait, c'est fait.

Il se redressa péniblement sur un coude, passa une main lasse dans ses cheveux, se gratta négligemment l'aine et jeta sur le plateau un œil méfiant.

— C'est quoi, tous ces trucs ? fit-il en désignant la composition colorée que Mary venait de poser sur ses genoux.

— Tes pains au lait. Tu reconnais pas ?

— Mais pourquoi t'as foutu tout ça dessus ? Pourquoi tu les as pas laissés normal, mes pains au lait ?

— Ben, je sais pas. T'aimes plus ça, maintenant, le mauvais goût ? J'ai mis le paquet, pourtant. Regarde.

Elle indiquait à la fois les deux coccinelles, les fiches plastifiées Gujarat Airways et le bouquet campanules-rudbeckias.

— Ouais, ben t'aurais mieux fait de pas y toucher, à mes pains au lait. Ça ressemble plus à rien, comme ça.

Pour ponctuer sa mauvaise humeur, il saisit l'un des cure-dents avec dédain, détacha deux baies du bout des lèvres, mastiqua :

— C'est acide.

Mary réprima un soupir et lui dégagea le front d'une main tendre :

— Tiens, t'as du café, là. Et puis, il y a du jus d'orange, aussi.

— Elle est pas trop pratique, sans les anses, ta tasse. Je comprends pas pourquoi ils en ont pas mis.

Tandis qu'Hubert buvait et mâchait en silence, Mary se leva et retourna à la cuisine. Elle revint avec un grand verre de lait de soja, une nouvelle golden et le *Elle* plié en deux :

— Ça va ? C'est bon ?

— Bof, concéda le garçon sans toujours avoir relevé la tête de son plateau. C'est pas top, le truc que t'as rajouté dans le jus d'orange. Juste, pendant que t'es debout, j'aimerais bien un demi-sucre en plus, si ça te dérange pas. Il est un poil trop strong, le café.

Cette fois, la jeune femme s'immobilisa et fixa en coup de vent les tempes du jeune homme d'un œil glacé. Elle fit demi-tour vers la cuisine et en rapporta la boîte de sucre tout entière qu'elle déposa sur le lit dans un subtil geste d'irritation.

Son torse nu émergeant de la couette, un coussin calé contre ses reins, ses pains déjà bien entamés, Hubert, bien que toujours silencieux, semblait à présent à peu près réveillé. Mary s'assit sur le bord du lit, posa sa pomme croquée et son lait de soja sur un coin du plateau, s'essuya les doigts sur son jean et déplia le magazine :

— Faut que je te montre le truc dont je t'ai parlé tout à l'heure.

— T'achètes *Elle*, toi, maintenant ? fit Hubert la bouche pleine.

— Ben, celui-là, il est un peu spécial. Regarde.

Elle lui tendit le journal en indiquant l'emplacement de l'article. Lorsqu'il aperçut la photo, l'expression de vague bouderie qu'il y avait sur le visage du garçon se transforma aussitôt en une stupeur fébrile. C'est tout son corps qui accusa le choc d'un même mouvement, le cuir chevelu remontant d'un cran sur le crâne, les épaules se contractant, la nuque se raidissant, la bouche se figeant dans une béance molle, le gobelet s'immobilisant dans la main en apesanteur. Pour la première fois de la journée, il leva les yeux vers Mary :

— C'est toi ?

— Je sais pas, mais, en tout cas, j'ai exactement le même haut qu'elle…

L'effet de surprise était total. Mary jubilait. Sans sourire, Hubert déglutit puis désigna la page :

— C'est un article sur toi, ça ?

— Ben ouais.

— Mais pourquoi tu m'as rien dit ?

Mary se rendit compte qu'il ne plaisantait pas.

— Parce que c'était pas sûr du tout que ça se ferait. Et que j'ai pas voulu te faire une annonce foireuse. C'était il y a un mois, il y a une journaliste de *Elle* qui est passée chez Jeanne et Mathilde un jour où j'étais à la boutique pour leur apporter des Milou. Elle a demandé qui avait fait le Milou, Mathilde a dit que c'était moi, on a discuté un moment, je lui ai montré d'autres trucs que j'avais faits, elle a pris des notes, elle m'a demandé si éventuellement j'avais une photo de moi un peu marrante à lui envoyer, on s'est échangé nos coordonnées. Elle m'a dit qu'elle écrirait quelque chose mais que, en même temps, c'était pas sûr du tout que ça serait publié, qu'elle voulait pas me faire une fausse joie, que ça dépendrait de la place que sa rédactrice en chef lui laisserait. Parce qu'avec les numéros d'été, tout était déjà plus ou moins calé, que ça allait peut-être être un peu juste. Que si elle le passait, ce serait dans l'édition de cette semaine ou rien. Alors je suis descendue tout à l'heure pendant que tu dormais, j'ai acheté *Elle* et puis voilà. La photo, c'est Julie qui l'a prise. Mais à elle non plus je lui ai pas dit ce que j'en ferais.

Hubert émit par ses narines un soupir sec et plissa de petits yeux pleins de rancœur.

— C'est pas cool, je trouve, pas cool du tout de m'avoir rien dit. T'imagines, si je t'avais fait ça, moi ?

— Chais pas. Je trouvais ça plus marrant, de te faire une surprise. Non ? T'es vraiment fâché ?

Hubert ne répondit rien, se bornant à finir de mâcher ses pains et à secouer la tête, d'un air de dire : *Laisse tomber, t'es trop décevante comme meuf.* Puis, sur le mode dédain outragé cette fois, il se mit à lire l'article du bout du regard.

— C'est tout ? fit-il après trente secondes.

Il affectait de chercher la suite au dos de la page.

— Oui, c'est juste un tout petit article.

— C'est tout ce qu'elle a trouvé à dire ? Parce qu'elle dit rien, là, rien du tout. C'est super creux, ça donne pas du tout envie, ce texte. C'est super mal écrit, en plus. Ça veut dire quoi : « jusqu'au bout de ses ongles nacrés coupés particulièrement court » ? Qu'est-ce qu'on en a à branler, que t'aies les ongles nacrés et qu'ils soient courts ? C'est vraiment une remarque de bonne femme, ça. En plus, elle a fait une faute d'orthographe à *djellaba*. Ça prend pas de *h*, *djellaba*. Tu trouves pas que c'est du foutage de gueule, tout ça ?

Mary cessa tout à fait de sourire et se leva du lit :

— Je sais pas. Court ou pas, mauvais ou pas, cet article, à moi, il me fait plaisir en tout cas.

Puis, désignant le plateau :

— C'est bon ? T'as fini ? Je peux débarrasser ?

— Tu permets, j'ai pas encore terminé mon café, se vexa Hubert qui entendait riposter au ton piqué de Mary.

Sans un mot, Mary fit quelques pas à travers la chambre et s'assit au pupitre d'écolier qui lui tenait lieu de bureau. Quant à Hubert, sans doute gêné par sa propre réaction mais sans l'admettre, il poursuivit sur un ton à peine adouci :

— C'est vraiment des pourrissures, ces journalistes, de toute façon. Ils ont aucun respect. Tu vois, toi, t'as eu de la choune. T'étais à la boutique au moment où la meuf du magazine y était aussi. Mais tu nous imagines, nous, avec Jérémie et Mathieu, nous trimballer avec nos guitares et notre basse un peu partout dans Paris, et nous mettre à jouer dans le métro en attendant de croiser un producteur ou un critique rock par hasard ? Parce que, c'est pas pour dire, c'est pas pour faire des comparaisons avec toi mais, avec Jérémie, c'est hallucinant le nombre de mails qu'on a envoyés à la presse pour inviter les mecs à venir à nos concerts ou à aller visiter notre myspace. Eh ben, pas une seule réponse, les enfoirés ! Peanuts ! Et pourtant, hein, tu la connais notre page myspace, t'as vu comme elle est cool. T'as bien vu tout ce qu'on bosse pour préparer nos concerts et comment on fait pas de la merde par rapport à Marcel Bob Dean. Ça me dégoûte, qu'ils soient invités aux Eurockéennes, Marcel Bob Dean. Quand je pense qu'il y a encore six mois, ils nous demandaient de faire notre première partie. Hein ? Tu trouves pas ça dégueulasse ? Tu m'écoutes ?

Assise au pupitre face à son ordinateur portable, Mary venait d'entrer son mot de passe sur la page d'accueil de sa messagerie.

— Si si, fit-elle, évasive.

— De toute façon, persista Hubert pour lui tout seul, ils vont finir par se planter, j'en suis sûr. C'est pas *pérenne*, leur succès, ça pue l'effet de mode. Tout ça parce que le banjo du groupe a un cousin qui bosse à la télé et qu'ils ont fait un jour un pauvre plateau pour remplacer un pauvre groupe qui s'était désisté, et qu'il y a un pauvre producteur qui regardait ce soir-là et qu'a produit leur pauvre disque. Tu l'as écouté, leur disque ?

Si Mary ne prit plus la peine de répondre, c'est parce qu'elle était occupée à lire sur son écran un message que Vienna lui avait envoyé la veille, dans lequel elle lui annonçait l'heure précise de l'arrivée de son train à la gare de Lyon, mercredi. L'Italienne admettait donner l'information par pure caprice. L'amie de ses parents qui la logeait à Paris pour la nuit s'étant décommandée au dernier moment, il n'y avait personne pour venir la chercher. Et puis parce que, même lorsqu'il n'est pas prévu qu'on vienne vous chercher à la gare, on imagine toujours que quelqu'un aura eu la bonne idée de vous faire la surprise. Suivaient deux ou trois smileys que Mary, qui d'ordinaire fustigeait ce type d'épanchement puéril et niais, trouva exotiques et tout autant adorables que la formulation elle-même.

N'ayant pas obtenu de réponse à sa question, Hubert interrompit son monologue et se retourna, le regard haineux. Devant lui, il y avait Mary de dos, parfaitement indifférente. Il se redressa sur un coude, releva le menton :

— Tu sais, si t'en as rien à foutre de mes histoires, faudra pas t'étonner que le jour où j'aurai un article dans la presse moi aussi, je ferme ma gueule. Je te jure, je te dirai rien. Je te le dirai même pas quand il sera paru. Tu sauras rien. Et on verra bien comment tu le prendras.

8

Depuis qu'il avait été embauché à la SOREDA, Frédéric s'était senti intimidé chacune des rares fois qu'on l'avait convoqué au bloc administratif. Au point d'avoir du mal à concevoir qu'il s'agissait de la même société que celle où il venait lui-même travailler chaque matin. Dans ce secteur-ci, pas de hangars, pas d'ateliers, pas de Fenwick, pas de transpalettes, pas de cartons ni de combinaisons, pas de braillements. Mais de la pelouse et des vitres teintées dehors, et, à l'intérieur, de la moquette, du silence, des hôtesses d'accueil, des costumes, des téléphones et des ordinateurs pour tous les employés.

Au deuxième étage, la secrétaire de la direction des Ressources humaines le fit patienter dans une salle dotée d'une bonbonne d'eau minérale et d'une table basse recouverte de brochures de communication interne, éditées par la SOREDA. Frédéric avait l'impression de se retrouver chez le médecin, ou bien dans les locaux de la CAF de Cherbourg.

Au bout de vingt minutes, manches de chemise retroussées, fines bretelles et cravate dénouée façon trader américain des années 1990, Renouf apparut dans l'encadrement de la porte, un téléphone portable à la main. Sur son territoire, il dégageait une forme générale d'assurance qui ne laissait plus rien deviner du respect qu'avaient pu susciter chez lui les talents de buteur de Frédéric :

— Vous me suivez ? fit-il d'un ton sans réplique, les yeux rivés au cadran de son téléphone.

Pas la moindre allusion à son retard, ni à leur conversation du samedi précédent sur le parking du stade. Tout autant déçu que refroidi par ce vouvoiement et cette distance inattendus, Frédéric se leva et suivit docilement. Dans le bureau, Renouf referma la porte et lui indiqua une chaise de la main. Juste avant de s'asseoir à son tour, il prit quelques secondes pour composer et envoyer un texto. Puis, sans toujours avoir adressé un seul regard à Frédéric, il décrocha de sa main libre le combiné d'un téléphone fixe posé sur sa table :

— Agnès, vous seriez gentille de m'apporter un café, s'il vous plaît.

Puis, relevant des yeux expéditifs vers Frédéric :

— Café ?

Embarrassé, Frédéric répondit non de la tête

et des mains à la fois. Renouf raccrocha, posa son téléphone portable en évidence sur son bureau. S'installant profondément dans son siège, il se renversa en arrière dans un mouvement qui évoqua le mot *détente* dans l'imagination de Frédéric. Son regard faisait désormais des va-et-vient entre le cellulaire et le visage du jeune homme. Il régla son sourire :

— Ça va ? Vous avez passé un bon petit week-end ?

Sans attendre de réponse, il ajouta, faussement complice :

— Encore bravo pour le but. Champion, hein !

Dit sur ce ton, cela ressemblait davantage à de l'ironie qu'à un compliment. Le téléphone portable de Renouf émit un bip signalant l'arrivée d'un nouveau message. Il s'interrompit aussitôt, se redressa dans son fauteuil, s'avança vers la table, attrapa à nouveau son téléphone, lut le message avec avidité. Ensuite, au terme de quelques nouvelles secondes de réflexion, il rédigea une brève réponse qui fit naître un sourire lubrique sur son visage, l'expédia. Satisfait, il put reprendre sa position initiale dans le fauteuil et considérer enfin Frédéric avec un peu d'attention :

— Bon. On s'est dit quoi, déjà, samedi ?

— Vous m'avez parlé de NuéClair.

— O.K., parfait. Vous voyez ce que c'est, NuéClair ?

— C'est pas eux qui ont installé le panneau

qui indique le taux de radioactivité de l'air, sur la route de Bourgville ?

On frappa. La porte du bureau s'ouvrit. C'était Agnès et le café.

— Il y a pas de petit chocolat avec, cette fois, Agnès ? fit Renouf en saisissant le gobelet que la femme lui tendait.

— Il y en a plus. On en a recommandé d'autres, mais y sont pas encore arrivés, expliqua-t-elle. Mais je peux aller voir au quatrième, si vous voulez.

— Ah, ça, ça serait super sympa.

Agnès repartie, le téléphone fixe du bureau se mit à sonner.

— Oui, lâcha sèchement Renouf dans le combiné. Je peux pas, chus en réunion, là, qu'est-ce tu veux ?

Il se tut et, à mesure qu'il écoutait, ses sourcils froncés se détendirent, la voix et le débit se firent plus caressants :

— Ben, euh, ça dépend. Si yapadsouci avec le CE, si le CE maintient sa remise Grands véhicules, à ce moment-là, je préfère autant prendre l'Audi A4 pour carrément toute la durée du séjour. Ça revient exactement au même, de toute façon, hein ? Il y a aucune différence de prix ? T'es sûr ? Sûr de chez sûr, hein ? Padsouci ?

Il ajouta : « Bon, ben super, merci pour le tuyau. Allez, ciao », raccrocha et revint distraitement à Frédéric :

— Bon, oui, NuéClair. Vous connaissez, donc. Mais il y a pas que le panneau sur la route de Bourgville. Il y a aussi, euh, il y a aussi une très forte implication dans la gestion des espaces naturels protégés. La mare de Vauville, par exemple, eh ben ils participent financièrement à sa gestion. C'est eux aussi qu'ont organisé sur le département le concours d'œuvres d'art de collégiens à partir de matériaux recyclés. Vous avez pas vu l'expo, à la mairie ? Ils organisent aussi des ramassages de déchets sur le littoral, il y en a même eu un hier à Vatenville, vous y étiez pas ? Ils financent des projets, voilà. Ils sont en pleine phase de structuration, en fait, en pleine phase de définition de leurs objectifs. Et justement, nous, on a pensé à vous pour un petit projet à court terme. Très court terme même, puisque ce serait à partir de mercredi, en fait.

Frédéric pointa le sol de son index :

— Ce mercredi-là ?

— Euh, oui, le mercredi juste là. Ça vous pose souci ? Vous partez en vacances, peut-être ?

On frappa. Agnès de nouveau.

— Oh là là ! se réjouit Renouf en tendant la main. Dans une *vraie* tasse en plus ! Avec une *vraie* petite cuiller ! Ils s'embêtent pas, dis donc, au quatrième !

— Et je vous ai trouvé ça, aussi, annonça avec espièglerie Agnès, qui prenait un plaisir manifeste à gâter son supérieur.

— Des madeleines ! s'exclama Renouf. Oh, les salauds ! Ils s'emmerdent vraiment pas. Télé, vue sur la mer, tasses en porcelaine et madeleines. Moi, bosser dans ces conditions, je dis pas que je serais prêt à payer, mais presque.

Agnès approuva en soupirant et sortit. Renouf leva la tasse vers sa bouche et y approcha des lèvres prudentes. Tout en déglutissant une gorgée brûlante qui lui fit faire la grimace et monter les larmes aux yeux, il regarda d'abord son téléphone portable, puis Frédéric :

— Bon. Vous aviez pas prévu de partir en vacances ce mercredi, par hasard ?

Frédéric était paralysé par la précipitation désinvolte du bonhomme.

— Ben, comme ma femme accouche dans quinze jours, cette année, on s'est dit qu'on partait pas.

— Mais c'est magnifique, ça ! s'écria Renouf, dont on ne savait s'il faisait référence à la naissance de l'enfant ou à la confirmation que Frédéric serait bien disponible.

Pour dissiper toute ambiguïté, il ajouta :

— Petit garçon ? Petite fille ?

— On sait pas. On veut pas savoir.

Le téléphone fixe sonna. Du plat de sa main, Renouf demanda à Frédéric de patienter et décrocha :

— Non, je peux pas. Vous lui dites que chus en réunion, là, qu'il rappelle plus tard.

Il raccrocha, sourit :

— Vous avez raison : la surprise, c'est mieux. Pour notre premier, on a fait la même chose, avec ma femme.

Comme le jeune homme n'ajoutait rien à son commentaire, il avala une gorgée de café.

— Bon, reprit-il en plongeant ses yeux dans ceux de Frédéric, façon *Passons aux choses sérieuses*. Bon, très concrètement, NuéClair est en phase de développement de sa communication et, dans cette optique, ils sont en recherche de personnes-ressources pour des objectifs ponctuels.

Dans l'esprit de Frédéric, *Personnes-ressources* résonnait un peu comme *Outil de production* ou *Bilan de compétences*. Il savait que ces expressions s'utilisaient couramment chez les gens plus éduqués que lui et, précisément pour cette raison, afin de ne pas passer pour trop ignorant, il n'osait jamais demander à quiconque ce qu'elles signifiaient exactement. Aussi se contenta-t-il d'approuver d'un lent mouvement de la tête.

— Et on a pensé, poursuivit Renouf en posant ses coudes sur la table, on a pensé que, eu égard à votre profil, vous avez toutes les compétences requises pour faire partie de ces personnes-ressources.

— Euh, ressource de quoi ? se risqua Frédéric en fronçant des sourcils hésitants.

— Je vais vous expliquer, sourit froidement l'autre en joignant les bouts des doigts de ses deux mains pour mieux illustrer son souci de précision. Voilà : dans le cadre de nos partenariats avec la commune de Vatenville, la SOREDA, à travers NuéClair, s'engage dans des actions de sensibilisation, notamment à destination des jeunes. Concrètement, la finalité serait d'impliquer des jeunes dans des projets de terrain qui seraient encadrés par des responsables issus des institutions, et d'autres éléments issus de la SOREDA. Et, en clair, nous, on a pensé que vous pourriez faire partie de ces éléments.

Écrasé par le jargon de Renouf, Frédéric ressentait quelque chose qui s'apparentait à un mal de mer intellectuel.

— Et qu'est-ce que je devrais faire, moi, alors ?

— J'y viens, j'y viens. Clairement, il s'agirait de contribuer à l'encadrement technique et logistique d'un groupe de jeunes, mais sur la base d'un projet plus vaste visant à les impliquer dans des activités émancipatrices.

— Mais, pourquoi moi ?

Renouf leva ses coudes de la table et se redressa dans son fauteuil. Il vérifia à nouveau son portable puis fixa Frédéric :

— Vous êtes moniteur diplômé de parapente, si mes informations sont exactes.

— Euh, oui.

— Vous habitez Vatenville, n'est-ce pas ? Et c'est là-bas que se trouve le club auquel vous êtes affilié.

— Oui.

— Vous êtes sensible aux questions environnementales ?

— Euh, oui.

Le téléphone fixe se remit à sonner. Abandonnant sans ménagement le regard de Frédéric, Renouf décrocha :

— Oui. Non. Enfin, chus en réunion, là, je peux pas rester trop longtemps, vas-y.

Il écoutait tout en faisant jouer d'un doigt de sa main libre le clapet de son portable.

— Ben, on se prend pas la tête, padsouci, on se la fait sandwiches-club et salades légères. On demande à Richard de s'occuper des bières, et à Seb et Carine d'amener le dessert. Moi, je m'occupe du pain. O.K. ? On fait comme ça ? Tu les appelles, hein. Et tu dis à Seb qu'il y a padsouci, de mon côté, ça tient toujours pour le tennis samedi. Moi, j'ai pas le temps, là. Allez, bisou.

Il raccrocha en se composant aussitôt un air exagérément sérieux, comme pour dissiper chez Frédéric l'hypothèse qu'il n'était peut-être pas aussi professionnel qu'il voulait s'en donner l'air.

— Bon. Ce qu'on attend de vous, c'est très simple. C'est que vous mettiez vos compétences au service du projet que je viens d'évoquer.

— En quoi consiste ce projet ? demanda Frédéric, qui, dans un extrême souci de politesse, s'était essayé à choisir ses mots.

— C'est contribuer à encadrer un groupe de jeunes pour une semaine, je vous ai dit. En l'occurrence, à partir de vos domaines de compétences. À savoir, entre autres, le parapente.

Frédéric se redressa à son tour légèrement sur sa chaise :

— Et ces jeunes, en fait, ce sont qui ?

Incertain quant à la pertinence grammaticale de ce *Ce sont qui ?*, il se tut, bien trop pudique pour poser une autre question qui lui brûlait les lèvres : « Et vous allez me payer combien pour ça ? »

Renouf toussota. Ses yeux commencèrent à chasser malgré un ton qui se voulait ferme :

— En fait, euh, très concrètement, ce sont des adolescents de la région parisienne placés en FAE. Et qui, dans le cadre d'une action menée conjointement par l'ASE de la Manche, la DR de la PJJ d'Île-de-France et la commune, se mettent à notre disposition pour nos différents projets dans le secteur environnement.

— FAE ?

— Oui, FAE. Vous connaissez pas ? C'est les Foyers d'action éducative. C'est très, très bien.

— Euh, non, je connais pas. Et, euh, la PJJ, qu'est-ce ?

Cette fois, Frédéric regretta son *Qu'est-ce ?* trop hasardeux et qui sonnait mal.

— Euh, alors ça, euh, ça je crois que c'est la Protection judiciaire de la jeunesse, prononça Renouf en avalant littéralement sa phrase.

Frédéric fronça les sourcils :

— C'est des délinquants ?

Un œil en coin sur son portable, Renouf lâcha un gros rire gêné qui voulait passer pour de la dérision.

— Des délinquants ? Mais non ! Pas du tout ! Pas du tout ! Disons, euh, pour être tout à fait honnête avec vous et tout à fait clair, disons que oui, ce sont des jeunes, euh, en difficulté. Mais pas des délinquants, il faut pas exagérer ! On va pas vous jeter comme ça dans la gueule du loup, on n'est pas des sadiques ! C'est juste des ados qu'on voudrait faire se sentir utiles en même temps qu'ils purgeront une petite sanction décidée par le juge. Et, pour qu'ils puissent se détendre un peu, on a prévu des initiations à des activités de plein air.

Il s'interrompit, regarda Frédéric droit dans les yeux, théâtral :

— Et c'est là que *vous*, vous intervenez.

Baissant les paupières d'un air d'humilité, levant la main avec la prudence d'un sage sioux, il ajouta :

— Je sais. Vous allez me demander : « Et moi, quel est mon intérêt dans tout ça ? » Mais, avant de vous répondre, je voudrais vous dire qu'il y aura aucun souci et que je suis sûr que vous allez y trouver votre compte.

Le portable de Renouf se mit à sonner, crachotant une version miniature et métallique du fameux *James Bond Thème* de John Barry.

L'homme s'interrompit immédiatement, se précipita sur le téléphone, vérifia le numéro d'appel sur l'écran du clapet, hésita une seconde, puis se résolut à ouvrir l'appareil tout en jetant au passage un œil bref et hostile sur Frédéric. La main en cornet autour de sa bouche, il s'astreignit à parler très bas, mais avec douceur :

— Allô ? Oui. Chus en réunion, là. Je te rappelle tout de suite. Ouais, tout de suite…

Un sourire involontaire s'était formé sur ses lèvres, qu'il réprima aussitôt pour poser sur Frédéric son regard le plus neutre possible. Un dernier coup d'œil à sa montre et il se leva, son téléphone toujours ouvert dans une main, l'autre tendue vers Frédéric.

— Bon. Pour ne rien vous cacher, entre nous, ça nous arrangerait beaucoup que vous acceptiez. Vous réfléchissez à tout ça et vous me rappelez avant demain ? Parce que là, je suis désolé, mais je peux pas vous garder plus longtemps ici. Dans cinq minutes chus en réunion. Padsouci ?

9

John entra dans la gare de Cherbourg alors que le train en provenance de Paris était déjà à quai. Heureusement, les premiers voyageurs en descendaient à peine. Entre l'âge de vingt et quarante ans, John était toujours arrivé avec beaucoup d'avance dans les gares et les aéroports, n'ayant rien tant aimé qu'attendre des femmes à l'arrivée de leur train, avec ses cheveux propres et coiffés, des vêtements qui le mettaient à son avantage, son haleine fraîche, son cœur battant et ses mains moites d'excitation.

Il avait aimé traîner dans les salles des pas perdus, acheter le journal et un paquet de chewing-gums au kiosque pour tuer le temps. Aimé écouter se succéder les annonces diffusées par haut-parleurs, rêvasser sur les destinations affichées sur les tableaux des départs, vérifier l'heure toutes les cinq minutes à l'horloge, éprouver le temps qui s'écoulait, les minutes qui passaient plus vite que prévu, avec une impatience mêlée d'une appréhension grandissante à mesure que l'heure approchait. Apercevoir, enfin, au loin, la micheline amorcer sa dernière ligne droite parmi les faisceaux de triage. Imaginer la femme attendue tout aussi émue que lui dans son wagon. Puis se laisser assourdir par le bruit de décompression des moteurs en bout de course. Fendre la foule des arrivants à contresens, l'œil à l'affût, repérer puis étreindre la belle parmi ses bagages, comme au cinéma.

Lui qui avait toujours été un parfait amoureux, d'une patience et d'un romantisme exemplaires, à présent il ne se précipitait plus. Il avait fini par se lasser de se mettre dans tous ses états pour des filles qui, tôt ou tard, finissaient par vous décevoir et vous faire regretter votre abnégation par leur égoïsme ou leur mauvaise humeur.

Aussi avait-il quitté sa maison au tout dernier moment aujourd'hui, sans se presser. Il avait troqué son bermuda quotidien pour le premier jean venu, mais sans changer de t-shirt ni prendre la peine de se raser ou de discipliner sa chevelure abondante et rebelle. Pas pris la peine non plus d'épousseter les vieilles miettes de pain, de ramasser les bouteilles vides, tickets périmés d'horodateurs, emballages divers, chaussures de plage et autres sacs plastique dispersés sur le plancher et les sièges de sa vieille Mazda.

À la gare, *idem* : au lieu de s'engager à la rencontre de Bénédicte en longeant les wagons, il avait choisi de patienter tranquillement à l'entrée du quai, en compagnie du gros des accueillants, sans se culpabiliser non plus de la laisser porter seule sa valise : « C'est une grande fille, libre et indépendante, non ? »

Et puis, de toute façon, pour un séjour d'à peine vingt-quatre heures, elle ne devait pas être si grosse que ça, sa valise : à quoi bon, à quarante-cinq piges, changer de tenue trois fois par jour, comme une jeune fille en fleur ?

Lorsque Bénédicte émergea de la petite poignée de voyageurs, ils s'enlacèrent chaleureusement en s'embrassant sur les joues, comme deux vieux complices. Son visage pouvait encore faire belle illusion, mais John nota une fois encore le fond d'haleine chargé malgré la bouche objectivement saine. Une haleine qui lui fit penser aussitôt : *Vieille dame*. Il identifia également au premier coup d'œil les petits raccords-rafraîchissement de dernière minute : rouge à lèvres, parfum, coup de brosse à cheveux.

Il pensa que tous ces efforts à son intention, superflus et naïfs, ne faisaient que prononcer, au fond, leurs deux solitudes respectives. Deux sensibilités qui, malgré leur intelligence, ne se rencontraient plus que sur les bases d'un malentendu, d'un pis-aller, d'un renoncement en sursis : Bénédicte et son besoin de se prouver qu'elle pouvait encore plaire à un homme, et John et son seul désir de ne pas trop laisser rouiller sa libido.

Alors qu'ils se dirigeaient vers la sortie, il détailla en coin sur la physionomie de Bénédicte tout ce que le temps, désormais, soulignait plus cruellement chaque année, voire d'un mois à l'autre : sous le fond de teint, le duvet des joues trop douces, le cul désespérément plat et osseux dans le pantalon fluide de lin blanc, la peau plissée du plexus, retour de bâton d'étés répétés de bronzage forcené. Et puis les seins, incurablement mous et navrés sous l'étoffe du chemisier.

Dans la voiture, il débarrassa *in extremis* le siège passager d'un vieil exemplaire du *Monde* au moment où Bénédicte s'asseyait, puis tourna la clé de contact. La radio s'alluma automatiquement, et ce n'est qu'au terme d'une bonne minute que, ayant manœuvré sur le parking puis s'étant mêlé à la circulation, John se décida enfin à couper le son et à poser quelques questions d'usage à Bénédicte : le boulot, Jules, les amours, le moral.

Sans se faire prier, Bénédicte se lança dans un long monologue agité et vindicatif, où elle évoquait ses conflits répétés avec un nouveau collègue, chargé comme elle de direction artistique au sein de la boîte à production de films institutionnels où elle officiait depuis maintenant près de dix ans. John l'entendait se plaindre, toute à son obsession et sa frustration. Elle se plaignait tout comme elle l'aurait fait à Paris, face à un collègue complaisant, à côté de la machine à café ou avant une réunion. Elle semblait si loin de la Normandie à ce moment-là, si loin des vacances, si loin de l'été, si loin de ses propres vêtements de lin et de son décolleté pigeonnant pourtant choisis afin de marquer la détente et la légèreté. John prêtait l'oreille, pensant qu'il trouverait sans trop de difficulté les mots pour aborder dans son roman, outre cette question de l'arrogance féminine déchue, celle, indissociable dans le cas de Bénédicte, des rêves abandonnés en cours de route.

En écoutant, d'une oreille qui n'en pensait pas moins, son ex-compagne dire quelque chose comme : *Ce qui me dégoûte, tu vois, c'est que je suis pas la seule à penser ça, mais que personne n'ose, tout le monde ferme sa gueule devant lui*, John sentit monter en lui une envie perverse de lui faire comprendre une bonne fois pour toutes dans quel cas de figure grossier elle s'était enlisée sans recul avec les années.

« Il faudrait vraiment que j'arrive à écrire là-dessus. Sans qu'elle se sente trop directement concernée, et sans trop enfoncer de portes ouvertes non plus. Écrire sur cette idée que, jusqu'à mettons vingt-cinq, vingt-six ans, c'est le temps des possibles, des belles promesses et de la vie devant soi. Décrire ces types si charismatiques au lycée, au look intello rétro un peu fantasque, très cultivés, précoces, déjà engagés politiquement. Ceux qui tiennent le porte-voix et montent sur le toit des voitures pendant les manifs. Ces meneurs-nés dont on se dit : "Celui-là, plus tard, c'est sûr, il fera de la politique." Décrire ces filles douées en lettres, qui ne parlent pas avec les "gamins" de votre espèce. Les qui ont déjà baisé, les dont les mecs sont forcément des types tellement plus mûrs et plus virils que vous.

« Eh bien, je prends toutes ces filles et tous ces garçons, je décris bien tout ça : leurs vêtements, leur vocabulaire et leurs tics. Je jette tout ce petit monde dans le bain de la vie et je les reprends dix, quinze ans plus tard, à l'âge de Bénédicte. Sont passés par là : l'ambition, le travail, les responsabilités, l'indépendance, les soucis matériels, l'argent, le statut social, *réussir*, avoir des enfants ou pas, le couple, l'évolution des styles vestimentaires, le vieillissement. Bref, les beaux discours idéalistes contre la pesanteur du réel. Et là, on fait les comptes : que sont-ils devenus ? »

— Et Jules ? La forme ? interrogea John, qui voulait donner l'impression de s'intéresser, tandis que Bénédicte, qui en avait terminé avec son collègue, s'extasiait à présent sur l'architecture des digues Vauban qui délimitaient l'entrée du port de la ville (« Dis donc, je savais pas que c'était si joli ! C'est dingue, tous ces coins de France dont on parle jamais ! »).

Comme elle s'engageait à présent dans d'interminables développements quant à l'irresponsabilité chronique du père de Jules, John put tranquillement revenir à ses pensées :

« Qu'est-ce qu'ils sont devenus ? Le jeune génie politique : un petit prof d'histoire-géo à mocassins de cuir souple et parka moutarde, noyé dans la masse. Qui compte ses points d'ancienneté et manœuvre pour se faire muter dans un lycée à fort taux de réussite au bac du centre de Paris. Avec le fol espoir, à terme, de devenir inspecteur d'académie. La petite garce littéraire qui ne sortait qu'avec des mecs de vingt ans ? Une épouse oisive, cocufiée et bon chic-bon genre de médecin. Un rôle clé dans l'Association des parents d'élèves de l'école de ses enfants. Un grand appartement à remeubler tous les cinq ans. Des rêves de mètres carrés en plus. Du bénévolat dans une association humanitaire. Un goût pour le roman français contemporain comme seule relique de son talent d'antan pour la dissertation. »

La voiture longeait à présent des prairies à la sortie de la ville.

— Oooh ! s'attendrit soudain Bénédicte. Regarde les vaches, là ! C'est marrant, cette image d'Épinal des vaches normandes ! Une vraie pub !

— Ouais. C'est un peu ce que je me dis à chaque fois que j'en vois, mentit John, qui donnait un change assez crédible. Moi, c'est carrément à du chocolat au lait que je pense dans ces cas-là.

— Du chocolat au lait ? Je vois pas du tout le rapport, fit Bénédicte, circonspecte.

John émit un petit soupir indulgent et se remit à fixer l'au-delà de la route devant lui.

« Se demander : à quel moment de la vie peut-on considérer qu'on est passé à côté de soi-même ? Ça va jusqu'où, la jeunesse ? Il s'arrête quand, le passé ? »

— T'es sur Facebook, toi ?

Bénédicte venait de poser la question ex nihilo, en tentant de paraître le plus dégagée possible, sans se laisser impressionner par ce mot *Facebook* qui semblait pourtant la dépasser.

— *Facebook* ? répéta John avec cet accent américain naturel qui déconcertait toujours ses interlocuteurs français, tant son français était tout aussi pur et désaccentué.

— Ouais. Tu connais ça, quand même !

— Je vois très bien ce que c'est, Mary n'arrête pas d'essayer de me convaincre qu'il faut *absooolument* que je sois sur Facebook. Mais c'est pas pour moi, ce genre de trucs. C'est plus de mon âge.

— Comment ça, plus de ton âge ? s'offusqua Bénédicte, qui se sentait également visée. Parce qu'il y a un âge, maintenant, pour avoir des amis ?

— Amis mon cul, maugréa froidement John. Vertige existentialo-narcissique, oui. Tu sais comme moi que c'est pour baiser qu'on s'inscrit sur Facebook. C'est un Meetic qui dit pas son nom, point. Un Meetic pudique et faux cul. Et puis, la culture *Regardez comme je suis sociable : j'ai 357 amis*, cette indécence à se mettre en scène, à prendre des poses de magazine de mode sur les photos de soi, à tenir au courant le monde entier qu'on vient d'aller pisser, à étaler des goûts artistiques faussement audacieux, à pointer sur une carte du monde tous les lieux qu'on a visités, toute cette niaise dictature du parfait citadin-citoyen du monde, je suis peut-être vieux jeu, mais non merci, quelle comédie. Rien à foutre, des amis. Ma solitude, moi, je préfère l'assumer seul. Tu connais la chanson, hein ? « *On vit les uns avec les autres / On se caresse / On se cajole / On se comprend / On se console / Mais au bout du compte / On se rend compte / Qu'on est toujours tout seul au monde.* »

— Tout le monde n'est pas tout seul, je te signale. Faut pas prendre ton cas pour une généralité. Alors, comme ça, même les amis, maintenant, ça t'intéresse plus ?

— Rien à foutre, je te dis, insistait John avec hargne. Les autres, non seulement j'ai plus rien à leur dire, mais leur simple présence m'emmerde. *L'enfer, c'est les autres*, souviens-toi aussi. Moi, à cinquante-cinq balais, je veux juste qu'on me foute la paix. Les autres, ça m'encombre, ça m'intéresse plus. Même les gens intéressants, ça m'intéresse plus.

— Charmant, ironisa Bénédicte. Et grossier, en plus.

On la sentait habituée aux provocations de son ancien compagnon.

— Et puis d'abord, reprit-elle après un bref silence, je suis pas d'accord, Facebook, c'est pas comme Meetic. Ça n'a rien à voir.

John, apaisé, lui fit un clin d'œil en coin :

— Pourquoi ? T'as déjà essayé, Meetic ?

— Euh, oui, comme ça, une fois ou deux, hésita Bénédicte sur un ton « Je vois pas pourquoi j'aurais honte de le dire ».

— C'est drôle, s'égaya John, comme on avoue sans aucun complexe ce genre de trucs, aujourd'hui.

— Je vois pas pourquoi j'aurais honte de le dire, dit Bénédicte.

— C'est dingue, poursuivit John, que le sujet semblait passionner, c'est dingue comme il y a encore dix, quinze ans, c'était très connoté, les petites annonces. Comme on imaginait, derrière, des gens forcément laids, frustrés, asociaux, douteux, dépressifs, dangereux. Aujourd'hui, c'est devenu carrément branché.

Il s'interrompit, jeta sur Bénédicte une nouvelle œillade complice par-dessus son épaule :

— Alors, ça s'est passé comment ? Ils étaient comment, les mecs ?

— Sans aucun intérêt. Des moches qui faisaient les malins, avec des vannes lourdes et des rires gras. Qui me parlaient connement de films cons et qui me citaient Alexandre Jardin comme si c'était du Baudelaire. J'ai regretté, c'était assez déprimant en fait.

— Tu te les es tapés au moins ?

— Waah, la question ! Je suis pas ton pote, John, quand même !

John haussa calmement les épaules :

— De quoi tu veux qu'on parle d'autre ? Il y a que ça qui nous intéresse vraiment, finalement, non ?

— Comment ça, *y a que ça qui nous intéresse* ? Parle pour toi !

— Bon, alors, sourit John après quelques secondes d'un nouveau silence faussement embarrassé : t'as couché ou t'as pas couché ?

— Non, j'ai pas couché, se renfrogna Bénédicte.

— Et avec Facebook, t'as réussi à coucher ?

Bénédicte ouvrit une bouche qui allait protester, mais qui finalement s'en abstint :

— Ben, jusqu'à maintenant, non. Mais j'y vais pas que pour ça, je te jure. Je sociabilise, *moi*. Je m'amuse, *moi*. Je crois encore aux belles choses de la vie, *moi*. Je suis pas encore complètement desséchée, *moi*.

— Et de façon générale, s'obstina John grassement, tu couches un peu, des fois ?

Bénédicte fit la grimace :

— T'as pas un mot plus joli pour suggérer la même chose ? Plus délicat ?

— Tu le tires, ton coup, de temps en temps ? se mit-il à grogner. Ça t'arrive, de te faire ramoner ? Le Destop, c'est tous les combien du mois, ma chérie ? Tu t'en prends souvent, des longueurs dans la figue ? Des segments dans ta coquille ? Une bonne grosse queue à te carrer dans le mou, ça te branche encore, à ton âge canonique ?

— Arrête ! Arrête !

Bénédicte, ravie, faisait non de la tête en tambourinant de petits coups de poing inoffensifs dans le biceps droit de John, qui, hilare, se protégeait tout en faisant mine de perdre le contrôle de la Mazda. Elle cessa au bout de quelques secondes, se redressa sur son siège et se mit, parallèlement à John, à regarder la route elle aussi :

— Mon âge, mon âge… En tout cas, pendant

quelque temps, j'ai eu un amant super mignon. Et plus jeune que moi, en plus.

Pour mieux souligner ce point marqué dans la conversation, elle prit un petit air de mystère adéquat.

— Ah bon ? tiqua John, soudain moins moqueur. Raconte.

— C'est un monteur qu'a travaillé pour nous au mois de mars. Je te jure, *suuuper* mignon !

— Bon coup, le mec ?

— Euh, pas vraiment. Un peu pataud, un peu trop chien fou. Mais de bonne volonté. C'est ça qu'était chouette.

— De toute façon, tu t'en foutais, j'imagine, qu'il te baise bien ou pas. C'est surtout la situation qui t'excitait. Avoue.

— Mais qu'est-ce que t'es macho !

— C'est inouï, développa John sur un ton à la fois pensif et émerveillé, c'est inouï comme à vingt ans, j'étais loin d'imaginer à quel point les femmes de quarante-cinquante ans sont pas compliquées. Comme elles sont vachement plus accessibles et disponibles, en fait. Comme elles sont vachement plus sexe qu'à vingt-cinq ans. Et comme il n'y a pas besoin de se prendre la tête pour les aborder. Bon dieu, si j'avais su…

Bénédicte approuvait du chef avec une complicité flattée.

— Parce que, modéra John sur un ton plus sarcastique, ce qui vous intéresse encore plus que le cul, c'est de continuer à plaire, à vérifier que votre séduction fonctionne encore. Vous serez mille fois plus impitoyables avec un mec de votre âge, un peu bande-mou mais honorable, qu'avec un gamin qui, même s'il s'y prend comme un manche, vous fera un bon lifting mental.

La conversation se prolongea sur ce mode de camaraderie libertine pendant une trentaine de kilomètres, jusqu'au village d'Auderville, qui surplombe en pente douce des étagements de vifs pâturages irlandais parcellés par des enclos de pierre grise. Spectaculaire prépondérance du ciel et de l'océan en toile de fond, comme une contradiction du si terrestre bocage. Déchiquètements noirs de la côte rocheuse. Méandres de galets et de sable blond à l'est. Flammes de cumulo-nimbus s'égarant en de longues lignes de fuite droit devant, sorte d'invitation perpétuelle à d'autres latitudes, au grand Pacifique.

John se gara sur le parking municipal, cinquante mètres en amont de *La Malle aux épices*, bar-tabac-restaurant couru et coté de la région. Il aimait encore cela, John, sortir dîner. Peut-être même était-ce, mis à part ce désir de littérature qui le rongeait, sa dernière faiblesse. Il aimait, ainsi, prendre la peine de réserver pour deux ou trois personnes par téléphone quelques jours auparavant, demander une table pas trop isolée, située ni trop près des toilettes, ni dans le passage des serveurs. Et jamais trop tôt. Vers 21 heures, lorsque la faim s'est bien installée, que l'animation de la salle est à son apogée et que tous les plats de la carte sont encore disponibles. Il aimait s'asseoir et se détendre, préjuger à l'épaisseur de la nappe ou à la netteté d'un verre à pied de la qualité de la maison. Observer et commenter avec des intimes les gens des tables voisines, se lancer dans des conversations d'autant plus légères qu'était réjouissante la perspective qu'on le servirait, qu'il commanderait bientôt une bière en apéritif et qu'on apporterait du pain à grignoter avant l'arrivée du vin et des entrées. Il aimait, dans ces moments-là, se convaincre que c'est la vie à son apogée qui s'accomplissait en direct par petites étapes successives. Et qu'il avait bien de la chance de savoir, de la sorte, se contenter de bonheurs simples.

Comme ils étaient en avance d'une bonne demi-heure, John proposa une balade préalable jusqu'à la station de sauvetage en mer de Goury, tout en bas. Par bonheur, Bénédicte avait vu et se rappelait avec suffisamment de précision le film de Truffaut, *Les Deux Anglaises et le continent*, pour que John puisse partager avec elle son plaisir d'évoquer les nombreuses scènes tournées dans les environs immédiats : l'arrivée de Jean-Pierre Léaud avec sa valise et sa redingote, la maison des deux sœurs, la partie de badminton, la promenade le long de la falaise, la lettre de rupture remise à travers la barrière.

— Ce que j'ai bien aimé, moi, dit John sur le ton de quelqu'un qui avait eu maintes fois déjà l'occasion de développer son argumentation, c'est que t'as beau avoir renoncé à tes illusions depuis belle lurette, quand tu regardes ce film, t'as envie d'y recroire, à l'amour. Pas une seconde tu trouves les personnages ridicules, avec leurs premiers émois, leurs billets doux, leurs promesses d'éternité, leurs cœurs brisés et leurs tentations du suicide. Ça t'enlève tout cynisme, ce film.

— Mais pourquoi il faudrait toujours tout considérer en termes de cynisme ? s'indigna Bénédicte avec une véhémence un peu exagérée. Pourquoi ce serait la base, le cynisme ? Pourquoi faudrait systématiquement tourner en dérision tout ce qu'il y a d'un peu pur ? *Cynisme, cynisme, cynisme* : qu'est-ce que vous pouvez être emmerdants, les mecs, avec votre sacro-saint cynisme !

— C'est précisément parce que, *à la base*, comme tu dis, je suis un grand amoureux, un grand éperdu, un grand romantique, un grand pur, un grand idéaliste que je le suis devenu, cynique. Dans le couple, vient toujours un moment où tu te retrouves tout seul avec tes rêves, et où t'en as marre de les porter pour deux à bout de bras.

— Ouais, c'est ça, ironisa Bénédicte, qui, même s'il y avait prescription avec les années, se sentait quand même directement remise en cause. Pauvre chou que les femmes ont martyrisé.

C'était la dernière ligne droite avant la station de sauvetage. Personne, pas un véhicule dans les parages. Ils marchaient seuls en silence au milieu de la route. Toujours haut dans le ciel à cette heure, le soleil diffusait un crépuscule clair, interminable. Au bout de quelques minutes, surmontant une imperceptible hésitation et sans ralentir son pas, Bénédicte passa doucement son bras autour de la taille de John. Elle posa sa tête sur son épaule, puis reprit la parole :

— C'est vrai, concéda-t-elle dans un sourire fragile, c'est vrai que t'as plutôt été chouette, comme bonhomme. Des types aussi gentils et attentionnés que toi, crois-en mon expérience, je peux te dire que ça court pas les rues.

Elle ajouta avec tendresse :

— Faudrait juste que tu perdes un tout petit peu de ton bide.

Pour toute réponse, John se contenta de sourire de profil et de tâter ses bourrelets. Il regardait sur l'asphalte tiède leurs deux ombres enlacées s'étirer longuement vers la mer en se représentant mentalement le visage de Bénédicte au réveil, dans cette lumière impitoyablement crue du matin qui ne manquerait pas de les surprendre au lit le lendemain. Ses traits défaits d'après l'amour et d'une nuit de sommeil qui, à partir de trente-cinq ans, alourdit le visage des femmes davantage qu'elle ne le régénère. Le fond de teint volatilisé qui révèle les rougeurs et les veinules éclatées des joues. Les pores trop dilatés de l'épiderme. Le mascara qui a débordé. Les paupières gonflées, les pattes-d'oie, les plissures et les rides en tout genre. En d'autres termes, l'échec avéré de tous ces produits cosmétiques coûteux, mais qui n'interviennent pas en profondeur. Puis, plus bas, sous les draps, la minceur et l'épilation forcenée du corps. Les tendons proéminents à l'aine, les côtes saillantes, le fessier plat aquagymé en vain et zébré de vergetures.

Alors, dans un grand élan oublieux, John ferma les yeux, inspira profondément et enceignit Bénédicte à son tour.

10

— Moi j'dis : Domenech, c'est pas sa faute. Comment tu veux motiver onze gars autour d'un drapeau qu'est pas l'leur ?

— Ben si, c'est sa faute. Il avait qu'à pas les sélectionner, les gars.

Jean consommait un kir au zinc du bar *Bon Accueil* en prêtant une oreille attentive mais réservée aux propos qu'échangeaient Fémieux et Hennequin. Non qu'il n'adhérât aux arguments de ses voisins. Mais plutôt parce que, de nature, il s'exprimait peu en dehors du cadre familial et n'avait vraiment d'avis ni en sport, ni en politique, ni sur rien de susceptible de nourrir des échanges de comptoir. D'ailleurs, si exceptionnellement il avait consenti à sortir de chez lui pour aller prendre un kir au *Bon Accueil*, c'est parce que Claudine lui avait suggéré que, au lieu de ne rien faire de ses dix doigts et de tourner en rond dans la maison alors qu'elle avait son ménage à terminer, il ferait mieux d'aller faire un tour. Que s'il traînaillait comme ça dès sa première semaine de vacances, eh bien valait mieux pas imaginer ce que ce serait lorsqu'il prendrait sa retraite. Parce que bonjour l'ambiance.

— Du temps d'Jacquet, au moins, c'était bien mélangé. Et on a vu l'résultat.

— Et en 82, vous vous souvenez, France-Allemagne ? Y'en avait quoi ? Pt'êt qu'un seul. C'était qui, déjà ? Trésor, c'est ça ?

— Y'avait Janvion, aussi.

— Ah ouais, Janvion, j'me souviens. Bon, ça fait deux. Et c'est pas ça qui nous a empêchés d'aller en d'mi-finale.

— Une d'mi-finale, faut dire, c'est quand même pas comme une finale. Et j'parle pas de carrément gagner la coupe, comme en 98.

— Euh, excusez-moi…

Jean, Fémieux et Hennequin tournèrent la tête ensemble. L'homme qui venait d'intervenir était ce Parisien qui avait racheté l'étable Charvet avec sa femme, et dont ils ne connaissaient toujours pas le nom, vu qu'ils ne s'étaient jamais dit bonjour. Plutôt négligé dans de simples claquettes de plage en plastique, il venait de s'installer au bar et de commander une pression à Roland.

— Excusez-moi, répéta poliment celui-ci après s'être raclé la gorge, je ne voudrais pas me mêler de votre conversation. Mais vous trouvez que ça compte vraiment, vous, ces histoires de couleur ? Que ça change quelque chose, au fond ? Parce que tous ces joueurs, vous dites que c'est pas leur drapeau. Mais ils sont aussi français, non ?

Malgré ses sourires et ses précautions de langage, le type avait jeté un froid.

— Ben, tout dépend d'comment on s'entend sur c'que c'est d'êt' français, répondit entre ses dents Fémieux tout en ignorant ostensiblement le Parisien du regard.

Sa chopine à peine entamée, l'homme la reposa sur le zinc et se pencha vers Fémieux avec l'air de quelqu'un prêt à argumenter avec la plus grande tolérance :

— C'est peut-être parce qu'ici, vous vivez dans une région à faible taux d'immigration. C'est sans doute parce que vous n'êtes pas habitués. Mais quand vous vivez à Paris, avec le brassage des cultures qu'il y a, je vous assure que vous ne vous posez plus du tout ce genre de questions. Vous ne croyez pas que ça correspond à l'évolution naturelle des choses ? Aux nouvelles donnes géopolitiques et sociales ?

— Vous savez, monsieur, intervint Hennequin avec unc courtoisie sournoise, vous savez, faut pas trop chercher, comme ça, à nous donner des l'çons d'savoir-vivre. On sait d'quoi on parle. On les connaît, les Français dont on parle. Moi et lui (il désignait Fémieux), faut pas croire, dans les ateliers on fréquente de tout et on en voit de toutes les couleurs. C'est l'cas d'le dire…

Jean, qui ne saisit le jeu de mots qu'après avoir entendu Fémieux et Roland s'esclaffer, s'abstint de rire à son tour avec un trop évident décalage.

— Mais je ne cherche pas à vous faire la leçon ! rougit le Parisien. Pas le moins du monde !

— Vous cherchez pt'êt pas à nous faire la l'çon, continua Hennequin sur un ton nettement plus agressif, mais c'est quand même c'que vous faites. Prenez pas ça pour vous personnellement, hein, mais on les connaît aussi, les gens qui cherchent à nous faire passer pour des provinciaux attardés et racistes. Nous aussi on lit les journaux. Nous aussi on regarde la télé. On se tient au courant et nous aussi on sait se faire notre propre opinion sur le monde. Simplement, nous, on fait pas de beaux discours. Parce que la réalité, on a l'nez d'dans chaque jour, à l'usine. On refait pas l'monde depuis des bureaux et des tables de réunion, nous.

— Mais qui vous dit que je travaille dans un bureau ? s'émut l'homme, qu'on sentait profondément blessé par la répartie de Hennequin.

Il ouvrit la bouche pour ajouter quelque chose mais, devant tant d'hostilité à son égard, il secoua la tête et avala nerveusement une dernière gorgée de sa bière à peine entamée. Puis il posa son verre, se leva de son tabouret, mit la main dans une poche de son jean et laissa d'une main tremblante quelques pièces de monnaie sur le comptoir :

— Bon, messieurs. Au revoir, et bonne soirée.

Dans un claquement de semelles en plastique qui contrastait singulièrement avec la déco d'inspiration chalet suisse du bar, il traversa la salle et sortit.

— *Bon, messieurs. Au revoir, et bonne soirée*, parodia Hennequin d'une voix de fausset.

Il se tourna vers Fémieux :

— Y croit quoi, çui-là ? Que c'est passqu'il a du pognon et une loute à gros nénés qu'il peut venir ici jouer les Ghandi ?

— C'est vrai qu'elle est baisable, sa femme.

Un torchon à la main, Roland se pencha par-dessus le zinc :

— Vous savez que, pour sa toiture, il est allé voir Moriot ? 40 000 euros il lui a demandé, Moriot ! 40 000 !

Enfin un argument qui parlait à Jean. Cette fois, il put se joindre en bonne synchronisation à l'hilarité générale.

— *Spéciale intempéries Manche*, qu'il lui a dit, Moriot ! *J'vouzcn conseille une spéciale intempéries Manche. Parce qu'en Basse-Normandie, vous savez, les intempéries…*

Les intonations de Hennequin étaient irrésistibles. Conscient de l'effet produit sur ses congénères, celui-ci poursuivit, pince-sans-rire :

— *Pourquoi ? En Haute-Normandie, c'est pas les mêmes ?* qu'il lui a demandé sans plaisanter, l'aut' !

Fémieux se tordait de rire. Roland, qui derrière son comptoir s'était mis à sortir les verres propres de son lave-vaisselle, avait dû s'interrompre. Jean, qui ne s'était pas autant amusé depuis longtemps, se sentit soudain pousser des ailes de sociabilité :

— Et en plus, s'enhardit-il tout en soulevant ses lunettes pour s'essuyer une larme du flanc de l'index, et en plus, j'ai vu, il a pris des f'nêtres double vitrage !

Comme personne n'avait perçu l'utilité ni le caractère comique de la remarque, une gêne passa sur les visages des trois autres hommes pendant un tiers de seconde. Puis un silence assumé s'installa de nouveau dans la pièce, que venaient à peine perturber les suçotements de calva. C'est Fémieux qui relança la conversation :

— Au fait, demanda-t-il à Jean tout en extirpant de sa veste un paquet de Marlboro rouges, toi, t'en es où, avec ton trou dans l'mur ?

Chez Jean, cette question sonnait toujours très désagréablement. Elle provoquait dans sa poitrine une contraction sourde, comparable à ce que peut ressentir un gagnant du Loto à qui l'on vient soudain annoncer qu'il y a eu une erreur dans le tirage au sort et qu'il faudra tout recommencer à zéro.

Il se raidit, rentra la tête dans ses épaules, baissa les yeux :

— J'en ai pas encore parlé au voisin.

— Et alors ? Qu'est-ce t'attends ? insista sadiquement Fémieux, qui, depuis longtemps, avait compris que c'était là le point faible de Jean.

— J'vais lui dire bientôt.

— En tout cas, ça t'changerait d'la soudure de coques de tes sous-marins, railla Fémieux en cherchant du coin de l'œil l'approbation complice des deux autres.

Hennequin prit le relais :

— Ce s'rait vraiment une enflure de refuser, en tout cas.

— Ouais, vraiment un enculé, renchérit perfidement Fémieux, qui, éloigné de quelques pas, tirait les premières bouffées de sa cigarette sur le seuil de l'établissement.

Roland cessa de sourire et lança un coup de menton dans sa direction :

— Eh, Jean-Pierre, mets-toi un mètre dehors, s'il te plaît. Là, sur l'plan légal, t'es à l'intérieur. Un inspecteur passe et c'est la prune garantie. 135 euros.

— Tu fais chier, Roland, râla Fémieux. Qui va passer ici, hein ? Qui ?

— J'm'en fous. C'est la loi, j'l'applique.

— Loi d'mes deux, oui.

— Peut-êt'. Mais c'est la loi.

Considérant sans doute que l'ambiance ramollissait, Hennequin se rapprocha de Jean tout en faisant glisser son verre sur le comptoir :

— À propos d'loi. C'est quoi, déjà, l'article du Code civil, pour ton mur ?

— 675. *Servitude de vue.*

— Même avec verre dormant, t'as pas l'droit ?

— Non. Faut 1,90 m minimum pour une vue droite, et 60 cm pour une vue oblique.

— Il est collé-collé, son terrain ?

— Ras bord.

— Putain, pour un type qui vient même pas un mois par an… Enfoiré, va.

— En plus, ch'crois qu'y veut s'installer, maintenant. Depuis mai, qu'il est là.

— Ah, le salaud.

Incapable de férocité ou du plus élémentaire persiflage, Jean décevait. De toute façon, le manque d'inspiration avait fini par avoir raison de la verve des quatre hommes. Chacun était sur le point d'aller tuer le temps ailleurs, lorsque deux personnes entrèrent dans le café, parmi lesquelles, après quelques secondes de stupéfaction, chacun put reconnaître Bruno Belval, le journaliste politique vedette de la chaîne TVF.

Plus petit et paraissant plus vieux qu'à l'écran,

Belval était vêtu d'une chemise bleu école de commerce qui appelait une cravate mais qui, précisément, en était dépourvue pour indiquer qu'il était en vacances. Il portait également un pantalon sport et des mocassins souples qu'il avait chaussés sans socquettes pour le côté *J'ai le pied marin*. L'homme diffusait sa notoriété dans la pièce avec une certaine lassitude. Collaborateur ou peut-être ami, c'est son acolyte qui parla :

— C'est possible de nous mettre une table en terrasse, s'il vous plaît ?

— Euh, oui, bien sûr, hésita Roland, pétrifié par la présence de la célébrité. J'vous installe ça de suite.

— Tu prends quoi, Bruno ? se retourna le type avec un naturel qui le rendait aux yeux de tous presque aussi intimidant que Belval lui-même.

— Un cidre, répondit Belval. C'est bien ce qu'il faut prendre dans la région, non ?

— Alors deux cidres, répercuta le type à Roland.

Ne sachant trop s'il lui fallait commencer par la table à installer en terrasse ou par la bouteille de cidre à déboucher, Roland resta interdit derrière son comptoir pendant quelques secondes. C'est Belval en personne qui finit par demander :

— Dites-moi, je voulais savoir : elles sont vraiment sûres, les plages, dans le coin ?

On sentait chez l'animateur une volonté de s'exprimer comme monsieur tout-le-monde, mais démentie par l'autorité qu'il devait à sa célébrité.

— Euh, vous voulez dire : au niveau de la propreté ? dit Roland sur un ton d'une exceptionnelle douceur.

— Je veux dire, surjouait Belval, qui retrouvait ce ton mi-frondeur, mi-confident qu'on lui connaissait à la télé, je veux dire : est-ce qu'une plage encadrée par une centrale atomique d'un côté et une usine de retraitement de déchets nucléaires de l'autre ne présente *vraiment* pas de danger ? Est-ce qu'on peut me garantir que je peux laisser ma compagne bronzer au soleil et mon fils jouer tranquillement sur le sable sans qu'ils risquent tous les deux de se faire contaminer ? Est-ce que les contrôles du taux de radioactivité sont faits en toute transparence par des organismes *vraiment* indépendants ? Votre maire a voulu me rassurer, puisqu'il m'a invité à passer quelques jours chez lui. Entre nous, c'est pas que je lui fais pas confiance. Mais j'aimerais juste savoir ce qu'en pensent les gens de la région. Les *vrais gens*.

Sans s'interroger sur une possible connotation dépréciative du terme « vrais gens » dans la bouche de Belval, Hennequin décida de répondre pour tout le monde :

— Si c'est notre maire qui vous l'a dit, m'sieur Belval, fit-il d'un ton qui cherchait à montrer qu'il n'en pensait pas moins, si c'est notre maire qui vous l'a dit, y'a pas d'raison d'pas l'croire…

— Vous êtes ironique, en disant cela ? demanda Belval dans un demi-sourire.

— Ah, ça, m'sieur Belval, j'me permettrais pas.

On sentait Hennequin heureux d'appeler respectueusement Belval par son nom et, par là même, de donner aux autres l'impression qu'il était en train de tisser un début d'intimité avec le grand homme.

— Il a pourtant l'air sympathique, Agostini, rebondit Belval, faussement candide et qui semblait ravi de participer à une conversation banale au sein d'un bar banal d'un banal village français de province.

Tandis que Roland passait au milieu du petit groupe avec une table de jardin entre les bras, Hennequin se tourna vers Fémieux et Jean. Il affichait une moue exagérément dubitative, du genre : « Par politesse, on va pas vous contredire. Mais si seulement vous saviez. » Puis, revenant à Belval :

— *Spécial*, j'dirais plutôt.

— Ça ouais, ricana Fémieux qui faisait tourner entre ses doigts son verre vide depuis deux bonnes minutes.

— Ouais, fit à son tour Jean, qui, trop intimidé pour regarder Belval en face, ne lâchait pas Hennequin des yeux.

— Mais pourquoi ça, *spécial* ? Expliquez-moi, jubilait Belval.

— Ben, si c'est votre ami, on va pas en dire de mal…

— Vous savez, moi, fit l'animateur en haussant légèrement les épaules pour marquer son désengagement, monsieur Agostini m'a surtout invité pour faire une petite dédicace de mon livre dans votre nouvel espace culturel. Pas vraiment par amitié…

— Oui, en profita Fémieux, qui voulait montrer qu'il se tenait au courant. On a vu les affiches, en ville. Mais on n'imaginait pas que vous étiez déjà arrivé. Et encore moins qu'on vous rencontrerait ici.

— Disons, pour faire court, le coupa Hennequin, qui ne voulait pas perdre la main, disons qu'on pourrait se demander si la députation ne lui a pas monté un peu à la tête. Parce que, pour un maire de Vatenville, on le voit pas beaucoup, à Vatenville…

— Député-maire, ouais, fit Fémieux en écho.

— Ouais, répéta Jean.

— C'est même à se demander, poursuivit Hennequin, c'est même à se demander s'il aime ça tant qu'ça, Vatenville, vu l'temps qu'y passe ici. Si c'est pas lui l'premier à pas trop l'aimer, l'nucléaire, malgré tout l'bien qu'il en dit devant les caméras d'télé pour plaire à Sarko.

— La télé, ouais, ponctua Fémieux.

Jean approuva d'un hochement de tête.

— Et puis, l'pognon aussi. Ça, pour percevoir les taxes foncières de la SOREDA, il est là, le maire, il est bien là. Après, c'qu'il en fait, de tout c't'argent, c'est une autre histoire…

Resté silencieux jusque-là, le type qui accompagnait Belval indiqua l'entrée de son pouce :

— C'est bon, Bruno. Je crois que c'est prêt, pour la terrasse.

— Par exemple, s'agrippait Hennequin, c'est pas pour dire, mais l'espace culturel, eh bien on s'demande bien à quoi il va servir. Et, surtout, qui va y aller. C'est pas pour vous que j'dis ça, m'sieur Belval, hein ? Non. J'dis juste que l'pognon, y avait plein d'autres priorités pour l'dépenser et que, au conseil municipal, notre avis, nous, personne n'est v'nu nous l'demander.

Hennequin, tout en gagnant en aisance, avait fini par perdre l'attention de Belval, lequel désormais approuvait de la tête tout en se dirigeant insensiblement vers la terrasse, d'un air de vouloir signifier quelque chose comme : « Bon. J'ai été gentil, je vous ai parlé. Mais faudrait pas abuser non plus. »

— Euh, m'sieur Belval, ça reste entre nous, tout ça, hein ? glissa Hennequin dans un sourire jaune, tandis que Belval et son comparse, sans prendre la peine de se retourner, avaient déjà passé la porte d'entrée du café.

Hennequin se tut, se racla la gorge et termina d'un mouvement sec son fond de calva.

— C'est pas que j'aie peur qu'il parle, ajouta-t-il pour se justifier. C'est juste qu'il risque de tout mélanger et que je voudrais pas que ça nous retombe sur la gueule, c'est tout.

— Ouais, ça, vaudrait mieux pas, s'inquiéta Fémieux.

Comme, encore une fois, personne ne disait rien, Hennequin posa son verre vide sur le comptoir. Puis, dans une position de conspirateur, il se pencha en avant vers Fémieux et Jean :

— Vous trouvez pas qu'il a l'air con, en vrai ? demanda-t-il à voix basse en s'accompagnant d'un mouvement de tête qui désignait la terrasse.

— Ouais. *Très* con, grimaça Fémieux.

— Oui, moi aussi, je trouve, ajouta Jean d'un ton plus hésitant.

Puis, profitant de ce que Hennequin n'ait pas encore repris la parole, il prit son courage à deux mains :

— Mais tu crois pas que, si tu lui en parles, à monsieur Belval, de mon mur, il pourrait en parler à Agostini ? Vu comme tu t'entends bien avec monsieur Belval. Vu comme je sais comment Agostini s'entend bien avec mon voisin. Et vu comme, depuis si longtemps, on s'entend bien, toi et moi.

11

Mary était arrivée gare de Lyon avec un bon quart d'heure d'avance. Elle profitait de ses allées et venues régulières devant le miroir fixé sur la cabine d'un photomaton pour vérifier à la dérobée que l'aspect joliment négligé de sa coiffure tenait bon. Pour ne pas paraître trop bourgeoise ni trop coincée aux yeux de Vienna, elle avait passé une robe blanche estivale à minuscules motifs de cerises achetée cinq euros à l'occasion d'un vide-grenier de la Butte-aux-Cailles, et enfilé des sabots rouges sur ses pieds nus, encore insuffisamment bronzés à son goût. Une touche de mascara pour enhardir son doux regard, une simple couche de gloss transparent sur ses lèvres et trois pulvérisations de son eau de toilette à l'essence d'immortelle. Elle avait bien conscience que cette simplicité apparente était en réalité très calculée, mais tant pis.

À midi, lorsque le TGV en provenance de Turin fit sa lente entrée en gare, la jeune femme se trouva brusquement un peu stupide de s'être apprêtée de la sorte pour une fille qu'elle connaissait à peine, et qu'elle avait à coup sûr surestimée. Elle commença même à regretter de lui avoir proposé de passer la journée avec elle, redoutant d'être déçue et d'avoir à la traîner comme un boulet dans Paris, tout en se sentant obligée de lui faire la conversation pour ne pas paraître impolie.

Mais son appréhension se dissipa aussitôt lorsqu'elle reconnut l'Italienne parmi la cohorte des voyageurs. Mary se félicita de la découvrir au naturel, cette fois, avec des cheveux bruns qui avaient poussé et qu'elle avait ramenés en arrière. D'une sobriété noble dans son débardeur et treillis noir d'homme, droite et toujours extraordinairement mate de peau, elle portait à l'épaule un petit sac à dos. De ses deux mains, elle traînait un sac de sport suffisamment lourd pour considérablement ralentir son pas. Elle sembla soulagée lorsqu'elle aperçut Mary. Elle agita sa main tout en posant le sac de sport par terre, et attendit sur le quai que la jeune Parisienne vînt à sa rencontre. Lorsqu'elle la rejoignit, Mary fut gratifiée d'un sourire qui lui fit penser qu'il était trop entier, trop spontané et trop lumineux pour être celui d'une Française. Et que c'était cela, la vraie force, la vraie vie : sourire, sourire sans arrière-pensées. Sans se contraindre, comme la plupart de ses amis, à ne pas sourire pour ne surtout pas paraître naïf.

De plus près, Mary nota à nouveau la parfaite netteté des dents, le bleu égarant des yeux, l'épiderme d'éternel été et les seins d'une insolente opulence. Pas de manières dans leurs retrouvailles, pas de politesses inutiles : Vienna tendit spontanément l'une des anses du sac à Mary en disant simplement « Attention, c'est fragile ». Comprenant qu'il lui faudrait porter, celle-ci se trouva ridicule avec sa petite robe d'été et ses sabots. Et trop maniérée avec sa coiffure et son maquillage bien dosé. Ce prétendu *bon goût* qui, au fond, ne vaudrait jamais la peau sans fard de Vienna ainsi que son authentique simplicité vestimentaire. « Ou authentique fantaisie vestimentaire », corrigea mentalement Mary en repensant au look Louise Brooks punk de l'Italienne à bord du ferry grec, deux mois et demi auparavant.

Le sac pesait tant que cela finissait par lui conférer un aspect objectivement antipathique. « Des souvenirs du souk de Tounis que l'amie de ma maman elle a laissés chez ma maman », dit Vienna en désignant la bête de mauvaise volonté. Dans l'esprit de Mary, la combinaison des mots « souvenirs », « souk » et « Tunis » ne pouvait, sur un plan rigoureusement esthétique, rien laisser supposer de convaincant. Et, de fait, lorsque, à la faveur d'une première halte sur le parvis de la gare, Vienna fit glisser la fermeture éclair pour lui donner une idée plus précise de l'objet de leurs peines, Mary ne fut pas surprise de trouver pipe à eau, cadre mural à miroir, rose des sables, babouches et autre service à thé fabriqués en série pour clubmed-trotters. « C'est beau, non ? » dit Vienna en saisissant une housse de pouf en cuir vieilli emballée dans un plastique transparent. « Oui, c'est joli », convint à contrecœur Mary, davantage touchée par l'ingénuité de Vienna que tentée de lui dire ce qu'elle pensait vraiment.

C'est donc tout naturellement qu'elle se proposa d'accompagner sa nouvelle amie déposer le sac jusque chez sa propriétaire, à dix-neuf stations et deux correspondances de métro de là. Mary, dont la beauté ajoutée au raffinement faisaient d'habitude la fierté de celles qui l'accompagnaient tout autant que leur sentiment d'infériorité, Mary cette fois se sentait intimidée. Et, surtout, fière d'être publiquement assimilée à cette fille à la dégaine affirmée. Cette fille plus grande qu'elle, si volontaire, si vivante, si volubile, si pleine de vitalité et d'entrain, et dont l'accent et le français lacunaire mais intrépide vous associaient soudain à un espace international, plus universel : « J'ai une faim de *loupe*, c'est comme ça que vous dites en français ? Et la féminine de *loupe*, alors, c'est quoi ? »

Un retour en métro plus tard, du côté de la place d'Italie, Mary était particulièrement heureuse d'introduire la jeune femme à la grande diversité culinaire des cantines asiatiques bon marché de son quartier. Mais son inventaire des vertus du *pho* vietnamien ou des *kailan sauce d'huître* chinois éveillant quand même la méfiance de Vienna, Mary finit par la mener chez un traiteur italien des Olympiades, où la jeune femme put tout à son aise converser dans sa langue avec le maître d'hôtel, au grand plaisir de Mary, qui en concevait un orgueil un peu stupide.

Lorsque, dans le cours de la conversation, vint inévitablement le moment de parler garçons, Vienna demanda tout de go à Mary si elle était vraiment amoureuse d'Hubert. La jeune femme fut prise de court par cette question qu'elle-même hésitait encore à se poser aussi franchement. Mais c'était formulé avec un tel naturel qu'elle pensa qu'il eût été hypocrite de la juger indiscrète.

Après une seconde d'hésitation, elle baissa les yeux, tout en jouant mécaniquement du bout de la fourchette sur ses pousses de roquette :

— Hubert ? Ben, Hubert, je ne sais pas. Je ne sais plus trop.

Par égard pour les efforts de Vienna de s'exprimer en français, elle parlait plus lentement, en détachant bien les mots, usant d'un vocabulaire plus simple, presque scolaire. Ce qui, paradoxalement, demandait davantage de concentration :

— De plus en plus, je me rends compte de tout ce qu'on ne partage pas ensemble. Tu comprends : *se rendre compte de* ? Je me pose davantage de questions qu'avant. Je deviens plus exigeante. Je suis dans une phase de doute. C'est peut-être passager, je n'en sais rien. Tu vois, là, ça fait deux ans qu'on est ensemble, et je me demande ce qu'il faudrait faire : continuer quand même à construire quelque chose ensemble ? Ne pas s'arrêter aux premiers obstacles, comme un enfant gâté ? Et *enfant gâté*, tu comprends ? *Spoiled child.* Ou bien, justement, tout arrêter pendant qu'il est encore temps ? Avant que le temps s'installe et qu'il soit devenu trop difficile de se séparer ?

Avec Vienna, pas de mondanités, pas de faux-semblants. Si elle réussissait aussi bien à vous amener sur le terrain de l'intime, c'est parce qu'elle-même n'hésitait pas à se confier :

— Alèkos ? Oh, entre nous, c'est fini depuis longtemps ! C'est un garçon qui ne rêve pas. Qu'il est trop matérialiste pour moi. Vous dites ça aussi : *trop matérialiste* ? And I didn't like the way he was making love to me. Il ne me touche pas. Ses mains ne rentrent pas dans ma peau. Et aussi s'il vient sur moi, ça va, pas de problème, son sexe est dur. Mais si je viens sur lui, alors, après dix secondes : pfuittt ! Ça tombe comme oune banane trop matoure.

Sur un ton moins trivial, elle en vint à des considérations plus générales sur l'amour : « Le Prince charmant, en fait, c'est une femme » (*In realtà, il principe azzuro è una donna*). Elle ne se souvenait plus où exactement elle avait entendu ou lu la formule. Mais plus elle fréquentait les hommes, plus elle était d'accord. On ne se comprenait bien qu'entre femmes, les hommes étaient tous des porcs psychopathes.

— Les hommes, dit-elle sur un ton pénétré, ils ne savent pas donner, ils se protectent trop, ils ont trop peur de perdre quelque chose s'ils donnent. L'amour entre l'homme et la femme, c'est comme deux enfants… *naked* ? comme deux enfants *nus* à côté une piscine froide, dans l'hiver. Un enfant dit à l'autre enfant : *Nous comptons jousque trois et nous sautons ensemble, O.K. ?* L'autre enfant il répond : *D'accord, jousque trois, et puis nous sautons ensemble*. Alors ils comptent tous les deux ensemble. Quand ils ont compté jousque 3, il y a un seul des deux enfants qui… *dare* ? qui *ose* sauter dans l'eau froide. L'autre enfant il est resté sur le bord de la piscine. Il rit parce qu'il voit l'autre dans l'eau froide, il prend ses vêtements et il quitte la piscine. Alors la femme, tu vois, la femme elle est comme l'enfant qui a… *osé* ? osé sauter et qui comprend que l'autre n'a pas de courage, que l'autre il a… *lied to him* ? que l'autre il a *menti*. L'homme, c'est celui-là : l'enfant qui a peur de devenir froid et qui rentre dans la maison pour se protecter. Il ne sait pas que, si on saute ensemble dans l'eau, on ne sent plus qu'elle est froide parce qu'on partage la… *froidure*, ça se dit ? Quand tu es une jeune femme, tu vois, tu ne comprends pas ça tout de suite. Tu es amoureuse d'un homme, tu penses que c'est lui qui est l'homme de ta vie, tu donnes, tu donnes, tu donnes tout ce qui est important pour toi, sans compter. Et un jour, tu arrêtes de l'aimer cet homme, mais sans que tu sais pourquoi. Tu penses juste que c'est peut-être parce que tu n'es pas… *able* ? pas *capable* d'aimer, parce que tu es trop… *demanding* ? *exigeante*, c'est ça. La vérité, c'est que c'est lui l'homme qui ne sait pas aimer. C'est pour ça que toi tu ne l'aimes plus. Tu es fatiguée d'aimer toute seule, de donner toute seule toujours, de sauter toujours toute seule dans l'eau froide.

Tout en formant, à la pointe d'un gressin, des arabesques dans un reste de vinaigre balsamique, Mary opinait, buvant les mots de l'Italienne. Elle se mit à penser aux milliers d'euros qu'Hubert était capable de dépenser en vêtements ou en gadgets électroniques pour sa musique, et au simple CD qu'il lui avait offert à elle pour son anniversaire. Aux journées entières qu'elle avait passées à traduire ses chansons en anglais et à en parfaire les rimes, quand lui rechignait à simplement sortir le linge de la machine à laver lorsqu'elle lui annonçait par téléphone qu'elle rentrerait tard à la maison. À tous ses amis qui passaient à l'improviste et qu'il fallait régulièrement accueillir, nourrir et héberger, quand sa mère à elle, la seule fois qu'elle avait sollicité un peu d'aide de la part d'Hubert pour l'aider à monter son nouveau frigo par l'escalier de service de son immeuble, avait essuyé son refus pur et simple au prétexte qu'il avait répété toute la nuit et qu'il était trop fatigué.

Sans compter les innombrables mots doux que, depuis deux ans, il avait retrouvés le matin accrochés entre les cordes de sa guitare, agrafés par-dessus les étiquettes du col de ses chemises, collés sur sa bouteille de lait ou enroulés autour de ses clés. Tous ces mails imprévus, ces textos et MMS pleins de fantaisie composés à son intention et auxquels il n'avait jamais fait écho, rétorquant aux réclamations de Mary qu'elle n'avait pas le droit de lui reprocher de ne pas avoir la même façon qu'elle d'exprimer ses sentiments, qu'il fallait le respecter, que ça frisait le despotisme.

Ce qu'avait dit Vienna était vrai. Mary n'avait jamais vraiment mesuré l'importance ni la signification profonde de toutes ces petites déceptions répétées, ni vraiment pris conscience que chaque nouvelle déception l'éloignait davantage d'Hubert. Elle avait naturellement fini par intégrer que vivre en couple, c'était d'abord vivre chacun pour soi. Qu'il ne fallait pas rêver.

Le serveur venait d'apporter les *secondi piatti*. Après quelques instants de réflexion, son assiette de penne fumantes sous le nez, Mary leva vers Vienna des yeux chargés d'un enthousiasme neuf :

— Je suis en train de penser à quelque chose. Je t'ai parlé de mon père quand on était sur le bateau, en Grèce, tu te rappelles ? Je t'avais dit qu'il allait peut-être choisir de quitter Paris pour aller vivre au bord de la mer, dans cette maison de famille que j'aime tellement, dans le nord, en Normandie, tu te souviens ? Eh bien, ça y est, il a décidé d'habiter là-bas, maintenant. C'est très joli, très calme. Il y a une très, très grande plage juste à côté. Et, avec Hubert, comme ça fait trois ans que j'y suis pas retournée, on va le rejoindre vendredi.

Malgré la tenace impression qu'elle avait de ne pas parvenir à parler à Vienna autrement que dans cette drôle de langue coincée qui ressemblait à un français mal doublé, Mary se pencha par-dessus son bol et se mit à fixer droit dans les yeux la jeune femme avec une insistance qui la surprit elle-même :

— Écoute-moi. J'imagine que tu dois retourner à Turin, que tu as des choses à faire et des gens qui t'attendent, là-bas. Mais j'aimerais vraiment que tu viennes passer quelques jours avec nous. Je t'achète le billet de train. Et on peut te donner une chambre pour toi toute seule, il n'y a pas de problème. J'ai vraiment envie de te faire découvrir cet endroit. Je suis sûre que tu aimeras. C'est une drôle de maison, sans confort, un peu, euh... désorganisée, un peu sale. Mais pleine de charme. Même en été, le soir, on allume un feu de cheminée. On a gardé la tradition familiale des *drinks* que préparait mon grand-père américain. Il mettait de la vodka, des glaçons et de l'orange pressée dans un shaker. On enfile un gilet en laine, on met de vieux disques rock en vinyle de mon père sur la platine et on va prendre l'apéritif sur la terrasse en regardant le soleil se coucher. Le voisin a dans son jardin un arbre qui ressemble à un palmier. Avec un peu d'imagination, tu peux te croire en Floride. À la plage, c'est sûr, l'eau n'est pas très chaude mais, au moins, il n'y a pas de touristes. Et on peut aller se balader dans les dunes de sable. Tu verras, c'est super. Et si tu ne peux pas venir avec nous vendredi, tu peux venir plus tard, on est là-bas pour trois semaines. C'est comme tu veux.

Une hésitation passa une seconde sur le visage de Vienna, que l'on sentit d'abord décontenancée par la proposition. Mais, se rappelant sans doute ses mots sur la générosité et le don de soi, pour relever sans doute aussi ce défi instantané d'amitié que lui lançait Mary, pour l'assurer qu'elle ne s'était pas trompée à son sujet et que, comme elle, elle était capable de céder à un élan du cœur contre toutes les bonnes raisons du monde, pour lui montrer qu'elle aussi portait en elle cette liberté-là, elle fit un large sourire :

— O.K.

Dans son bonheur, voulant prouver à Vienna qu'elle possédait sa part de latinité elle aussi, Mary lui saisit le poignet par-dessus la table et le serra frénétiquement entre ses doigts :

— Ouiiiiiii ! ! Géniaaaal ! !

Qu'il était bon, ainsi, de s'abandonner à de petites manières de fille, sans craindre la réprobation pisse-froid de tous les apprentis intellos dont elle s'était jusque-là entourée.

— Mais il y a oune problème, s'assombrit soudain l'Italienne en retirant sa main. Oune gros problème.

— Quoi ? fit Mary dont le sourire, du même coup, s'était figé d'inquiétude.

La jeune femme laissa passer quelques secondes et prit une expression de profond abattement :

— Tu pourras me prêter oune slip pour aller dans la mer ? Sinon, je te préviens, je nage toute... *nue* devant tout le monde, hein ?

Elle plaisantait. Mary, subjuguée par le sens du comique de l'Italienne, éclata d'un grand rire soulagé.

— Et les habits, aussi ? Tou peux me prêter ?

La question ramenait Mary à ses quatorze ans. À ces bijoux de toc, ces robes colorées bon marché qu'entre copines on va acheter en double au centre commercial, le samedi après-midi, pour revenir habillées pareil au collège le lundi suivant, comme des jumelles. Le temps des : « Tu viens dormir chez moi ce soir ? » et des premières vraies confidences chuchotées jusqu'à pas d'heure, d'un lit l'autre, dans l'obscurité totale de chambres où traînent encore une vieille peluche, une poupée délaissée ou une panoplie de fée.

— Et si j'appelais mon père pour lui dire ? Je vais te le passer. Tu verras, il est très cool.

Tout en sortant son téléphone portable de sa poche, Mary conçut rétroactivement de la honte pour cet élan de spontanéité qui l'avait conduite à penser d'abord à son père. Non tant pour le prévenir de l'arrivée de Vienna chez lui que pour lui faire partager la joie qu'elle ressentait. Il avait beau avoir quitté sa mère, laquelle avait élevé seule Mary pendant vingt ans après avoir dignement renoncé à une prestation compensatoire confortable qui lui revenait pourtant de droit, avec son simple salaire de prof assorti d'une pension alimentaire qu'il avait cherché à réduire au maximum. Ce père avait beau ne jamais avoir hésité à mener sa vie d'homme avant tout, collectionnant les femmes, envoyant Mary en colo ou chez ses grands-parents lorsque lui échoyait sa moitié de vacances scolaires. Il avait beau aujourd'hui, avec l'âge, se montrer un peu plus aimable et se dire fier d'elle sans pour autant jamais lui poser la moindre question sur sa vie, c'est quand même à lui, et pas à sa mère, exemplairement dévouée et définitivement sans homme dans son petit deux-pièces du XVe arrondissement, c'est quand même à lui qu'elle tenait à faire entendre en premier la voix d'une fille dont elle était si heureuse de devenir l'amie. Une fille dont, enfin, il apprécierait la personnalité, lui qui ne s'était jamais gêné pour reprocher à Mary ses amis trop conformistes, trop immatures, trop parisiens. Bref, malgré tout ce qu'elle ne cesserait jamais de lui reprocher, toute occasion restait bonne pour chercher à lui plaire.

Le téléphone sonna très longtemps avant que son père ne décroche. Elle s'excusa d'abord de le déranger en pleine séance d'écriture. Puis elle lui demanda s'il n'avait toujours pas eu le temps d'aller acheter le *Elle*. Une légère déception voila son regard lorsqu'elle s'entendit répondre non. Elle lui rappela ensuite leur horaire d'arrivée en gare de Cherbourg vendredi, avec Hubert, et s'assura qu'il viendrait bien les chercher, comme prévu. Elle demanda s'il faisait beau là-bas, et s'il ne s'ennuyait pas trop. Puis, en riant, si sa réponse était vraiment sincère, s'il ne cherchait pas à tout prix à donner le change parce qu'il n'admettrait jamais que Paris lui manquait.

Après l'avoir amadoué de la sorte pendant deux bonnes minutes, sur le ton pseudo-détaché de quelqu'un qui sait qu'on lui répondra *oui* même si l'on pense *non*, avec aussi l'assurance un rien revancharde d'une fille qui ne demande pas son avis à un père pour lui faire payer de ne pas lui avoir lui-même suffisamment demandé le sien lorsqu'il l'eût fallu, Mary dit enfin :

« Au fait, ça t'ennuie pas si j'amène une copine ? »

Elle ajouta : « Non, elle, tu la connais pas. Elle s'appelle Vienna, elle est italienne, je l'ai rencontrée à Pâques en Grèce — tu te souviens que j'ai été en Grèce à Pâques ? D'ailleurs, elle est juste à côté de moi, là. Tu veux que je te la passe ? »

Elle tendit le téléphone à Vienna, qui s'empara du portable et dit sans la moindre hésitation : « Bonjour monsieur, je souis Vienna et c'est moi qui va venir vous déranger. Si vous êtes d'accord, bien sour. »

Vienna poursuivit par un long rire, puis dit : « Mais ne vous inquiétez pas, je souis très polie. » Quelques secondes plus tard, elle s'étonna franchement : « Ah ! Lei parla italiano ? Ma dove lo ha imparato ? » Elle se mit à rire de nouveau, puis approuva de la tête : « A presto, si. Ciao, ciao. » Elle ajouta : « Je vous passe votre fille ? », éteignit le téléphone, qu'elle tendit à Mary en disant : « Il a dit c'est pas la peine », avant de conclure : « Il est sympa, ton père. »

Vexée que son père n'ait pas demandé à lui reparler, et heurtée par la nonchalance avec laquelle Vienna avait dit : « Il a dit c'est pas la peine », tout en lui rendant son téléphone. Constatant de surcroît qu'une conversation entière venait de se dérouler entre son père et sa nouvelle amie sans qu'à aucun moment l'on ait nécessité son intermédiaire, Mary se sentit un peu jalouse. Sans bien être à même de distinguer si c'était de Vienna ou de son père.

La note de restaurant méritait largement qu'on la divisât en deux parts égales, sans faire de manières. Mais Mary tint à payer seule, tant cette amitié dépaysante n'avait pas de prix. Elle eut tôt fait d'en avoir confirmation dans le métro, durant le trajet qui, cette fois, menait les deux filles à l'entretien d'embauche de Vienna, à vingt-deux stations et une correspondance de là. Désignant d'un bras vague les gens dans le wagon, ainsi que le wagon lui-même, l'Italienne confia avec ses mots à elle à Mary que, parfois, elle avait tellement conscience de la marche abrutissante du monde qu'elle hésitait même à se lever de son lit.

— Exactement comme moi ! s'émut Mary sur la banquette.

— C'est comme si je suis là sans être là, compléta Vienna, les yeux fixés sur la monotonie sonore du tunnel, derrière la vitre.

— Ça s'appelle le *détachement*, la coupa Mary, qui voulait à tout prix lui signifier qu'elle ne comprenait que trop bien.

— Moi, je parle de la sensation profond de feeling that everything is useless, you know.

— Oui, c'est exactement ça : le *détachement*, je vois très bien, s'agitait Mary, qui n'en revenait pas qu'une aussi jolie fille puisse aussi se poser, par-dessus le marché, des questions d'ordre ontologique. Et, en même temps, tu doutes que le monde soit bien réel. Tu sais : la ville, les gens, les paysages, les constructions des hommes, tout ça. Tout ce qui est, entre guillemets, important. Tu prends conscience de la légèreté de la matière et, là, tu te demandes quel est le sens de tout ça.

— Oui, surenchérit Vienna. Tu te demandes tellement ça à propose de tout que, même, tu finis douter de toi-même. C'est plou fort que ton ego.

C'est plus fort que ton ego. Splendide ! Inspirée, Mary imagina instantanément un exemplaire d'une édition ancienne des *Sermons de Maître Eckhart*, un livre que son père lui avait recommandé et offert pour ses vingt ans, et qui comportait, précisément, une section intitulée « Du détachement ». Il lui fallait reconnaître que, sans jamais avoir fait vraiment l'effort de prendre à bras-le-corps le verbe broussailleux de Maître Eckhart, Mary avait décidé, après avoir parcouru uniquement les premières lignes du fameux sermon, que le reste du texte devait, tout comme son titre, très certainement exprimer à merveille ce qu'elle ressentait. Et que cette seule intuition lui suffirait pour le recommander à ses amis.

L'édition ancienne des *Sermons*, donc. Mary imagina deux photos grand format à exposer l'une en regard de l'autre. La première figurerait le livre ouvert dans une main gauche d'homme. La main droite pointerait doctement une ligne du texte. On apercevrait un bout de chemise blanche et de veste en tweed sur l'avant-bras de l'homme, probablement un professeur d'université. La photo s'intitulerait : *Taché*. La seconde photo, elle, figurerait le même exemplaire des *Sermons*, mais fermé. Ou plutôt, *piercé*. Car c'est un piercing du même modèle exactement que celui de Vienna qui traverserait de part en part la tranche du livre. Cette photo s'intitulerait : *Détaché*. Avec ce sous-titre entre parenthèses : *Plus fort que ton ego*.

— Je suis super contente qu'on pense la même chose, dit Mary, émue. Comme quand on crachait comme Leonardo DiCaprio et Kate Winslet depuis le pont du ferry, en Grèce. Tu te rappelles ? Je crois même que c'est la première fois que je rencontre quelqu'un qui me donne l'impression de vraiment partager ça avec moi. Parce que les gens ont beau te dire : *Oui oui, je vois très bien ce que tu veux dire, moi c'est exactement pareil*, tu te rends rapidement compte en discutant avec eux que ce dont ils parlent n'a rien à voir. Qu'ils sont beaucoup plus terre à terre qu'ils veulent s'en donner l'air.

*

L'entretien d'embauche de Vienna avait lieu dans les bureaux d'un styliste français, qui recrutait en personne à Paris des démonstratrices italiennes en vue du prochain lancement d'un parfum lors d'un Salon de la mode, à Milan. Comme il se doit, c'était exceptionnellement bien rémunéré pour un travail réclamant exceptionnellement peu d'efforts. Le tuyau avait été refilé à Vienna par une copine, à Turin.

Au moment d'entrer dans le bâtiment, s'enquérant de ce qu'il était advenu de son courageux bénévolat associatif au sein de la prison pour mineurs de sa ville, Mary s'entendit répondre par Vienna qu'ayant accepté le job à la suite d'un coup de foudre pour le responsable de l'association, elle l'avait laissé tomber en même temps que le type, quelques semaines plus tard. Lequel type, soit dit en passant, ne savait rien de sa liaison, au même moment, avec le Grec Alèkos. D'abord déçue par l'inassiduité de Vienna, Mary finit par penser qu'il était effectivement beaucoup plus sage de ne pas mélanger cœur et travail. Et qu'à la place de l'Italienne, elle-même eût très probablement fait le même choix. Quant à l'inconstance amoureuse de la jeune femme, ce n'était quand même pas de sa faute si elle ne parvenait jamais à rencontrer d'hommes aussi exigeants qu'elle en amour.

Avant d'accéder à l'étage de son rendez-vous, Vienna alla se changer dans les toilettes, afin d'adopter un style plus approprié. Mary fut très surprise de la voir ressortir en tailleur et talons, très maquillée, ses cheveux rassemblés en un chignon, plaqués à grands renforts de gomina. La transformation était saisissante. À y regarder d'un peu plus près, ce n'était ni les escarpins, d'un classicisme assez triste, ni le tailleur, trop strict et d'un bleu police trop tranché, ni le rose à lèvres, mal assorti à la peau de la jeune femme, qui plurent à Mary. Mais plutôt le côté outrageusement *bimbo* de Vienna, sexy comme pouvaient l'être, dans la mythologie masculine, une belle secrétaire ou une belle hôtesse de l'air dans son uniforme.

— Ça ne risque pas de les gêner, tu crois, le piercing ? demanda Mary qui, au bout du compte, appréciait l'audace.

— Moi, je souis comme je souis, sourit Vienna avec une assurance qui laissa Mary admirative. Je ne vais pas tout changer ma personnalité pour eux. Ils m'acceptent ou ils m'acceptent pas, c'est tout. Ce travail, moi, I don't care. Est-ce que c'est important, dans la vie, les parfums ? Est-ce que l'argent, c'est tellement important aussi ? Si j'ai ce travail, c'est bien. Si je l'ai pas, c'est pas oune problème.

C'est pourtant une Vienna considérablement déçue que Mary retrouva dix minutes plus tard dans le hall d'accueil. Et d'assez mauvaise humeur, à en juger par la sécheresse avec laquelle, sans un mot, elle récupéra son sac à dos des bras de la Française pour retourner se changer aux toilettes. Il fallut attendre un bon quart d'heure avant qu'elle ne lui explique qu'on lui avait refusé l'emploi, sous d'obscurs prétextes. Mary se sentait aussi triste et concernée que si cette fin de non-recevoir lui avait été signifiée à elle. Et elle en voulait sincèrement à ce modeux de ne pas avoir retenu son amie, dont à aucun moment elle n'avait douté qu'elle serait choisie. Ce type était nécessairement de mauvaise foi, ou avait cruellement manqué de discernement. Ou bien le job avait été refilé à des filles qu'on avait pistonnées, cela arrivait tout le temps dans ces milieux-là. Elle alla même jusqu'à penser que s'il avait fallu renoncer à la publication de son portrait dans *Elle* pour que Vienna soit choisie, elle aurait sans aucun doute accepté.

En fin d'après-midi, dans le Quartier latin, Vienna n'avait toujours pas retrouvé cette légèreté qui séduisait tant Mary. Un cinéma d'art et essai proposait une séance du film de Fatih Akin, *De l'autre côté*. Une bonne occasion pour Mary, qui en gardait un si bon souvenir, de le faire découvrir à Vienna. Cela lui changerait les idées.

Mary avait oublié que, vers la moitié du film, Ayten, jeune activiste terroriste turque en fuite recherchée par la police de son pays, est recueillie à Hambourg par Lotte, une Allemande de son âge. Chez Lotte, Ayten prend trop rapidement ses aises, au grand dam de la mère de son amie (interprétée par Hannah Schygulla), qui voit en Ayten, derrière sa beauté sauvage et renfrognée, une simple profiteuse aux vues politiques très caricaturales. Un soir, Lotte emmène Ayten danser. Après les sunlights de la piste, un plan-séquence muet montre les deux jeunes femmes prenant un verre à l'extérieur de la discothèque. Elles sont assises à de longues tables parmi d'autres gens. Travelling avant de la caméra qui, au milieu des nombreux visages d'anonymes qui les entourent, plonge lentement vers Ayten et Lotte. Lesquelles, lasses et éméchées, se fixent intensément du regard avant de s'embrasser sur la bouche avec une gravité et une sensualité saisissantes.

Médusée, Mary se sentit rougir dans la salle obscure. Sans oser se retourner franchement pour vérifier l'impression que la scène avait laissée sur le profil de Vienna, elle parvint néanmoins du coin de l'œil, en toute discrétion, à capter son visage. Tout à fait immobile, la tête au repos sur son épaule, l'Italienne dormait. Attendrie, Mary pensa qu'il fallait qu'elle soit bien épuisée par le voyage et ses émotions pour, ainsi, s'assoupir dans un cinéma. Elle qui aimait tant cela.

12

John avait posé son stylo sur son paquet de feuilles toujours vierges et pressait d'un mouvement désabusé du pouce les touches de son téléphone portable. Il s'employait, à partir d'un mot donné, à tester toutes les options proposées par le mode « écriture intuitive » de l'appareil. Certaines séries pouvaient laisser songeur et porter à penser qu'il n'y avait pas de hasard. Par exemple : *John, Loin, Logo*.

« Pas mal », ricana-t-il non sans amertume, consterné d'avoir recours à ce genre de passe-temps pour pallier son manque d'inspiration.

« Je suis *John*. Je suis *Loin*, oui. *Loin* de Paris, *Loin* des autres, *Loin* du monde. Et pourtant, un homme parmi d'autres, un produit parmi d'autres, un porte-marques parmi d'autres, un consommateur périssable parmi tant d'autres. Bref, un *Logo.* » Grotesque.

Love, Joué, Loué : même tonneau. *Amour, Bonus... Homme, Gomme... Vivre, Vitre... Aime, Cime, Ciné... Book, Cool... Sex, Rex...* Il pensa qu'il pourrait, de la sorte, décliner sa trouvaille à l'infini. Et, à défaut de roman, pourquoi pas, se mettre à écrire des paroles de chansons dans une tonalité post-années 1980 un peu nigaude, tout à fait au goût du jour.

Il soupira : « Mais même des paroles de chansons, même un truc aussi con qu'aligner des rimes et distiller de la philosophie à la petite semaine, j'en suis incapable. »

Il laissa le téléphone sur la table et se servit une nouvelle tasse de thé froid trop infusé. Pourquoi un type aussi intelligent que lui, aussi critique que lui sur les choses, ne pondait à l'écrit que d'assommantes évidences ? Pourquoi n'était-ce pas plus simple d'écrire aussi habilement que l'on réfléchissait ?

« C'est ça, le secret de l'équilibre du monde. C'est ça, la formule originelle de la création : la parfaite imperfection des choses. L'équilibre parfaitement déséquilibré. L'évidence contrariée. Rien n'est simple, rien n'est juste, rien n'est logique jusqu'au bout. Tout est infiniment nuancé, complexe et subtil. Les plus sensibles ne font pas nécessairement des artistes, les persévérants ne sont pas forcément récompensés, l'argent ne fait pas le bonheur, la beauté pas toujours le charme ni les grosses bites forcément les bonnes queues. »

Il se demanda : « Comment, par exemple, écrire sans platitude ce que je viens de penser là ? Avec quels mots ? Et en commençant par quoi ? Pourquoi certains arrivent à donner l'impression que c'est si simple ? Qu'ils peuvent se permettre d'écrire n'importe quoi, d'écrire comme ils parlent, d'écrire comme ils respirent : ça donnera toujours de la littérature ? Comment écrire sans paraître convenu ? Sans se référer à des formes littéraires déjà éprouvées ? Comment faire table rase de toutes ses influences, de tous les tics de langage de tout le monde pour laisser venir ses propres mots ? Comment être soi-même tout en s'assumant héritier d'un langage universel ? Comment écrire tout à fait librement, sans complexes, au culot ? Est-ce que cela s'apprend ? Comment ne pas trop se poser de questions sur la forme et se mettre enfin au boulot ? »

Il posa sa tasse et, sur la feuille posée sous ses yeux, considéra cette phrase qui lui était venue la veille. Il l'avait notée comme un point de départ possible de roman :

Je suis un animal qui se nourrit de la foi des autres.

Voilà précisément le genre de jolie formule qui pouvait lui venir très spontanément dans le feu de la conversation, mais qu'il n'avait jamais la présence d'esprit de consigner par écrit.

Mais qu'allait-il bien pouvoir faire de ça ? Laisser la phrase telle quelle, arrogante et sibylline, faussement offerte au lecteur, à comprendre par qui pourra ? Ou bien, au contraire, expliquer ? Écrire noir sur blanc dans la foulée qu'il signifiait par là que rien ne le stimulait autant dans la vie que l'observation des autres. Qu'étant lui-même tout à fait dépourvu d'ambition, celle des autres lui suffisait. Qu'il lui paraissait aberrant que les hommes, avec leur foi dans l'homme et dans le progrès, aient inventé l'électricité, construit des routes, des ponts, des fusées et des ordinateurs, afin que puissent en profiter des types comme lui, qui ne se sentaient investis d'aucune mission particulière pour contribuer à la grandeur de l'humanité. Que, dans la vie, il y avait ceux qui faisaient, et ceux qui regardaient les autres faire. Que même son désir d'écrire, en apparence si indépendant, si détaché du matérialisme des hommes, lui était en réalité subordonné puisque, de tout temps, le poète n'avait dû sa subsistance au sein de la cité qu'au bon vouloir des mécènes.

« Et puis, écrire, pensa-t-il en attrapant son stylo, écrire, qu'est-ce que c'est d'autre qu'un *divertissement*, au sens pascalien du terme ? Au même titre qu'ambitionner d'acheter une nouvelle voiture ou de se faire construire une maison ? Pour qui je me prends ? »

La perspective de retranscrire à chaud, tel un sismographe, les digressions que lui inspirait une formule telle que *Je suis un animal qui se nourrit de la foi des autres* apparaissait de plus en plus à John comme une solution possible. Mais son portable sonna. Le cadran indiquait un appel de sa fille.

Il pesta contre cette nouvelle intrusion et considéra l'option *Rejeter l'appel* qui s'affichait sur l'appareil, en se demandant si cela serait bien raisonnable de la part d'un père.

« Et pourquoi pas ? Pourquoi il faudrait que je me sente coupable de faire le mort au prétexte que c'est ma fille qui appelle ? »

Déplorant cette dictature de l'instinct parental auquel les sociétés judéo-chrétiennes soumettaient leurs populations, il décida de laisser tomber ses réflexions sans originalité sur l'écriture pour s'atteler plutôt à une nouvelle dans laquelle le héros, un écrivain raté, ferait exceptionnellement le choix, par un bel après-midi d'inspiration, de ne pas répondre à un appel téléphonique de son fils par crainte qu'une conversation avec ce dernier ne lui fasse perdre le fil de ses précieuses réflexions.

Manque de bol, l'appel proviendrait non pas du fils, mais d'un randonneur paniqué tentant de joindre un proche du garçon à partir des numéros de téléphone enregistrés dans le répertoire de son portable. Il aurait été trouvé gisant, inanimé au volant de son véhicule encastré dans un arbre, sur le bas-côté d'une départementale peu fréquentée de, mettons, Basse-Normandie. Cela, l'écrivain raté ne l'apprendrait que bien après, à l'annonce du décès de son fils dans l'ambulance dépêchée trop tard sur les lieux de l'accident. Car, dans cette région sauvage et très vallonnée où il resterait des zones imparfaitement couvertes par le réseau français de téléphonie mobile (remplacer la Normandie par, mettons, les Cévennes), le randonneur aurait eu pour seule solution de rechange de joindre les secours par la ligne fixe de la ferme la plus proche, à un bon quart d'heure à pied de là.

Résultat : rongé par un incurable remords, l'écrivain comprend que la vie est bien plus forte que la littérature, et décide de faire de cette mésaventure un roman qui, par ses incomparables accents de vérité, l'extirpera enfin de ses piètres tentatives littéraires intellectualistes tout en le révélant à un large public.

Le téléphone sonnait toujours. Écœuré par le caractère outrageusement improbable de son scénario, John finit par prendre l'appel de sa fille, décidé à ne rien laisser paraître de son découragement.

Il ne laissa rien deviner non plus de son agacement à la perspective d'héberger une personne de plus à la maison à partir de vendredi. Que sa fille vienne passer des vacances avec des copains, il fallait reconnaître qu'il en aimait surtout le principe. Les draps propres à aller chercher dans les armoires, les courses à faire pour tout le monde, les vêtements qui traînent dans la cuisine, les serviettes humides en boule sur les chaises, le sable dans la maison, la salle de bains tout le temps occupée, les odeurs de clope dans les chambres, les horaires pas possibles, les CD pas remis dans leurs boîtiers, les téléphones portables qu'on n'éteint pas pendant le déjeuner, les tables mal débarrassées et les vaisselles pas faites, ça, il détestait.

Mais ce qu'il détestait peut-être davantage, c'était la jeunesse en soi de ces jeunes, l'innocence insolente avec laquelle ils affichaient leur jeunesse. Parce qu'il les connaissait, les copines de sa fille : jamais des boudins. Toujours étudiantes en quelque chose d'un peu arty, toujours des robes d'été de bon goût, des maillots de bain désirables, des lunettes de soleil à se damner, toujours des ongles de pied à vernir en parlant mecs sur la terrasse, toujours des séances de bronzage topless sur la pelouse. Ça, ça lui faisait mal plus que tout le reste, à John. Et il en avait marre, de jouer au père cool-mais-qui-est-au-dessus-de-tout-ça-parce-qu'à-plus-de-cinquante-balais-on-ne-mate-pas-les-filles-de-l'âge-de-sa-fille-surtout-lorsque-ce-sont-les-copines-de-sa-fille.

Au seul timbre de son rire au téléphone, il la voyait déjà venir, cette Italienne. Un canon un peu nunuche qui allait finir, à un moment ou à un autre, par dire à sa fille : « Dis donc, à part ses poignées d'amour, il est pas mal du tout, ton père ! » Mais dont, comme les précédentes, comme Bérangère, Julie, Lydia, Fabienne et tutte quante, il allait tâcher de ne pas trop croiser le regard. Juste pour éviter de passer pour un vieux dégueulasse. C'était injuste. Injuste et déprimant.

Puisqu'il n'y avait que par téléphone qu'il pouvait encore se permettre de faire un peu le malin, il poursuivit la conversation avec ses rudiments d'italien, la salua, puis raccrocha. L'Italie lui faisait penser à Duras. Plus exactement, aux *Petits Chevaux de Tarquinia*. Le genre de roman idéal, avec l'été en toile de fond. Avec une maison de vacances, des couples en crise et un crescendo d'érotisme entre les lignes. Le genre de roman qui exprime très précisément tout ce que vous avez toujours pensé sur tout, mais que vous ne serez jamais capable d'écrire.

John releva la tête et regarda la mer et le ciel devant lui. C'est fou ce que l'été s'associait tout naturellement au désir sexuel. Cela le laissait aujourd'hui, à son âge, tout aussi nostalgique et rêveur qu'à quatorze ans. Avec ce même sentiment de profond inachèvement et de détresse qui le saisissait lorsque, depuis les dunes de sable de Barfleur, il pouvait deviner l'ombre des toisons pubiennes des jeunes femmes à travers le nylon mouillé de leur maillot sur la plage, et qu'il se masturbait le soir en y repensant dans la salle de bains parentale.

C'est quoi, l'été ? La question avait des relents de titre d'un roman d'une autre Marguerite, Yourcenar cette fois.

« L'été, pensa John, c'est tomber amoureux en été, n'importe où. » La formule, encore une, lui était venue toute seule. Il pensa qu'à défaut de tenter sa chance en douce auprès des jolies amies de Mary, il pourrait toujours garder ses frustrations pour lui et les transformer en un roman cette fois, dans le genre huis clos sexy. C'était peut-être encore plus excitant que de coucher avec des gamines qui, de toute façon, il en était sûr, s'avéreraient forcément décevantes dans un lit.

Toute ressemblance avec des personnes ou des situations vivantes ou ayant existé étant fortuite, bien évidemment.

On pourrait partir sur les bases suivantes :

Jack, le narrateur, la mi-cinquantaine, vivrait depuis quelques mois seul au bord de la mer, loin de la capitale. (Sa lassitude des comédies citadines, du jeu social, des masques, des parades amoureuses. Éloge de la misanthropie, de la solitude, du goût retrouvé des choses simples. Évocation de ses incursions occasionnelles au bar du village, parmi des gens ordinaires et sans prétention. Ses braves voisins, les courses au marché du coin, les balades dans la campagne environnante, les levers et les couchers de soleil comme inépuisables sujets d'émerveillement. Bref, la sagesse. La sagesse, néanmoins altérée par ses aspirations contrariées à écrire un roman. En profiter pour glisser ses précédentes réflexions sur la littérature.)

Juillet arrive. Lucy, sa fille de vingt-cinq ans, débarque. Elle est flanquée de son petit ami Édouard et d'une copine étrangère (mettons : allemande). Parce que Lucy est intelligente et jolie, parce que ne s'étant pas suffisamment occupé d'elle petite, dans les années qui ont suivi le divorce d'avec sa mère, Jack ne peut rien lui refuser. Car une grande affection lie le père et la fille malgré les nombreux non-dits, malgré la culpabilité qu'il ressent, mais continue à cacher. Malgré, aussi, la rancœur tendre de Lucy, qui sait bien que son père se sent coupable, même s'il est trop orgueilleux pour le reconnaître. (Considérations sur ces filles qui pardonneront toujours à leur père. Évoquer aussi la subtile satisfaction de Jack d'avoir, par son absence, attisé un mystère, un mythe auprès de Lucy. Citer Freud ?)

Édouard, lui, est un petit con tiède et prétentieux, un artiste raté (mettons : peintre). Il ne mérite pas Lucy, et Jack se retient de ne pas le remettre à sa place toutes les trente secondes, uniquement par respect pour elle. Jack veut se donner les apparences du type compréhensif et philosophe qui ne s'abaissera pas à entrer en compétition avec un gamin. Mais il n'en pense pas moins. (Tout au long du récit, égrener une série de provocations discrètes à l'endroit d'Édouard, toutes destinées à le mettre à l'épreuve sur le terrain de la virilité : « Édouard, tu viens m'aider à enduire le mur du fond ? » « Édouard, tu viens faire une partie de ping-pong avec moi ? C'est Lucy qui va arbitrer. » Décrire la partie de ping-pong : malgré son air pas dégourdi et son peu d'intérêt proclamé pour le sport, Édouard s'avère plus tenace que prévu, la partie est serrée. Rires jaunes et blagues foireuses de Jack qui cherche à dissimuler la tension qu'il sent monter en lui à l'idée de perdre le match.)

Et enfin, last but not least, Katarina, la copine allemande de Lucy. Comme il l'avait redouté, une bombe. (En profiter pour décrire une belle Allemande sans sacrifier aux clichés habituels. Pas forcément grande ni forcément des yeux bleus, pas forcément inexpressive, pas forcément saine et sportive, pas forcément sans humour. Mais plutôt sachant préparer les lentilles corail à l'indienne et fan sincère de cinéma Bollywood.)

Plus mûre que Lucy, elle aime tester son pouvoir de séduction sur les hommes en âge d'être son père. (Évoquer un grave conflit avec son propre père. Ou bien un père inconnu. Ou mort depuis longtemps.) Jack se contraint à ne pas lui renvoyer ses regards ambigus, même s'il n'hésite pas à se rendre intéressant dans son allemand rudimentaire.

Un soir, alors qu'ils rentrent d'une virée dans la grande ville voisine avec la Toyota de Jack, les trois jeunes heurtent le mur du portail de la maison et emboutissent la voiture. Toute l'aile droite (pourquoi pas la gauche d'ailleurs ? Bonne occasion d'insérer une digression sur le caractère arbitraire ou non de certains détails dans un roman), toute l'aile du véhicule, donc, est défoncée. Jack, cette fois, n'hésite pas à exprimer son mécontentement, d'autant plus que c'est Édouard qui conduisait. Bonne occasion de l'humilier en douceur. (*« J'aurais dû vous accompagner moi-même », dit Jack froidement.*) Lucy assure à Jack qu'elle et Édouard prendront en charge les frais de réparation. Jack, qui a l'avantage, refuse catégoriquement. Il en profite bassement pour asséner à sa fille que ce n'est pas avec la radinerie d'Édouard qu'il pourrait escompter un prompt remboursement. Quant à sa fille, puisque ce serait avec l'argent qu'il lui verse chaque mois qu'elle paierait, autant qu'il le fasse lui-même.

Profondément blessée par la réponse de son père, Lucy monte dans sa chambre sans lui dire bonsoir. Le lendemain, Lucy et Édouard décident de partir en balade : une façon polie de faire la gueule à Jack. Par égard pour leur intimité, Katarina préfère rester à la maison. Lucy et Édouard partis, munie d'un bouquin de Jean Echenoz (digresser sur l'idée, indémontrable, qu'une lectrice de Jean Echenoz est forcément jolie et intelligente) emprunté un peu au hasard dans la bibliothèque du salon, elle s'installe au soleil dans un transat, sur la terrasse.

À l'intérieur de la maison, Jack, qui n'en espérait pas tant, se dit que la situation ressemble à un scénario mille fois exploité en littérature et au cinéma (ne pas évoquer la trop évidente *Lolita*, mais plutôt *American Beauty*, de Sam Mendes). Et parce qu'il connaît déjà l'issue de ces histoires qui se terminent toujours mal pour l'homme mûr, il se demande si, plutôt que de se destiner à une inévitable humiliation, il ne ferait pas mieux de se faire un thé, d'aller chercher sa ramette de feuilles blanches sur l'étagère et de s'asseoir à sa table de travail pour l'écrire enfin, son roman, toute ressemblance avec des personnes ou des situations vivantes ou ayant existé, etc., etc.

Surpris par son propre pouvoir d'imagination, John se dit que c'était peut-être cela, la littérature : ne pas trop réfléchir, ne pas trop attendre les mots et se lancer un peu au hasard, pour naviguer à vue à partir du premier motif venu. Et puis se laisser prendre au jeu jusqu'au bout.

Il saisit une nouvelle feuille sur la pile vierge et inscrivit la phrase suivante :

Jack saisit une feuille blanche sur la pile encore vierge et se décida une bonne fois pour toutes à devancer l'inspiration.

Tandis qu'il se demandait s'il serait opportun, dès la deuxième phrase, de s'interroger ouvertement sur les vertus de la mise en abyme dans le processus romanesque, il s'entendit appeler par son prénom depuis la clôture de la cour. C'était le voisin. Hissé sur la pointe des pieds, le bonhomme s'agrippait à la brique en ne laissant dépasser que son visage et les phalanges de ses doigts, évoquant à John ce personnage de bande dessinée dont il avait oublié le nom.

John était toujours frappé, lorsqu'il regardait vers la propriété d'en face, de constater à quel point deux maisons si proches, quasi attenantes, pouvaient présenter entre elles des contrastes aussi radicaux : pierre nue, taches de mousse, colombages quasi tricentenaires et broussaille d'un côté. Crépi crème, rideaux brodés, gravier blanc, niche à chien vernie et massifs de bégonias de l'autre.

Après s'être fait la remarque que cela commençait à tenir du running gag, le coup du type qui se fait déranger à chaque fois qu'il se met à vouloir écrire, il soupira et reposa son stylo sur la table. Il recula sa chaise, se leva et, tout en se dirigeant vers la cour, se composa un visage aussi jovial que possible :

— Bonjour, Jean. Ça va ?

Satisfait de la simplicité très *Assimil* dc sa phrase, il paria que l'autre ferait une remarque sur le temps.

— Ça va. Fait beau, hein ?

Le sourire qu'affichait Lejuez lui seyait mal. Du genre, pensa John, à vouloir amortir une demande de service.

— Ah, ça oui, s'amusait John, fait beau. C'est pas chaque année qu'on a un début de juillet pareil, hein ?

— Faut pas exagérer, quand même, dit l'autre en fronçant les sourcils. On voit que vous êtes pas souvent venu ici, vous, ces dernières années.

Pour ne surtout pas laisser John imaginer qu'il y avait de la perfidie dans sa remarque, il eut aussitôt un petit rire bête et indiqua d'un mouvement de tête la table de plastique et la pile de feuilles dans le jardin :

— Alors ? Ça bosse ?

— Ouais, bof, dit John en cessant de sourire.

— Vous écrivez quoi ?

Tout en la méprisant un peu, John envia la parfaite innocence de l'homme sur la question de la littérature et de l'écriture, et sur celle de la chose intellectuelle en général.

— Euh, un roman. Enfin, j'essaye.

Il aurait répondu qu'il remplissait un formulaire administratif que l'autre n'eût pas manifesté moins de surprise.

— Ah bon. Et ça parle de quoi ?

Inévitable, la question.

— Pour l'instant, de pas grand-chose, grimaça John tout en s'interrogeant sur la pertinence, et, surtout, sur la manière d'insérer une scène et un dialogue tels que ceux-ci dans un livre.

— En tout cas, vous avez bien de la chance de pouvoir profiter d'une vue sur la mer comme ça, soupira Lejuez sur un ton qui sonnait tout aussi faux que son sourire.

— Ça oui, approuva John évasivement, soulagé autant que déçu par le désintérêt brutal de Lejuez pour son roman.

— Parce que, insista Lejuez en détournant pudiquement son regard, c'est vrai qu'avec ce temps, ça doit être bien agréable…

— Ça, vous pouvez le dire.

Ne trouvant plus rien à ajouter, les deux hommes laissèrent s'installer un silence qui, manifestement, ne les embarrassait ni l'un ni l'autre. Tant le voisin, qui paraissait penser à autre chose, que John, qui prenait un malin plaisir à ne faire aucun effort pour nourrir la conversation.

— Bon, se lança Lejuez sur un ton hésitant, je crois que j'vais y aller.

À son air préoccupé, John sentait bien qu'il y avait quelque chose qu'il n'osait pas dire.

— Si vous avez besoin de quoi que ce soit, reprit Lejuez immobile, les mains toujours accrochées sur le bord du mur.

— Non, non, Jean, ça ira, je vous assure, merci.

— Parce que, faut pas hésiter à me demander, vous savez. C'est comme avec votre papa. À votre papa, je lui disais toujours : « Lari, si vous avez besoin de quoi qu'ce soit, vous savez où m'trouver. »

— Promis, je vous ferai signe, s'impatientait John.

Un sourire mielleux tentait de s'installer sur le visage de l'homme :

— Et votre maman, à propos ? Comment elle va ?

— Ça va, merci.

— Et votre sœur ?

— Ça va aussi, merci.

— Vous avez bien fait, de dire à votre maman d'aller vivre avec elle. Elle aurait fini par s'ennuyer, ici, sans votre papa. On s'ennuie vite, ici, vous savez.

Indisposé par les insinuations moralisantes et hypocrites de son voisin, John ne souriait plus du tout. Il amorça une volte-face définitive qui éveilla chez l'autre un mouvement de panique :

— Vous voulez pas venir déjeuner à la maison, dimanche midi ?

La phrase était tombée de nulle part. C'est un peu comme si la conversation avait été coupée, puis avait repris un peu plus loin, sans qu'on sache ce qui avait bien pu se dire entretemps entre les deux voisins.

John se remit à sourire, assez touché par la maladresse et la timidité de ce type qui, sans doute depuis son plus jeune âge, avait conservé et conserverait jusqu'à sa mort cette même expression d'animal mi-farouche, mi-effaré.

— Parce que, reprit l'autre dont les yeux, sous les lunettes, commençaient à accuser des tics de nervosité, parce que, avec Claudine, on vous voit tout seul, comme ça, toute la journée, à regarder la mer. Et ça, eh ben, ça, vous pouvez pas savoir comme ça nous fait mal au cœur.

13

— Faut pas vous inquiéter, répéta pour la troisième fois Rostre à Frédéric, ça se passera très bien.

— Je m'inquiète pas, répondit Frédéric, que l'agitation croissante du type commençait à rendre nerveux.

— Faut pas écouter ce qu'on dit aux infos. Ce sont des gosses comme les autres. C'est juste qu'ils ont eu moins de chance…

Comme c'est finalement lui-même que l'homme semblait vouloir rassurer par ses recommandations, Frédéric ne prit pas la peine de répondre. Il leva les yeux vers l'horloge électronique du hall : encore neuf minutes avant l'arrivée du train.

Si le type n'avait pas été là, il aurait pu tranquillement se mettre à consulter la table des matières, ou commencer à jeter un œil sur les photos de l'exemplaire d'*Ailes Magazine* qu'il venait d'acheter au kiosque de la gare. Mais, par politesse, il le tenait fermé dans sa main.

— D'ailleurs, poursuivit l'homme en scrutant devant lui le quai où quelques personnes commençaient à prendre position, d'ailleurs, ce sera aussi l'une de vos responsabilités, ça, de rassurer les gens. Faut surtout pas qu'il y ait psychose collective. Ça risquerait de tout gâcher.

Il tourna vers Frédéric un sourire crispé qui tentait de se faire complice :

— Vous allez faire du bon travail, hein ? On peut compter sur vous ? Surtout que vous savez ce qui va se passer, maintenant, hein ?

Frédéric approuva calmement de la tête.

— Vous le répétez à personne, hein ? Sinon, c'est plus une surprise. Et puis, c'est pour des questions de sécurité, aussi.

Il n'était pas dans la nature de Frédéric de se plaindre, de contester ou de revendiquer. À la fin de son entretien du lundi précédent, Renouf avait, concernant la mission qu'il lui assignait, évoqué uniquement des cours d'initiation au parapente qui lui seraient payés au tarif habituel. Aucune allusion au fait qu'il lui faudrait également accueillir les jeunes à la gare de Cherbourg, les accompagner et les installer au camping de Vatenville. Et encore moins qu'il lui faudrait rassurer la population du village.

Tout cela, il en avait été prévenu seulement la veille par Rostre au téléphone.

Si Frédéric encaissait sans broncher, ce n'était ni pour plaire à ses supérieurs à la SOREDA, ni parce qu'il manquait du plus élémentaire amour-propre. Mais parce qu'il appartenait à cette espèce d'individus dont la patience et la résistance n'ont pas de limites, et dépourvus naturellement de toute appréhension de se faire spolier ou rouler dans la farine par autrui. Ils ont la capacité, tout aussi bien, de supporter sans trépigner de longues heures d'attente dans les gares ou les aéroports, des nuits sans sommeil sans se montrer irascibles, les resquilleurs dans les queues, les chauffards sur les routes, les fonctionnaires de mauvaise volonté aux guichets des administrations et, à la maison, les épouses capricieuses et de mauvaise foi.

L'horloge indiquait maintenant 11 h 51. Plus que quatre minutes. Frédéric reconnut John Bennett qui venait d'entrer dans le hall. Comme ses yeux et ceux de Frédéric se croisèrent, l'Américain modifia sa trajectoire pour s'avancer dans la direction du jeune homme, qu'il salua, ainsi que Rostre, qu'il semblait déjà connaître.

Par solidarité vis-à-vis de son père, Frédéric n'osa pas se montrer avec Bennett aussi chaleureux que lui lorsqu'ils se serrèrent la main. Mais force était d'admettre que l'homme était sympathique et ouvert. Bien davantage en tout cas que ne l'était son propre père. Ce qui, contradictoirement, l'amenait à maintenir à son égard une certaine distance.

— Vous venez chercher quelqu'un ? demanda le jeune homme qui subodorait la nature de la réponse.

— Oui, ma fille. Ça fait un bon bout d'temps que vous vous êtes pas vus, tous les deux, non ?

Frédéric sentit une sorte de petit choc électrique aigre-doux lui traverser la poitrine.

— Euh, ça doit bien faire au moins trois ans, je crois.

Il ne le croyait pas, il en était sûr. C'était lors de l'enterrement de Lari. Mais, par égard pour Bennett, que l'évocation de la mort de son père risquait d'attrister, il s'abstint de préciser.

Il s'en souvenait très bien, de cet enterrement. En jean et baskets, accrochée au bras de sa grand-mère, la jeune fille avait passé toute la cérémonie à pleurer, ce jour-là. Et c'est parce qu'elle avait gardé les yeux baissés que Frédéric, sans courir le risque qu'elle le surprenne, avait pu la dévisager à loisir, tout en se demandant si elle se souvenait aussi précisément que lui de ces trois jours de l'été 1998 qu'il n'oublierait jamais. Trois jours au cours desquels, allant jusqu'à négliger les matches de la Coupe du monde à la télé, il avait eu, lui, le sentiment que rien de plus heureux ne pouvait lui arriver dans la vie qu'être le petit ami de cette fille-là, et qu'aucun endroit au monde ne vaudrait jamais le vieux bunker allemand de la plage où ils allaient se retrouver l'après-midi pour s'embrasser.

— Tiens, le voilà, fit Bennett en pointant du doigt le train de Paris qui, au-delà des vitres du hall, s'annonçait dans la perspective du quai. On se voit bientôt de toute façon, hein ? Allez, ciao !

Après un nouveau sourire à Frédéric et un dernier signe de tête entendu à destination de Rostre, il passa la porte du hall et gagna le quai à son tour. Frédéric enviait la parfaite légèreté de cet homme à l'égard de sa fille qu'il ne pouvait, par définition, désirer.

Comptant sur l'affluence pour tâcher d'éviter de croiser la jeune femme, il soupira, roula le magazine entre ses mains et se tourna vers Rostre :

— Bon. On y va ?

Ils progressaient le long du quai, à contre-courant des voyageurs, quand Frédéric distingua à mi-train un groupe d'une demi-douzaine de post-ados mâles exclusivement composé d'Arabes et de Noirs, dont certains, leur sac posé par terre, profitaient de la fin du voyage pour allumer une cigarette.

La plupart d'entre eux étaient habillés sur le même principe : baskets fines, socquettes blanches ras-de-cheville, pantacourt clair en nylon, débardeur assorti, casquette ou fines lunettes de soleil sport relevées sur le crâne, une pochette porte-portable en bandoulière. Des sigles en évidence : Nike, Puma, Adidas. Des fils d'écouteurs dans les oreilles. Quelque part, un téléphone en mode haut-parleur diffusait un MP3 du rappeur français Sinik.

Un œil plus nuancé que celui de Frédéric eût perçu chez ces jeunes une volonté de marquer le coup des vacances, mais contrariée par leur propre conscience de faire tache sur ce quai de gare de province française blanche et bien rangée, parmi un public de Franco-français blancs bien rangés qui, au moment de passer à votre hauteur, détournent soudain leur regard avant que vous n'y discerniez la peur et l'hostilité que vous leur inspirez.

— Ça, marmonna Rostre pour lui-même, s'ils commencent à déranger tout le monde en mettant leur musique à fond, ça va pas le faire.

Au milieu du groupe, deux types plus âgés promenaient attentivement leurs regards à la ronde, comme des individus supposés être accueillis par des gens dont ils ne connaissent pas encore le visage. L'un d'eux tenait à la main un écriteau sur lequel était inscrit au marqueur : *Centre René Labille — Aubervilliers*.

Rostre jeta un dernier coup d'œil hésitant à Frédéric, du genre *J'y vais ou j'y vais pas ?* Puis il s'avança main tendue vers le type à l'écriteau :

— Bonjour. Jean-Marie Rostre, de la SOREDA.

— Enchanté, fit l'éducateur dans un demi-sourire. Moi, c'est Magid. Et voici mon collègue, Laurent.

Grand, athlétique et plus jeune que Magid, le Laurent salua avec une déférence qui pouvait traduire un manque d'expérience.

— Et voici Frédéric Lejuez, compléta Rostre. C'est lui qui va coordonner votre séjour à Vatenville.

— Enchanté, s'avança à son tour Frédéric vers les deux hommes, tout en s'interrogeant sur la signification exacte du mot *coordonner*.

— Eh, m'sieur, s'adressa sans préalable l'un des jeunes à Rostre, c'est vraiment Jean-Marie, votre prénom ?

Rostre tourna la tête et fronça les sourcils d'un air interrogateur :

— Oui. Pourquoi ?

— Non, comme ça. C'était juste pour être sûr, fit le garçon dans un sourire qui cachait manifestement une arrière-pensée.

Légèrement décontenancé, Rostre revint aux deux éducateurs tandis que les autres garçons pouffaient :

— En tout cas, ils ont l'air bien sympathiques, ces jeunes !

Puis, plus bas :

— Vous pouvez pas dire à celui-là de baisser un peu la musique de son appareil ? On s'entend pas, là.

— Yacine, tu peux éteindre ton portable, s'il te plaît ? Monsieur essaye de nous parler, avec

Magid, s'exécuta aussitôt le plus jeune des deux.

Rostre toussa et se tourna vers le groupe :

— Bon, dit-il d'une voix plus claire qui cherchait à s'attirer l'attention autant que le respect, voilà. Euh, d'abord, au nom de la SOREDA et du département de la Manche, je voudrais vous souhaiter la bienvenue. J'espère que vous ferez chez nous un séjour agréable et qu'il vous laissera plein de bons souvenirs. Vous allez voir, nous avons la campagne, la mer, des plages magnifiques…

— Y'a d'la meuf, sur vos plages ? le coupa le même jeune qui l'avait interrompu au moment des présentations.

— Pardon ? demanda Rostre qui s'efforçait de jouer la carte de la détente malgré son trac apparent.

— Kader, tu laisses finir, intervint calmement Magid.

— Hé kèjéfé ? s'offusqua le Kader en question. J'demande juste s'il y a d'la meuf. Ch'pose des questions, moi. J'm'intéresse, moi. Pas comme ces blédards…

Il désigna du bras les autres jeunes, hilares.

— Bon, voulut abréger Rostre, qui sentait la situation lui échapper. Vous êtes les bienvenus. Mais, tout comme vous avez des règles à respecter au sein du foyer à Aubervilliers, il y aura des règles à respecter ici aussi tout au long de la semaine. Je vais pas vous répéter ce que vos éducateurs ont déjà dû vous dire, je suis pas là pour faire la police. Mais, pour le bon déroulement du *vivre-ensemble*, il est primordial que chacun y mette du s…

Un chœur bruyant de sifflements d'admiration vint à nouveau interrompre Rostre dans son discours. Les ados avaient cessé d'écouter pour regarder passer deux jeunes femmes avec leurs bagages. Elles étaient accompagnées d'un garçon aussi haut de taille que l'éducateur Laurent, mais beaucoup plus maigre.

— Waaaahh ! feula Kader en faisant jouer ses lunettes de soleil sur son front. Hé, mesdemoiselles, c'est quoi vot' plage ?

L'une des deux filles se retourna et sourit :

— Tiens, salut Frédéric ! Qu'est-ce que tu fais là ?

— Sérieux, vous la connaissez ? s'avança ostensiblement Kader sans cesser de la fixer dans les yeux.

La jeune femme recula d'un pas.

— Hé, j'vais pas t'manger, fit Kader en cessant brusquement de sourire. J'veux juste savoir c'est quoi ta plage.

Voyant qu'il continuait à s'approcher de la fille, Frédéric fit un pas de côté pour s'interposer.

— Qu'est-ce tu veux, toi ? grimaça le garçon en reportant sur Frédéric un regard menaçant. Tu crois qu't'es qui ? Batman ?

La tension montait. Les jeunes avaient interrompu leurs conversations et coupé le son du téléphone portable. La seconde jeune femme avait saisi le bras de son amie pour l'éloigner. Rostre, lui, était pétrifié, et les quelques voyageurs qui n'avaient pas encore rejoint le bout du quai ralentissaient leur pas pour observer la scène. Frédéric, qui n'avait pas bougé d'un pouce, soutenait le regard de Kader sans agressivité, mais avec une concentration parée à toute éventualité.

On imagine sans peine ce qui aurait pu arriver si, après avoir écarté Laurent qui voulait s'interposer à son tour, Magid n'était pas intervenu aussitôt, morigénant Kader en français devant tout le monde, avant de passer un bras autour de son épaule avec la fermeté affectueuse d'un grand frère ou d'un oncle pour le forcer à s'éloigner, puis de le raisonner à voix basse, cette fois en arabe.

Le calme revenu, les voyageurs purent reprendre leur pas normal vers la sortie, et Rostre rejoindre sans risque Frédéric :

— Faut pas vous inquiéter, émit-il dans un filet de voix, le visage blême et les lèvres tremblantes. Ça se passera très bien.

14

— Ce qui est déprimant, tu vois, disait Hubert nerveusement en transférant ses polos Fred Perry de son sac de voyage vers les étagères vides de la chambre, ce qui est déprimant, c'est que, même si t'as décidé de pas avoir de préjugés, ce genre de mecs de banlieue fait que tu peux pas t'empêcher d'en avoir.

Comptant sur un mot ou un geste d'acquiescement de Mary, il jeta un coup d'œil rapide vers la jeune femme. De son côté, celle-ci terminait d'ajuster une taie sur un oreiller nu.

— C'est pas que je sois raciste, hein, c'est pas ça. C'est juste que le politiquement correct, moi, ça me fait chier. De toute façon, t'es plus raciste en étant hypocrite qu'en disant ce que tu penses, non ?

Mary battait à présent les flancs de l'oreiller prêt à l'emploi et ne fit aucun commentaire.

— Je te jure, poursuivit Hubert en secouant la tête, il t'aurait touchée, je sais pas ce que je lui aurais fait.

— Tu crois ? demanda enfin Mary sur un ton très léger tout en testant l'interrupteur d'une lampe de chevet.

— Comment ça, « Tu crois ? » s'immobilisa le jeune homme.

— Ben, je sais pas. T'avais pas trop l'air sur l'affaire, tout à l'heure, non ?

Il plissa de petits yeux suspicieux :

— Attends, qu'est-ce ça veut dire, exactement : « T'avais pas trop l'air sur l'affaire » ?

— Je dis juste que je t'ai pas trop vu te précipiter pour voir ce qui se passait, c'est tout. Mais je vais pas en faire un drame, tu sais. Je m'en fous, je suis une grande fille, j'ai pas besoin de chevalier servant.

— Tu te rends compte de ce que tu dis ? se scandalisa Hubert. Comment tu voulais que je me précipite, avec mes bagages ?

— Vienna aussi elle en avait, des bagages. Ça l'a pas empêchée de me prendre par le bras.

— Non, mais tu te rends compte de ce que tu dis ? répéta-t-il en prenant un air outragé. Tu te rends compte de ce que t'es en train d'insinuer, là ?

— Mais j'insinue rien du tout.

— Si. T'es en train d'insinuer que je suis un lâche.

Mary ne répondit rien, occupée cette fois à lire les précautions d'emploi d'un flacon tout neuf d'huile de bronzage qu'elle venait de sortir de sa valise.

— Il te plaît, ce mec ?

— Hein ? Quoi ? fit Mary en levant les yeux vers Hubert, du genre *Je crois que j'ai pas bien entendu.*

— Non, je dis que tout ça, c'est peut-être une façon de me faire comprendre que t'aimerais bien te retaper l'autre.

— Mais qu'est-ce que tu racontes ? grimaça Mary. Frédéric ? Mais t'es complètement fou !

— J'en reviens pas, que tu sois sortie avec lui. T'as vu son look ? T'as vu ses chouzes ? On dirait qu'il se fringue à La Redoute.

— Attends, le coupa sèchement Mary.

D'abord, je n'ai aucune intention, comme tu dis, de me « retaper » Frédéric. On avait seize ans quand on est sortis ensemble, c'était chaste, c'était mignon, c'est du passé, je n'ai jamais été amoureuse de lui et je ne le suis pas plus aujourd'hui. Ensuite, je trouve ça très foireux et très irrespectueux de ta part de te moquer de quelqu'un qui n'a peut-être pas les mêmes chaussures que les tiennes, mais qui n'aurait pas hésité à me défendre, lui. Je ne te reproche rien, c'est toi qui t'es lancé tout seul dans cette histoire de mec à la gare, à laquelle je ne pensais même plus moi-même. Mais faut pas exagérer. Faut pas chercher à renverser la situation. Faut pas non plus être injuste. Demande-toi plutôt si, dans ta façon un peu agressive de présenter les choses, c'est pas à toi que t'aurais un truc à reprocher. En tout cas, ne me mêle pas à des problèmes de masculinité qui ne regardent que toi. Là-dessus, je suis désolée, mais je peux rien faire pour toi.

Hubert leva au plafond des yeux excédés en faisant « non » avec la tête, puis les rabaissa :

— Ah, je renverse la situation, maintenant ! Ah, je suis agressif ! Ah, j'ai des problèmes de masculinité ! Et qu'est-ce que j'aurais à me reprocher ? Vas-y. Dis-le-moi.

— J'ai pas envie de polémiquer, ça m'intéresse pas, soupira calmement Mary en reposant son flacon d'huile et en se dirigeant vers la porte de la pièce. Moi, je descends. On se retrouve plus tard, O.K. ?

Ne me mêle pas à tes problèmes. Je suis désolée, mais je peux pas t'aider. C'était donc cela, le langage des couples normaux. Parler sans prendre de gants, sans craindre de heurter l'autre. En disant *merde* quand on pense *merde*, et en quittant la pièce au beau milieu d'une conversation sans besoin de s'en excuser ou de se justifier.

Ne sachant si elle se sentait soulagée ou écœurée de s'être ainsi relâchée face à Hubert, Mary referma la porte dans son dos, emprunta un petit couloir où le parquet craquait comme dans son enfance, descendit quelques marches en colimaçon et atterrit dans la cuisine, où elle s'étonna de ne trouver personne. Elle continua son chemin *via* le cellier qui sentait l'humidité et le moisi, toujours comme dans son enfance, déboucha dans la salle à manger, puis sur la terrasse où, enfin, elle aperçut son père et Vienna.

Ils étaient juchés côte à côte sur le petit mur qui marquait la limite entre la propriété familiale et le long champ de pâture des vaches de la ferme voisine. À grands gestes, son père pointait tour à tour l'océan, le Nez de Jobourg, les îles anglo-normandes et la centrale de Flamanville. Vienna suivait des yeux avec intérêt, souriante et fort à son avantage, avec le foulard qu'elle s'était attaché sur la tête, et qui fit penser aussitôt à Mary que personne sur terre ne pouvait incarner avec autant de naturel le mot « vacances ».

La jeune femme ressentit une vive jalousie devant ce tableau d'une complicité inattendue entre son père et sa nouvelle amie. Était-ce dû au fait qu'une même toquade les avait poussés à grimper sur le mur plutôt que d'observer sagement le paysage depuis la terrasse ? Ou bien parce qu'elle identifia immédiatement dans les gestes et les tics de son père — cette façon exaspérante qu'il avait de vérifier du coin de l'œil l'effet de ses paroles sur Vienna, ce pli détestable d'autosatisfaction dans son sourire — ce honteux penchant qui était le sien de vouloir séduire comme un vieux beau toutes les copines qu'elle pouvait amener à Vatenville. Mais c'est à Vienna surtout que Mary en voulait de céder à cette répugnante geste : la jeune femelle flattée face à la convoitise du mâle d'expérience.

Le coup de grâce lui fut porté lorsque, alertés par l'arrivée de Mary sur la terrasse, son père et l'Italienne se retournèrent et abaissèrent avec une simultanéité cruelle leurs deux regards dans sa direction. Au lieu de se réjouir de la voir, Vienna lui fit un simple signe de la main qu'elle assortit d'un sourire distrait. Puis tous deux reprirent leur position initiale face à l'horizon, toujours d'un même mouvement, réduisant la présence de Mary au rang de parasitage mineur.

Saisie d'une affreuse sensation de solitude et de gâchis, elle trouva néanmoins la force de s'avancer vers eux et de les prévenir dans un sourire pâle que, en attendant de les rejoindre pour aider à préparer le déjeuner, elle irait faire un petit tour sur la plage, histoire de se sentir un peu en vacances.

Elle passa par la brèche du muret et fit ses premiers pas sur l'herbe de l'enclos. Avisant une vache qui arborait sans tiquer un museau investi par les mouches, elle se demanda si elle allait ou non laisser couler les larmes de déception qu'elle sentait monter à ses yeux. Après quelques minutes de marche dans le champ, à éviter les bouses fraîches et les orties, elle accéda enfin à la plage. Par marée basse, celle-ci paraissait vraiment interminable.

Ôtant ses sabots, elle s'engagea sur les galets, puis sur le sable dur encore humide qui, s'étendant à plat et moiré comme un immense glaçage chocolaté, pouvait évoquer un négatif de patinoire. Mary se fit la remarque que, filmée en plan large, avec travellings latéraux et gros plans comme il se doit, cette scène de jeune héroïne désœuvrée se dirigeant vers la mer ferait un émouvant passage dans une comédie romantique de piètre qualité.

Au bout d'une cinquantaine de mètres, entre deux immenses flaques résiduelles d'eau salée dont une brise svelte venait doucement flétrir la surface, avec l'horizon à perte de vue devant et le soleil qui entamait à peine son lent déclin estival, elle s'assit par terre en tailleur en se demandant, outre le coup du glaçage au chocolat, quel dessert pouvaient bien lui rappeler ces contrastes de sable, de ciel limpide et de frange écumante des vagues, tout au loin.

Elle tâchait ainsi, depuis de longues minutes, de ne pas se trouver trop de raisons d'être attristée par la tournure que prenaient les choses, lorsqu'elle sentit une ombre progresser sur le sol, puis se positionner parallèlement à la sienne : Vienna. Partagée entre son désir de manifester un enthousiasme à la mesure de l'immense joie qu'elle ressentait, et la tentation de faire un peu la tête à son amie, Mary se força à ne pas la regarder tout de suite, se contentant de sourire droit devant elle.

— Il parle beaucoup, ton père, dit d'emblée l'Italienne sur un ton qui cherchait à dissiper tout malentendu.

Cela changeait Mary de ses amies qui, rencontrant le personnage pour la première fois, venaient lui confier en aparté, tout émoustillées : « Dis donc, c'est vrai qu'il a deux trois poignées d'amour en trop, mais tu m'as pas dit qu'il était beau, ton père ! »

— Il t'a draguée, j'imagine ?

Étrange comme la présence de Vienna lui donnait des ailes. Avec elle, pas besoin de prendre sur soi ou de faire semblant. Elle sentait qu'en lui disant ce qu'elle avait sur le cœur, cela rendrait les choses encore plus douces.

— Il m'a quoi ?

Or noir, pensa Mary en apercevant un bout d'épaule de la jeune femme, pailletée en profondeur sous le bronzage.

— Draguée. *Did he try to chat you up ?*

— Ah. Oui.

Mary tourna complètement son visage vers Vienna, cherchant à décoder ce que sa réponse avait bien pu laisser comme expression sur le sien.

— Mais sois tranquilla, sourit malicieusement Vienna tout en s'asseyant à son tour, je n'aime pas les vieux.

Miroir ivoire : c'étaient les mots que la couleur de ses dents inspirait à Mary. Elles demeurèrent un long moment à scruter ensemble l'horizon en silence, plongées dans des réflexions respectives qui ne semblaient pas les isoler tant que cela l'une de l'autre.

— Merci pour tout à l'heure, à la gare, dit soudain Mary sur un ton chargé d'une hésitation bizarre.

Ses mots lui paraissaient à la fois trop dire, et pas assez. Ça battait fort dans sa poitrine. Elle se sentait en proie à une hardiesse insolite, disposée à basculer dans l'irréparable.

— Je veux dire : merci de m'avoir pris le bras. C'était bien.

— Oui. C'était bien.

Il y avait bien davantage qu'une simple reprise rhétorique des termes de Mary dans la réponse de Vienna. La gravité quasi dramatique du ton, notamment, fit soudain monter une vague de chaleur depuis le ventre jusqu'aux tempes de la Française, semant sur son passage mille fourmillements qui transformèrent tout son corps en coton. Elle manqua d'air, rougit, sachant que, d'une seconde à l'autre, il allait nécessairement se produire quelque chose d'insensé.

Quant à Vienna, si elle continuait de fixer l'horizon sans trouble apparent, Mary pouvait apercevoir ses seins se soulever au gré de sa respiration, qui était devenue à la fois plus haletante et plus profonde.

— Hého !

Mary mit deux bonnes secondes à réaliser qu'une troisième personne approchait. C'est Hubert qui appelait, à quelque trente mètres de là. Il peinait dans le sable avec ses Havaianas neuves, mais œuvrait à conserver l'air le plus décontracté possible.

Toute la fièvre retomba d'un coup. La rumeur lointaine de la marée bourdonna de nouveau aux oreilles de Mary, et la brise parut soudain froide sur sa peau. En rejoignant les deux filles, Hubert avait fait éclater une bulle où le temps s'était interrompu, et où le ciel et l'horizon se confondaient. À présent, la jeune femme ne ressentait plus qu'un embarras général, qui se traduisit essentiellement par ses yeux qu'elle baissa, et son paréo qu'elle rajusta d'une main tremblante sur ses épaules tandis qu'elle se passait l'autre avec une fausse légèreté dans les cheveux.

— Bon, je vais aller aider ton père, fit Vienna qui, tout aussi gênée, se leva, s'épousseta et partit.

— C'est pas moi qui l'ai fait fuir, au moins ? demanda Hubert en s'approchant, un pouce indiquant Vienna qui s'éloignait dans son dos.

Mary releva à peine la tête : à hauteur de ses yeux, il y avait les chevilles osseuses, pâles et poilues du jeune homme, sur lesquelles était encore imprimée la marque de l'élastique des chaussettes qu'il venait d'enlever pour enfiler sa paire de tongs.

— Parce que, poursuivit-il sur le ton de la confidence, elle est sympa, ta copine. Mais, à force, nous, on finit par avoir plus trop d'intimité, je trouve.

15

Magid reposa son demi de Stella sur la table.

— Tu vois, dit-il, un incident mineur comme celui de tout à l'heure, à la gare. Eh bien, à son échelle, il incarne tous les malentendus culturels de ce pays.

Frédéric était impressionné par le vocabulaire et l'aisance de ce type. Après avoir amené tout le monde au camping de Vatenville avec le minibus de la mairie, il était sur le point de reprendre sa voiture quand l'homme s'était approché et lui avait proposé de s'asseoir en terrasse du *Bon Accueil.* Il avait passé commande comme s'il avait toujours connu le village, allant jusqu'à faire sourire Roland en lui disant qu'il avait de faux airs de Maurice Ronet, un acteur de toute évidence célèbre mais dont, pour sa part, Frédéric n'avait jamais entendu parler.

Comme il ne savait quoi répondre à cette entrée en matière, le jeune homme avala une longue gorgée de Sprite pour lui suggérer qu'il pouvait continuer.

— Par exemple, ta copine. Si, au lieu de faire comme si elle avait pas entendu, si au lieu de l'ignorer, elle lui avait dit juste un petit mot, à Kader. Une petite vanne, ou même juste un petit sourire de rien du tout pour détendre un peu l'atmosphère. Eh ben, je suis sûr que ça se serait passé différemment. Il l'aurait charriée à son tour et il aurait lâché l'affaire, point final.

— Mais, quand même, tenta de protester Frédéric.

— Attends, attends, le coupa Magid en se penchant vers lui, les yeux plantés dans les siens pour mieux prouver sa bonne foi, attends. Je cherche pas à justifier l'attitude de Kader. On est tous d'accord pour dire qu'il s'y est pris très maladroitement.

— *Maladroitement* ? se raidit Frédéric, qui trouvait le mot faible.

— On est d'accord, tempéra Magid en posant sa main sur le bras du jeune homme puis en la retirant aussitôt, on est bien d'accord. Ce que je veux dire, c'est que, plus tu montreras à un Kader que t'as peur de lui, plus ça va l'amener à se montrer agressif. C'est quasi mathématique. Sa seule façon à lui de se protéger des préjugés qu'on peut avoir à son encontre, c'est de les confirmer, en quelque sorte. Tu vois ce que je veux dire ? Parce que c'est ça qui fait le plus mal, tu sais. C'est de sentir qu'avant même d'avoir pu montrer qui tu es, on t'a rayé de la carte.

— Mais, quand même, insista Frédéric, s'adresser à quelqu'un qu'il a jamais vu en l'agressant, se mettre à me tutoyer alors qu'il me connaît pas, ça s'féé paas, çaa…

Par mimétisme, le français de Frédéric se teintait d'intonations maghrébines.

Magid soupira avec toute la lassitude de celui qui s'apprête à resservir patiemment les mêmes arguments pour la centième fois :

— Bien sûr que c'est pas agréable, je comprends. C'est sûr que, dans son cas, il y a un problème de politesse et de mauvaise éducation. Mais c'est pas une raison pour l'envoyer chier. Et c'est là que je parle de malentendu culturel. En France, on ne tutoie pas les gens qu'on ne connaît pas, on ne les invective pas, et on ne met pas sa musique à fond dans les lieux publics parce que ça choque. Ces jeunes, je vais pas te l'apprendre, même s'ils sont nés ici, ils sont aussi héritiers de cultures où on n'est pas choqué par les mêmes choses qu'ici. Va en Algérie, au Maroc, au Mali ou au Sénégal, va dans tous ces pays-là. Tu verras, la musique, tu l'entends partout, tout le temps, à n'importe quelle heure, dans la rue, dans le bus, à l'épicerie. Et ça ne gêne personne. *Idem* quand tu t'adresses à un inconnu : tout le monde parle à tout le monde, sans se demander si on va déranger. Tu peux même donner une fessée à un enfant que tu connais pas s'il se conduit mal en public. Alors, toi, qu'est-ce que tu vas dire ? Que, dans le monde, il y a des pays de sauvages et des pays civilisés ?

Frédéric haussa des épaules indécises.

— Non, poursuivit Magid, juste des sensibilités et des habitudes différentes. Parce que, tout ça, c'est juste une question d'habitude, de conditionnement. Alors, Kader, élevé en France avec le choc des principes français qu'on lui apprend à l'école et de ceux qu'il a hérités de sa famille qui vient du Maroc, eh ben il sait plus trop où il en est. Et comme il n'y a personne à la maison pour lui donner le mode d'emploi, eh ben il fait des bêtises. Résultat : il passe devant un juge pour enfants, il est mis en foyer d'action éducative et il se retrouve à passer ses vacances encadrées par des éducateurs et à faire des travaux d'intérêt général alors qu'il aimerait les passer tranquillement, ses vacances, à aller à la plage et à draguer les filles, comme n'importe quel autre jeune de son âge. Et si on n'intervient pas rapidement, si on lui montre pas, pendant qu'il est encore temps, qu'on peut le regarder autrement, *normalement*, eh ben, plus tard, ce sera la prison. Et voilà comment on fout une vie en l'air.

Frédéric avait l'impression d'avoir déjà entendu ce genre de discours à la télé, lors de reportages et, surtout, lors de ces émissions avec animateur et public où l'on donne la parole à des spécialistes, des psychologues, des sociologues, etc. Mais, dits comme cela, avec tant de calme et de conviction, par ce gars arabe comme ces jeunes, mais poli et cultivé, les mots prenaient soudain une dimension plus concrète.

— Oui, mais…

— Attends, j'ai pas fini, sourit Magid en reposant sa main sur l'avant-bras de Frédéric et en l'y laissant cette fois, laisse-moi finir. Ce que je veux dire, c'est qu'il faut bien trouver une façon de s'entendre, non ? De vivre les uns avec les autres ? Alors, qu'est-ce qu'on va faire ? Se dire que, parce qu'on n'a pas les mêmes habitudes, on va rester parqués chacun de son côté ? Les Français de souche avec les Français de souche, les Français arabes avec les Français arabes, et les Noirs français avec les Noirs français ? C'est ça, la vérité ? C'est ça, la seule solution vivable et raisonnable possible ? Y'en a qui pensent que oui. Pourquoi pas. Mais l'expérience prouve que ça crée des ghettos, cette solution. Alors, on n'a pas le choix, faut qu'on vive ensemble. Y'a pas que les Arabes et les Noirs qui doivent faire l'effort de s'adapter parce qu'il faut dire merci à la République française de bien avoir voulu les sortir de la mouise, tu sais. Nous aussi, on lui a donné, à la République. La France d'aujourd'hui, elle s'est faite avec nous aussi, faut pas croire. Le monde, aujourd'hui, il appartient à tout le monde. C'est fini le temps de *Je t'invite dans mon pays, alors tu fais comme moi et tu te tiens à carreau, sinon gare à toi.* L'effort de se remettre en question et de s'adapter aux autres, il faut tous le faire : Kader pour essayer de parler plus poliment aux gens, et ta copine pour pas ranger Kader dans un tiroir fermé à clé, avec marqué *Arabe* dessus.

Visiblement satisfait de sa tirade, Magid ôta sa main du bras de Frédéric, se redressa sur sa chaise, empoigna sa chope de bière et but une longue gorgée en regardant l'océan de l'autre côté de la route.

Quant à Frédéric, après tous ces mots, il se sentait pris d'un léger vertige. Ne sachant quoi ajouter à la conversation, il finit par annoncer qu'il se faisait tard et que sa femme était en train de l'attendre à la maison pour déjeuner. Il se leva, remercia Magid pour le Sprite, dit *À demain*, lui souhaita une bonne installation, lui rappela que Rostre passerait à quinze heures pour lui parler des détails du programme et qu'en cas de besoin d'une tente, d'un matelas supplémentaire ou de quoi que ce soit d'autre d'ici là, Magid n'aurait qu'à l'appeler sur son portable. Puis, après avoir salué Roland à distance, il traversa la route pour regagner sa voiture, garée sur le parking du camping.

Sur la plage, juste à côté du parking, il y avait les six jeunes assis en rang d'oignons sur le sable. Légèrement en retrait, Laurent les surveillait debout, jambes écartées et bras croisés. N'étaient-ce ses épais tennis blancs et ses chaussettes bien tendues sur ses mollets, son t-shirt XXL *Marathon Marn et Gondoire 2008* et ses lunettes de glacier aux branches reliées par une sangle de sûreté, on aurait dit un officier de la Légion étrangère. Il n'arrêtait pas de jeter des coups d'œil du côté de Magid, attendant probablement des consignes tout en déplorant qu'il consommât une boisson alcoolisée pendant le service.

Toujours vêtus de leurs chaussures et de leurs pantalons, les ados juraient au milieu des autres vacanciers en maillot. La veille encore, une telle vision eût incommodé Frédéric, et naturellement éveillé sa méfiance. Après cette conversation avec Magid, il les regardait d'une autre manière. Il pensa que, s'ils restaient ainsi à l'écart, regroupés entre eux, c'est peut-être parce qu'ils se sentaient trop différents de tous ces gens qui avaient investi la plage sans douter un seul instant, eux, qu'ils y étaient à leur place.

La plupart des jeunes se retournèrent lorsqu'il ouvrit la portière de la voiture. Parmi eux, Kader dévisagea le jeune homme avec un regard qui, au-delà de la rancœur et de la provocation, semblait surtout attendre de voir ce qui se passait dans celui de Frédéric. Percevant cette hésitation, celui-ci tenta un bref salut à son intention. Par orgueil, Kader détourna aussitôt les yeux. Mais tout en ayant à son tour levé une main incertaine.

*

À la maison, Élodie regardait la fin du journal de treize heures à la télévision, une main posée sur ses reins, l'autre plongée dans un sachet de chips. De la sèche, elle attrapa la télécommande à côté d'elle et coupa le son :

— T'étais où ?

— J'ai pris un verre avec un des éducateurs qui s'occupent des jeunes, là.

— Il aurait pas pu attendre, ce verre ? Je te préviens, j'ai rien préparé, moi.

— Ben, comme c'était pour régler un petit problème qu'on a eu à la gare, j'ai pas pu refuser.

— Et c'était quoi, ce problème ?

— Ben, il y a un jeune qu'a voulu embrouiller Mary, et ça nous a mis un peu en retard.

— Marie ? Quelle Marie ? Marie Rouquet ?

— Non, Mary, la fille du voisin.

— Qu'est-ce qu'elle foutait là, elle ?

— Ben, elle est arrivée aujourd'hui pour les vacances.

— Tiens, tiens, fit Élodie dans un ricanement froid, trois chips en attente entre son pouce, son index et son majeur. Et comment ça, il a voulu l'embrouiller, le jeune ? Qu'est-ce qu'il a fait ?

— Il lui a mal parlé.

— Et alors ?

— Et alors quoi ?

— Et alors ? Qu'est-ce qui s'est passé ?

— Ben, il a fallu qu'on intervienne.

— C'est qui, « on » ?

— Ben, nous, moi.

— Vous ou toi ?

— Moi.

— Tiens, tiens, réitéra la jeune femme, mais sur un mode plus sarcastique. T'as fait les héros, c'est ça ?

— J'ai pas fait les héros, protesta timidement Frédéric. J'aurais fait ça avec n'importe qui.

— Ouais, c'est ça, ironisa-t-elle en se levant péniblement du canapé.

Ayant enfin porté ses chips à la bouche, elle put repositionner ses deux mains sur ses reins. Puis, sur fond de craquements sourds et de mastications, elle prit la direction de la cuisine sans un regard pour son mari.

— Au fait, elle est comment ? demanda-t-elle entre deux déglutitions ostentatoires.

— Comment ça, « elle est comment » ? dit

Frédéric qui s'était mis machinalement à la suivre à travers le couloir.

— Elle est jolie ?

— Ben, euh, ouais, euh, pas mal.

Arrivée devant le frigidaire, elle s'immobilisa et se retourna pour la première fois vers Frédéric, inquisitrice :

— *Pas mal* ou jolie ?

— Euh, jolie.

— Jolie ou *très* jolie ?

Dans son embarras de mari traqué, Frédéric ressentait néanmoins une infime jubilation à évoquer Mary.

— Euh, très. Mais pourquoi tu me poses plein de questions, comme ça ?

Avec l'assurance de celle qui est maîtresse de la situation et décide, en conséquence, de la répartition des pauses et du temps de parole de chacun, elle ouvrit la porte du frigidaire et promena son regard à l'intérieur.

— Tu crois que tu vas te la faire ? demanda-t-elle sur un ton faussement désinvolte alors qu'elle se saisissait d'une barquette neuve de surimis. Ça serait pas trop compliqué pour toi, vu mon état.

— Mais t'es malade ou quoi ? J'ai pas du tout envie de me la faire ! s'emporta Frédéric dont les yeux ne rencontraient que le dos courbé de la jeune femme.

— Menteur ! fit-elle tout en se redressant et refermant la porte du réfrigérateur.

— Mais non, je mens pas !

— Menteur.

Elle ôta la bague de carton qui enserrait la barquette puis décolla le film plastique. À l'intérieur, il y avait également une petite portion de mayonnaise spécifique. Elle détacha un bâtonnet de crabe de la série, le trempa dans la sauce et en croqua deux bons tiers.

— Et avec ton éducateur, là, si ça se trouve, reprit-elle en contraignant ses lèvres pour ne pas laisser échapper des fragments de sa bouchée, si ça se trouve, vous avez parlé de son cul, tout à l'heure.

— Ah non ! Alors là, pas du tout ! se défendit Frédéric avec énergie, rien à voir ! On a que parlé boulot. Il m'a expliqué plein de trucs à propos de ces jeunes. Plein de trucs qui font réfléchir.

— Ah bon ? fit-elle mine de s'étonner tout en visant des yeux son prochain bâtonnet dans la barquette. Et qu'est-ce qu'il t'a dit de si extraordinaire, ce mec ? Que les Arabes sont des enfants de chœur, peut-être ?

16

Les trois kilomètres qui menaient à Bourgville grimpaient raide à travers la colline. Suffisamment en tout cas pour donner à John, qui empruntait pour la première fois la route à pied depuis bien longtemps, le sentiment qu'en marchant d'un bon pas il pourrait perdre un peu de son ventre. Il avait choisi de partir en plein soleil, comptant sur la sueur pour accentuer l'impression de fonte des masses graisseuses.

Évidemment, c'est l'arrivée de Vienna qui l'avait décidé. Quelle atroce sensation que celle de sa jeunesse éclatante, de ce corps vigoureux et souple, de ces épaules, de ces seins énormes et surtout de cette peau, mon Dieu cette peau, quelle torture de se sentir soi-même si vieux en comparaison, si définitivement hors jeu !

Plus svelte, il n'aurait peut-être pas tant hésité à se mettre en maillot de bain devant elle sur la plage. Bien davantage que ses rides, ses cheveux gris, ses muscles mous ou les flétrissures de sa peau, c'est cette bouée incontestable autour de sa taille qui le ramenait brutalement à la conscience de l'indécence de son propre corps. Désormais trop paresseux pour se lancer dans de quotidiennes séries d'abdos, il se contentait de rentrer son ventre en public. Parfois, lorsque assis sur la cuvette des toilettes il prenait la mesure des dégâts, il imaginait se taillader la chair au couteau et y plonger les mains pour retirer la graisse par pleines poignées. Ou encore, se greffer un robinet dans la hanche, l'ouvrir et laisser couler jusqu'à récupérer un ventre présentable. Il avait même sérieusement envisagé la liposuccion, une fois ou deux.

Comment s'y prendre avec la graisse ? À quoi

cela pouvait-il bien ressembler, à l'intérieur ? De quelle couleur c'était ? Jaune, non ? La graisse était-elle mêlée à la chair, ou pouvait-on distinguer deux couches bien dissemblables, un peu comme l'huile et l'eau qui ne se mélangent pas ?

Tenant dans sa main son t-shirt avec lequel il se couvrait discrètement le ventre au passage des rares véhicules qu'il pouvait croiser, il marchait depuis un bon quart d'heure sur le bas-côté de la route lorsqu'il entendit dans son dos un moteur s'approcher, puis ralentir. Une Mégane grise freina à sa hauteur. La vitre de la portière passager s'ouvrit automatiquement, libérant du Frank Sinatra sur fond d'air frais climatisé et de diffuseur haut de gamme d'essence de lavande pour voiture : Agostini.

— C'est pour le plaisir ou c'est pour maigrir ? se pencha le député-maire, hilare, en baissant le volume de son autoradio.

— Pour maigrir *et* pour le plaisir, mentit John du tac au tac en se disant que la scène et le slogan pourraient faire l'objet d'un spot publicitaire intéressant pour une marque d'aliments allégés.

— Alors, elle est arrivée, ta fille ? poursuivit Agostini qui ne perdait pas le nord.

— Ouais. Hier.

Le maire hocha la tête de satisfaction.

— Elle est venue avec son copain et une copine, précisa John pour mettre un bémol à son enthousiasme.

— Ah, fit Agostini que le détail ne semblait pas faire reculer. Ça tient toujours, pour ce soir, j'espère.

— Ce soir ? Ah oui, ce soir, hésita puis se rattrapa John qui venait de se souvenir de l'invitation faite dimanche sur la plage.

— Soirée *barbeuke*. Et puis, il y aura une surprise.

— Ah oui, la surprise, approuva lentement John qui retrouvait petit à petit la mémoire.

— Ah non, pas cette surprise-là, sourit finaudement Agostini. Cette surprise-là, si tout va comme je veux, c'est pour mercredi normalement. Je croise les doigts, je touche du bois, *intchalla*. Ça, ça sera *zeu* surprise. *Zi seurprayze*. La surprise de ce soir, disons que par rapport à la *bigoine seurprayze* de mercredi, c'est une demi-surprise. Mais c'est une *seurprayze* quand même.

John était atterré.

— Et elle consiste en quoi, cette fameuse surprise ? demanda-t-il en maniérant à dessein son registre de langage

— Ah ben, si c'est une surprise, je vais pas te la dire, asséna niaisement Agostini. Juste un indice : il côtoie tous les chefs d'État de la planète depuis vingt ans, et fait trembler nos présidents à nous à chaque début de mandat.

— C'est qui ? insista puérilement John, qui s'en voulut de manifester soudain un tel accès d'intérêt et de curiosité.

— Tu verras bien. Vous venez, hein ?

— Ben, je sais pas trop, hésita John. Faut que j'en parle à ma fille, ça dépendra surtout d'elle.

— Comment ça, tu sais pas trop ? Je veux, que vous allez venir ! Pas de blague, hein ? C'est à partir de vingt heures au Prieuré, dit Agostini en se redressant sur son volant.

Il désigna le torse nu de John :

— Pensez juste à vous habiller un peu, hein. C'est pas que je sois à cheval là-dessus, mais bon. Comme il y aura du champ', en plus.

Sur le point de reprendre sa route, il se ravisa et se pencha à nouveau, un sourire hésitant sur le visage :

— Au fait, pour le tableau de ton père, je prends pas en dessous de un mètre sur quatre-vingts centimètres… Non, je rigole… En fait, je t'assure que même un petit fusain du genre trente par vingt ferait aussi l'affaire. Enfin, tu fais comme tu veux, je veux pas te forcer la main. Sache juste que ça me ferait vachement plaisir, que j'en ferais très bon usage et qu'on est prêt à payer pour ça du moment que tu nous prends pas non plus pour George Soros. Allez, ciao.

*

Dans le dernier virage avant le panneau indiquant l'entrée de Bourgville, John jugea qu'il était temps de remettre son t-shirt. Était-ce dû à l'exercice en soi ou bien un effet d'autosuggestion, il lui sembla en tout cas que son ventre était moins volumineux, ou peut-être un peu plus ferme. Cette seule idée l'encouragea, et il se jura, à défaut de gym chaque matin, de ne plus faire, jusqu'à la fin des vacances, l'aller et retour Vatenville-Bourgville qu'à pied pour aller chercher ses journaux. Puisque Vienna avait son permis, elle emmènerait Mary et Hubert faire les courses à sa place avec la voiture. Ce qui, de surcroît, les contraindrait tous les trois à participer enfin aux frais.

Il se promit également de manger plus équilibré, dorénavant : fini les grignotages entre les repas, la tablette de chocolat quotidienne, le pain beurré, le demi-camembert au dessert, le saucisson à quatre heures, etc. La perspective d'un barbecue chez Agostini le tracassait. À coup sûr, on servirait des sauces pour accompagner la viande, des pommes de terre rissolées, des trucs comme ça. Il réfléchit. Quatre brochettes, deux-trois pommes de terre en robe de chambre, deux verres de vin pas plus, un seul petit morceau de fromage et une salade de fruits au dessert, cela devrait limiter les dégâts.

Tout à ses nouvelles résolutions, il s'arrêta à l'ombre d'un arbre, attendit que la sueur séchât sur son torse, puis enfila pensivement son t-shirt. Quelque chose clochait dans son programme, mais qu'il ne parvenait pas à identifier. Une sorte d'emmerdement mineur, mais quand même emmerdant. Un emmerdement à très court terme et qui allait au-delà de la seule épreuve alimentaire.

« Merde ! Je sais ! Le déjeuner de demain chez les voisins ! Merde ! »

À en juger par la silhouette de Claudine, ils devaient pas manger light, les Lejuez.

« Un plan beurre et crème fraîche à tous les étages, je le sens », se désespéra-t-il, reconsidérant du même coup son menu chez le maire :

« Deux brochettes nature, salade verte assaisonnée uniquement de sel et de vinaigre, un verre de vin, pas de fromage ni de dessert. Et, à partir de lundi, fini les invitations, je laisse personne d'autre que moi cuisiner à la maison. Un dernier resto la veille du départ de Mary et Hubert, et puis basta. »

Moins de trois minutes plus tard, il arriva devant le tabac-librairie-papeterie de Bourgville, au moment précis où la patronne rouvrait pour l'après-midi. En le voyant, elle lâcha le tourniquet porte-cartes postales qu'elle était en train d'installer sur le trottoir et le gratifia d'un sourire inhabituel :

— Eh ben ! Vous m'aviez pas dit, pour votre fille…

— Quoi, ma fille ? Dit quoi ?

— Ben, l'article…

— Quel article ?

— Eh beh, son article ! Vous êtes pas au courant ?

— Ah oui ! L'article dans *Elle* !

— Beh oui, l'article dans *Elle*. Je me disais bien, que c'était elle. J'ai vu ça l'autre jour en feuilletant le magazine. Et en voyant le nom et surtout la photo, je me suis dit : si ça se trouve, c'est la fille du monsieur américain. J'ai montré à mon mari qui m'a dit que, pour lui, ça faisait pas de doute. Vous l'avez lu ?

— Pas encore, non. Je venais justement pour vous l'acheter, improvisa effrontément John, doublement accablé à l'idée d'avoir négligé tout au long de la semaine de se procurer le magazine malgré les rappels réguliers de sa fille, et à celle que, probablement déçue qu'il n'y ait fait à aucun moment allusion depuis son arrivée, elle avait dû abandonner toute idée d'évoquer à nouveau le sujet.

La buraliste ouvrit des yeux catastrophés :

— Ah, beh je suis pas sûr d'en avoir encore, moi ! Attendez voir, je vais allez voir…

Abandonnant ses cartes postales, elle se précipita dans son magasin et porta une main express experte sur l'étal réservé aux revues, déplaça un ou deux magazines puis releva vers John des yeux effarés et bredouilles :

— Ah, beh j'en ai plus.

Comme il n'envisageait plus pour seule solution que de mentir à sa fille, John ressentit néanmoins quelque scrupule à recourir à la complicité de la buraliste en la priant, à la prochaine visite de la jeune femme, de ne faire aucune allusion à l'article et, le cas échéant, de lui soutenir qu'elle n'avait exceptionnellement pas reçu la livraison du *Elle* du 30 juin. Pour se faire pardonner, il lui acheta *Le Monde, Libération* ainsi que le dernier numéro du *Canard enchaîné* qu'il possédait déjà. Puis, comme à son habitude avant de quitter la boutique, il jeta un œil mécanique quelque peu amer sur la quinzaine de romans français récents qui avaient été commandés pour l'été.

Une pile volumineuse d'un ouvrage du journaliste politique Bruno Belval était mise en évidence sur un présentoir spécial. Une annonce indiquait que l'auteur viendrait exceptionnellement dédicacer son premier roman à l'occasion de l'inauguration du nouvel Espace culturel de Vatenville, le mercredi 9 juillet à dix-neuf heures, soit quatre jours plus tard.

« Un *roman* ? »

Incrédule, John saisit un exemplaire du livre sur la pile et le montra à la papetière :

— Il va venir ?

— Ah beh j'espère bien ! rit la femme avec une fierté et un enthousiasme qui ne laissaient aucune place au doute.

« Publié chez Vadel, en plus. »

Intrigué tout autant que découragé, John lut le titre sur la couverture : *Le Sanglot madécasse.*

« Grotesque » songea-t-il, bien résolu à ne pas quitter les lieux sans s'être au préalable convaincu de l'imposture qu'il sentait transpirer derrière la publication de ce livre.

« Regarde-moi ce titre à la con, se dit-il pour lui-même, *Le Sanglot madécasse*. Genre : un bon titre à l'ancienne, au moins, c'est une valeur sûre. Genre : je travaille peut-être à la télé, mais je ne suis pas victime pour autant des effets de mode, moi, monsieur. C'est l'une de mes particularités cachées. Vous ne vous en doutiez pas, hein ? Je dirais même qu'au fond, ce n'est pas homme de télé que je suis et que j'ai toujours été, mais écrivain. Au fond, ma vraie passion, ce n'est pas le journalisme, mais celle-là. La preuve, je connais mes classiques et la belle langue, moi. Je suis lyrique et j'ai un sens solide de l'image et de l'épique, moi. Moi, monsieur, je dis *Sanglot*, et pas *Larme*, ou *Pleur*. Jugez-moi archaïque si vous voulez, je sais que j'ai raison, et le public aussi me donnera certainement raison. De la même façon, je dis *Madécasse*, et pas *Malgache*. D'abord, ce n'est pas exactement la même chose. Vérifiez, monsieur, vous verrez. Car, par ce titre, je voudrais d'abord pousser le lecteur à se demander ce que signifie *Madécasse*, donc à aller en chercher la signification dans le dictionnaire des noms propres (ou sur internet pour les plus jeunes, je n'exclus personne), donc à se cultiver. C'est devenu si rare, monsieur, de nos jours, de prendre la peine de chercher le sens profond des choses. Car, dans ce livre, je serai exigeant, qu'on se le dise. Il y aura des voyages, de l'aventure, de l'Histoire, des légendes oubliées, des références de toute sorte. Les lecteurs branchés nourris de préjugés n'auront qu'à passer leur chemin. Encore, monsieur, que le public soit beaucoup plus conservateur qu'on ne le pense. Il aime qu'on le transporte, qu'on l'*évade* dans un passé grandiose et glorieux. Il aime, sans trop oser l'avouer, la nostalgie des colonies de notre belle France. Et puis, *Madécasse*, monsieur, c'est mon côté XIXe. Mon côté Segalen et Tristan Corbière, pour ne citer qu'eux. Madécasse, hu hu hu, c'est mon côté *Ducasse*. Vous avez saisi ? Isidore. Isidore *Ducasse*. Bref, *Le Sanglot madécasse*, ça ne veut peut-être pas dire grand-chose, mais ça sonne bien. Et puis, un pays qui pleure, c'est une belle image, non ? Peut-être pas très original, mais une valeur sûre, je vous dis. J'ai vérifié : aucun auteur avant moi n'avait jamais utilisé ce titre, il était disponible. »

John ouvrit le livre, tourna les pages de garde, lut l'incipit :

> **Longtemps, Pierre Bonaventure avait eu l'attrait des grands espaces.**

« Oh là là ! Le sale con ! » pensa John qui commençait à sentir la haine monter en lui.

Genre : « Parce que je suis célèbre, monsieur, je peux me permettre ce clin d'œil à la *Recherche*. Personne ne viendra me le reprocher. Mieux, on louera ma connaissance des bons classiques de notre littérature, et l'on appréciera mon sens de l'humour. Car qui d'autre que moi ira sérieusement imaginer que je me prends pour Proust ? »

Et puis, ce nom de héros en toc : *Pierre Bonaventure*.

Genre : « Un nom de héros n'est jamais innocent, monsieur, tous les grands auteurs vous le diront. Tout comme un titre, ça se travaille. *Pierre*, c'est pour le côté minéral, lisse, opaque et immuable de mon personnage, monsieur. Je veux dire, pour son côté, comment dire, à la fois incorruptible et *existentiel*. Quelqu'un qui pense et qui pèse ses mots, sans s'agiter. Quelqu'un qui n'est pas dupe, qui observe et qui se tait. (Et ce quelqu'un, oserais-je vous dire que, en dépit des apparences, c'est de moi qu'il s'agit ?) Ce Pierre a beau se taire et ne pas s'agiter, il ne s'en appelle pas moins *Bonaventure*. Et l'on n'échappe pas à son patronyme, monsieur. Je veux dire par là que nous sommes tous beaucoup plus complexes qu'il n'y paraît. Que nos personnalités sont doubles. Le second versant du caractère de mon héros, monsieur, c'est la vie, l'aventure, le voyage. Minéral mais vivant. Intellectuel et actif. Sartre et Corto Maltese. (Bref, oserais-je vous l'avouer : un peu moi.) »

John ouvrit plus loin et lut au hasard, page 43 :

> **Pierre déboula dans la salle de rédaction, le télex à la main : « Je vous garantis que ça**

ne se passera pas comme ça ! » rugit-il en tapant du poing sur cette fameuse table ovale dont il avait pourtant si souvent, par le passé, caressé la surface de hêtre blond.

« Oh, que c'est dégueulasse ! » ne put-il s'empêcher de laisser échapper tout haut, suscitant l'étonnement de la patronne. « Oh, que c'est immonde ! »

Voilà longtemps qu'il n'avait été gagné par un tel sentiment d'impuissance et de colère :

Genre : « Évidemment, le héros de mon livre fait le même boulot que moi : journaliste. Faut bien que je parle de ce que je connais, non ? Voilà un métier noble, sexy. Mais à condition qu'il soit pratiqué par des gens intègres et professionnels, qui n'hésitent pas à se mettre en pétard quand il le faut. Comme mon héros, donc un peu comme moi. Je *rugis*, je *tape du poing sur la table*, je *déboule* dans la salle de rédaction. Bref, les pires lieux communs ne me font pas peur. Je *rugis*, certes, mais je n'oublie pas pour autant la littérature et la poésie. Cette table, par exemple, je ne l'oublie pas. Qui va s'attacher à ce que peut bien ressentir une table ? Pas la demi-douzaine de journalistes frileux et veules qui sont assis autour d'elle au moment où je *déboule* dans la salle. Mais moi. Moi je la comprends, cette table, je sais qu'elle est en hêtre, moi. Et pas en chêne, en contreplaqué ou je ne sais quoi. Je lui donne un coup de poing, certes. Mais elle connaît également la douceur du plat de ma main. Car je m'y prends avec cette table de hêtre couleur blond pubis comme je m'y prends avec les femmes, monsieur : tendre mais ferme lorsqu'il le faut. »

« Allez, un petit peu d'exotisme, maintenant ! » fulminait John en tournant rageusement les pages. Page 89 :

> **À perte de vue, la brousse s'étendait sous les yeux de Pierre, hostile et mystérieuse.**

« Bien vu, la brousse *hostile* et *mystérieuse* ! ricana-t-il. Et ce *Pierre*, bordel ! Ce putain de *Pierre* omniprésent ! »

Il continua de parcourir le livre en diagonale. « Si le mec est en brousse, il doit y avoir une femme quelque part. Et black, de préférence. » Bingo, page 122 :

> **« Clandestine, câline, mutine, féline, sublime », songea Pierre en regardant s'ébrouer parmi les draps blancs le corps ébène d'Amalia.**

« Oh, l'enfoiré ! » rit franchement John, tout à fait écœuré.

Genre : « Je peux tout aussi bien me montrer léger avec la langue, je peux jouer avec les mots et les sonorités, si je veux. Car, faut pas croire, derrière mon côté gentleman, il y a un mec qui sait aussi se lâcher. Il faut de tout pour faire de la littérature, n'est-ce pas ? Et puis, je marque bien le coup de la femme noire, j'enfonce bien le clou. Elle est forcément féline, forcément d'ébène, forcément un peu sauvage puisqu'elle s'appelle Amalia, encore un nom que je n'ai pas choisi au hasard. Et, forcément, après une nuit d'amour torride où j'ai forcément assuré comme une bête, elle s'éveille dans des draps blancs, couleur pureté, ma couleur à moi, Pierre, journaliste intègre et merveilleux amant. »

« Mais bon, compléta John, qui tentait en vain de se calmer, une femme noire, c'est bien joli au lit. Mais, dans la vie, ce n'est pas très présentable. Il va pas la ramener en France, quand même ! Il doit bien y avoir une gentille Blanche qui l'attend quelque part dans les dix dernières pages du bouquin, non ? » Page 164 :

> **Isabelle patientait dans le petit café de l'avenue Pierre-Ier-de-Serbie. Ses doux yeux noisette étaient noyés dans le vague. Elle attendait, avec ce même battement mélancolique des paupières et cette même façon de rejeter en arrière ses épais cheveux bruns qu'elle avait eue la première fois qu'il l'y avait aperçue.**

Là, John se retint de hurler.

« Oh, l'enculé ! *Le petit café de l'avenue Pierre-Ier-de-Serbie*. Évidemment, on trouve les troquets popus sympas qu'on peut ! Lorsqu'on s'appelle Bruno Belval et qu'on gagne 40 000 euros par mois, c'est sûr qu'on va pas aller les chercher à Barbès ! »

Et il avait encore trouvé le moyen de placer le nom de Pierre sans nommer le narrateur, l'animal !

Au bord de la crise de nerfs, John referma le livre et se retrouva nez à nez avec la quatrième de couverture. Dans un dernier élan masochiste, il lut :

> **Pierre Bonaventure est un journaliste déterminé dans un monde en pleine confusion. À cinquante ans, sur un coup de tête, il quitte sa rédaction parisienne et sa seconde femme pour Madagascar, afin de mener l'enquête sur les dessous de la filière vanille. Mais l'Île rouge se révèle aussi entêtante qu'ensorcelante, et Pierre aura tôt fait de comprendre que, sous les intérêts particuliers des uns et des autres, se cachent des compromissions politiques d'envergure internationale.**

Plus bas, quelques lignes accompagnaient une photo de l'auteur :

> **Bruno Belval, journaliste politique à TVF, se révèle avec ce premier roman un auteur confirmé, à la plume tour à tour tendre et sauvage.**

« *Un auteur confirmé à la plume tour à tour tendre et sauvage* : son propre éditeur l'écrit lui-même, que c'est un livre de merde ! » s'écria intérieurement John, parfaitement déprimé.

Il reposa le livre sur le présentoir.

— Ah, ces petites gens de télé qui ne peuvent s'empêcher de vouloir prouver qu'ils sont aussi des artistes…

John sursauta et se retourna. L'homme qui venait de prononcer ces mots par-dessus son épaule était le mari de cette femme plus si jeune mais toujours largement désirable. Le bobo de l'étable Charvet. Ses journaux à la main, il souriait, dégageant une forme subtile de bonté.

— Regardez-moi cet air de fausse humilité, répondit John, que la remarque du type avait commencé à apaiser.

Il tendait le livre à l'homme en indiquant la photo de Belval en médaillon sur la quatrième de couverture.

— Parfaitement décravaté, parfaitement bronzé, le regard parfaitement concerné, commenta le type. Il y tient, à être pris au sérieux.

— Et encore, se détendit John, vous n'avez pas regardé dedans, vous. Même pris au second degré, c'est intolérable.

— Ah, ça m'intéresse, sourit malicieusement l'homme en attrapant un exemplaire intact sur le haut de la pile.

— Vous allez l'acheter ? s'étonna John en ouvrant de grands yeux.

— Oui. La mauvaise littérature ne me fait pas peur. Au contraire.

John esquissa un sourire ironique :

— Ça va lui faire plaisir, à Belval, que vous contribuiez à augmenter ses droits d'auteur.

Haussant les épaules, l'autre fit passer le livre dans la main qui tenait les journaux.

— Tiens, c'est marrant, ça, fit John en pointant lesdits journaux, puis les siens. Regardez.

Le type regarda : *Le Monde*, *Libération* et *Le Canard enchaîné*. Tous les deux avaient fait exactement le même choix.

— Au moins, sourit ce dernier d'un air complice, la vendeuse n'aura plus trop de doutes sur nos penchants politiques.

Il paya à son tour et emboîta le pas de John. Les deux hommes se retrouvèrent sur le trottoir.

— Vous prenez une bière ? proposa très spontanément le type en indiquant les tables et les parasols en terrasse du tout proche *Bar de l'Angélus*.

Pour une fois que John tombait sur quelqu'un d'indéniablement sympathique et d'un peu marrant, il n'allait pas refuser. C'était juste cette histoire de bière qui venait quelque peu contrarier ses projets d'amaigrissement. Qu'importe, il demanderait un Perrier.

— Bon, d'accord.

Moins de deux minutes plus tard, John ne pouvait résister au plaisir, par une telle chaleur dehors, de commander également une bière, se promettant de ne pas boire le soir en cas de soirée chez le maire, et jugeant que le trajet du retour à pied à Vatenville suffirait à la lui faire éliminer.

Vincent était bien aussi agréable que leur rencontre à la papeterie l'avait laissé supposer. Ce qui, chez John, compensait la jalousie qu'il pouvait lui inspirer, du simple fait d'être marié à une si jolie femme. Et pas si bêtement bobo qu'il l'avait d'abord imaginé. Ils débutèrent leur conversation sur les chapeaux de roues, en se faisant la remarque qu'il ne pouvait y avoir que des Parisiens pour se jeter ainsi sur *Le Monde*, *Libé* et *Le Canard* dans un kiosque de province au moment des vacances. Et qu'il n'y avait qu'avec un autre Parisien qu'un Parisien en vacances en province pouvait vraiment trouver à partager des sujets de conversation dignes d'intérêt. Comme, par exemple, celui des comportements types du Parisien bobo lambda en province au moment des vacances.

Vincent ajouta que, dans le cadre de ses comportements types au moment de ses vacances en province, un vrai Parisien se devait de faire acte de snobisme et de second degré là où le provincial n'y voyait que du feu. Joignant le geste à la parole, il en profita pour s'emparer de son exemplaire tout neuf du *Sanglot madécasse*, au grand bonheur de John. Un index levé au ciel, ils se déclamèrent ensuite l'un l'autre des passages du roman, qu'ils ponctuaient de rires gras, ostentatoires et jouissifs.

C'est donc tout naturellement que, au terme de leur seconde bière, Vincent proposa à John de le ramener à Vatenville en voiture, et de venir dîner à la maison dès la semaine suivante. Pourquoi pas mercredi, le jour de la dédicace de Belval. Une bonne occasion de pousser le snobisme vraiment jusqu'au bout : apéro d'abord, dédicace du livre ensuite. Puis retour à la maison pour le débriefing et le dîner.

— Tu verras, lui dit-il avec son enthousiasme très communicatif, la baraque est assez marrante. Et en plus, Manu est une super cuisinière.

17

— Ce soir ? Je sais pas. Pourquoi pas. Faut que je demande aux autres, répondit Mary qui, en sabots et maillot de bain, revenait de la plage, moins enjouée qu'à son habitude.

— Il y a un truc qui va pas ? demanda son père, jamais très à l'aise avec elle sur le terrain des confidences.

— Non, non, ça va, aucun problème, mentit la jeune femme, sans savoir si, à le tenir ainsi à distance de ses tracas, elle excluait son père ou bien cherchait à le ménager.

— Ah bon, tant mieux, c'est l'impression que j'avais.

Mary savait qu'il n'en croyait pas un mot. Elle savait aussi que, s'il pouvait parfois ressentir avec une certaine tristesse cette réticence à son égard, cela l'arrangeait tout aussi bien de ne pas prendre part à ses difficultés, puisque rien ne semblait davantage le terroriser que d'avoir à donner des conseils à sa fille.

— Non, je t'assure.

Elle étendit en silence sa serviette de bain sur le dos d'un transat. Penchant sa tête sur le côté, elle saisit de ses mains ses cheveux, les torsada fermement sur toute leur longueur pour finir de les essorer, puis entra dans la maison. Le contraste entre la vive luminosité du dehors et la pénombre fraîche du salon l'aveugla, et ce n'est qu'au bout de quelques secondes de réadaptation qu'elle put gagner la cuisine, puis l'étage.

— Merde, Hubert ! Pas dans la chambre !

Son ordinateur portable ouvert devant lui sur le lit, le jeune homme serrait un joint éteint entre ses lèvres, un briquet dans le creux de sa main.

— T'aurais pu ouvrir, au moins ! soupira-t-elle en se dirigeant d'un pas excédé vers l'unique fenêtre de la pièce. Ça pue le glauque, ici !

— Putain ! Elle marche pas, la wi-fi de ton père ! grogna Hubert pour toute réponse.

Sans quitter son écran des yeux, il craqua son briquet et ralluma son mégot.

— T'entends ce que je te dis ? cria Mary, la main posée sur la poignée de la fenêtre. Tu fumes pas à l'intérieur ! !

Hubert sursauta et regarda la jeune femme d'un air hébété. Jamais il ne l'avait vue se mettre dans cet état. Il passa aussitôt son pouce et son index sur sa langue, puis pressa sur la cendre active du mégot.

— C'est bon, c'est bon, se renfrogna-t-il en chassant de sa main libre la fumée en suspens devant lui. Qu'est-ce qui t'arrive ? Qu'est-ce t'as, en ce moment ? T'es super bizarre depuis une semaine.

— Rien, se calma aussi sec Mary en tirant à elle les deux battants de la fenêtre, tout va bien. Il y a le maire qui nous invite chez lui ce soir. Ça te branche ?

— Et puis quoi, encore ? fit Hubert en retournant à son ordinateur. Un bal musette dans la salle des Fêtes avec le sous-préfet ? Vas-y si tu veux. Moi, je reste.

— Y paraît qu'il y aura quelqu'un de connu, ajouta Mary en posant ses mains sur la rambarde.

— Qui ça ? ricana Hubert, qui s'était mis à tapoter sur les touches du clavier. Julien Lepers ? Pierre Palmade ? Sophie Davant ?

— O.K., laisse tomber, se retourna Mary, que son bref bol d'air semblait avoir à nouveau électrisée. Je vais aller demander à Vienna. Elle est dans sa chambre ?

La question avait été posée avec une douceur soudaine, presque inquiète.

— Chais pas. Je crois que oui.

Sans un mot, le visage grave, Mary sortit de la chambre, traversa le couloir, monta le petit escalier qui menait à la chambre de service et s'immobilisa devant la porte de Vienna. Depuis l'épisode de la plage, la veille, les deux filles s'étaient, par gêne, à peine adressé la parole, baissant les yeux au dîner et évitant de se croiser au gré des différentes pièces de la maison. À midi, au moment de passer à table, Vienna avait même annoncé qu'elle n'avait pas faim, et Mary était partie toute seule à la plage.

Le cœur battant, elle colla son oreille à la porte. Ne percevant aucun son particulier à l'intérieur, elle prit une longue inspiration et frappa en sourdine trois coups très délicats.

— *Sì ?* répondit de l'autre côté la voix de Vienna.

Elle entra. L'Italienne était assise par terre, son sac de voyage ouvert devant elle, en train de plier une culotte à insolites motifs de mangas japonais.

— Qu'est-ce que tu fais ? s'inquiéta la jeune femme en refermant la porte derrière elle.

— La valise, répondit Vienna en relevant des yeux qui tentaient de se faire aussi neutres que possible. Je voudrais partir demain. Tu crois que quelqu'un il peut m'accompagner à la gare ?

Il y eut comme un effondrement glacé dans le ventre de Mary. Cela était dû non seulement au choc de la déception, mais aussi au ton brusquement égoïste sur lequel l'Italienne avait demandé à être emmenée à la gare, comme si cela allait de soi.

— Je demanderai à mon père tout à l'heure, si tu veux, répondit Mary sur un ton de provocation qui sonnait faux. Elle peinait à se montrer stoïque.

— O.K., thank you, dit sèchement Vienna.

Un silence pesant s'installa. Cela faisait moins d'une semaine qu'elles avaient véritablement fait connaissance, et déjà il semblait à Mary qu'elles nourrissaient l'une vis-à-vis de l'autre une rancœur de vieux couple, où il est impossible de déceler si c'est à l'autre ou bien à soi-même qu'on en veut le plus. Tout aussi détestable que désirable dans son orgueil buté, Vienna s'était remise à ranger ses affaires.

Pour juguler les larmes de nervosité qu'elle sentait monter, Mary prit une nouvelle inspiration tout en serrant les dents :

— Mais pourquoi tu veux partir ? finit-elle par demander, parfaitement consciente de céder ainsi au petit jeu de l'Italienne.

— La sitouation est trop compliquée, dit Vienna avec un ton exaspéré un peu exagéré. You and Hubert, your dad and so on… Et puis, tu sais, j'ai beaucoup de choses à faire à Turin.

La salope, pensa Mary, à bout de nerfs. Ses bras raidis par la colère, elle s'avança à travers la pièce :

— Mais pourquoi tu ne me l'as pas dit avant de partir, que tu avais des choses à faire ?

— Parce que je n'ai pas suffisamment réfléchi, la fusilla du regard l'Italienne. Tu étais tellement... *excitée*...

À court d'arguments, elle fit une pause au cours de laquelle elle parut se raviser :

— Parce que je voulais être avec toi.

Ce *Avec toi*, pourtant théâtralisé et sonnant comme un caprice ou un reproche, acheva de faire capituler Mary. En s'efforçant de ne plus penser à rien, le cœur anesthésié par le trac et la tension nerveuse, elle s'approcha de quelques centimètres supplémentaires jusqu'à la jeune femme, s'agenouilla face à son visage, ouvrit les lèvres et les écrasa gauchement contre les siennes. Confusion toujours égarante de l'intimité soudaine d'un autre corps. Sensation incomparable d'une peau naturellement glabre, conjuguée à son propre goût de sel de baignade.

C'est Vienna qui retira ses lèvres la première. *Piano piano*, fit-elle d'une voix parfaitement sous contrôle pour calmer l'avidité croissante de Mary. Tremblotante, celle-ci ouvrit les yeux à son tour :

— C'est la première fois que tu embrasses une fille ?

— Non.

— Je ne suis pas homosexuelle, tu sais.
— Moi non plus.

Au deuxième baiser, Mary risqua une main timide sur la poitrine de Vienna. Fermant les yeux tout en poussant un léger gémissement, celle-ci prit la main dans la sienne et la promena d'un sein à l'autre, l'encourageant ainsi à poursuivre. Mary était aimantée par la détermination tout en douceur de l'Italienne. Parmi la bonne douzaine de garçons qu'elle avait connus depuis son premier rapport sexuel, il y en avait eu des plus grands que d'autres, des plus costauds que d'autres, des plus poilus que d'autres. Mais pas un seul jusque-là n'avait dégagé une sensualité aussi puissante que celle de cette jeune femme. Elle sentait la chaleur monter dans son corps, son ample silhouette se dilatait sous ses gestes pour se transformer en cabrements qui semblaient commandés par la terre.

« De la chair bouillante », pensa aussitôt Mary. De la chair de femelle à calmer à tout prix, à maîtriser, à dominer. Les clichés les plus éculés se succédaient à une vitesse fulgurante dans son esprit : le compte à rebours d'une bombe à retardement, une lionne rugissante, le four d'une machine à vapeur alimenté de bûches, le mercure affolé d'un thermomètre, le sifflement d'une cocotte-minute sur la gazinière, un fer rouge battu sur une enclume. Elle comprenait soudain pourquoi les garçons, si peu sensuels et si peu érotiques au fond, elle comprenait pourquoi les garçons, lorsque le sexe ne les indifférait pas carrément, elle comprenait pourquoi ils avaient peur des filles, pourquoi si peu parmi eux possédaient l'assurance et l'énergie nécessaires pour satisfaire un tel désir, et pourquoi surtout il était contre nature qu'un tel désir restât inassouvi.

N'ayant pas, cette fois, à laisser l'initiative des caresses à un homme, ou bien à simuler des effronteries en tout genre pour plaire à un homme, Mary se découvrait de surprenantes audaces. Le pourtour de ses lèvres échauffé par les frottements, l'odeur de sa propre langue mêlée à la salive de Vienna étalée sur ses joues, elle retira sa bouche et prit le visage de la jeune femme entre ses mains :

— Tu m'aimes ?

— Il ne faut pas demander ça.

Ignorant cette réponse, Mary se pencha à nouveau et serra passionnément Vienna dans ses bras :

— Mon Dieu comme tu es belle ! lui souffla-t-elle d'un ton douloureux dans l'oreille. Comme tu es belle...

— Toi aussi, tu es belle.

— Aussi belle que les amantes que tu as eues ?

— Mmm..., presque. Parce qu'il y en a une qui était très, très belle.

Mary desserra son étreinte.

— Ah bon ? fit-elle d'un air blessé qui ne plaisantait plus. C'était qui ?

— Tou es jalouse ? s'amusait l'Italienne, qui ne cachait plus le parti qu'elle tirait du rapport de force qui s'était installé entre elles.

— You such a bitch, murmura Mary en avançant des lèvres aveugles pour l'embrasser à nouveau.

18

Lorsqu'il descendit de sa voiture, téléphone portable à la main, Renouf prit un air inflexible qu'on sentait fabriqué exprès pour compenser le côté résolument « week-end de détente » de sa mise. Cheveux encore humides de transpiration, polo blanc et bracelets-éponges aux poignets, tout indiquait qu'il sortait d'un court de tennis. Ignorant trop ostensiblement les jeunes, dont certains avaient pourtant abandonné pelles et bêches afin de le contempler à loisir, il longea la clôture au pas de charge pour se diriger droit vers Frédéric, qui, les mains pleines de terre, était un peu à l'écart, en train de fendre au cutter un sac volumineux d'engrais bio.

— Il est pas encore arrivé, Rostre ? demanda Renouf tout en le saluant brièvement de la tête.

Le sac éventré, Frédéric leva à peine les yeux et posa le cutter par terre pour achever de déchirer à la main le plastique.

— Non, pas encore.

— Et le journaliste ? fit Renouf en jetant par-dessus son épaule un regard sévère qui faisait semblant de chercher. Il est pas là non plus, le journaliste ?

— Non. Non plus.

Renouf vérifia d'un coup d'œil qu'il n'avait pas reçu de message ou d'appel sur son portable et poussa un soupir :

— Il y a Rostre qui me laisse un message pour me dire d'accueillir le journaliste parce qu'il y a des bouchons sur la route alors que c'est pas ma responsabilité, ce truc, et qu'en plus, aujourd'hui, je suis en congé. Je me déplace, j'interromps mon week-end, je fais un détour, et il est même pas fichu d'être là, le journaliste ! Non mais je rêve...

Ne sachant que répondre, Frédéric saisit le sac à bras-le-corps et commença à en verser le contenu dans une brouette placée devant lui. Renouf suivait machinalement des yeux chacun de ses mouvements.

— Tu t'y connais, toi, en ça ? demanda-t-il sur un ton plus calme tout en désignant d'un mouvement vague de la main la brouette, ainsi que des dizaines d'arbustes en pot regroupés le long de la clôture.

— Non, pas spécialement.

Cet inexplicable retour au tutoiement chez Renouf ne semblait pas émouvoir Frédéric, qui posa le sac et s'essuya le front d'un revers de la main. L'administratif fronça les sourcils, toussota :

— Euh, juste pour information, je préfère te prévenir. C'est super que tu sois là, que tu aides, c'est vachement bien, hein. Mais nous, sur un plan comptable, je préfère te prévenir, eh ben, euh, on peut pas te décompter ça en heures sup, tu vois ce que je veux dire ?

— Il y a pas de problème, dit Frédéric, qui, s'étant saisi entre-temps d'une pelle plate, répartissait à présent la terre dans la brouette.

Renouf leva la tête. Assis sur un talus, à quelque vingt mètres de là, Magid fumait une cigarette en l'observant. Intimidé sans doute par ce regard qui ne cillait pas, il détourna le sien et revint à voix plus basse vers Frédéric :

— Lui, c'est un des éducateurs, c'est ça ?

Frédéric vérifia d'un regard rapide et approuva.

— C'est pas le travail qui lui filerait une hernie, à çui-là. Et l'autre, c'est lui, là-bas ?

Il indiquait d'un mouvement de tête Laurent, qui, entouré des jeunes, paraissait en grande conversation. En appui sur le manche de sa pelle plantée dans la terre, un pied posé sur l'arête inférieure de la partie métallique, il pouvait évoquer, selon, un chef de chantier, ou un berger.

— Oui, c'est lui, confirma Frédéric en versant à nouveau de l'engrais dans la brouette.

— Comme par hasard, lâcha Renouf entre ses dents.

— Pardon ? s'interrompit Frédéric, qui n'avait pas saisi le sens de la remarque.

Renouf hésita légèrement tout en regardant Frédéric dans un demi-sourire, un peu comme s'il escomptait quelque complicité tacite de la part du jeune homme.

— Non, rien.

Il baissa les yeux sur son téléphone, pressa dessus à deux reprises, porta l'objet à son oreille et attendit d'un air préoccupé :

— Fais chier, Rostre… fit-il au bout de longues secondes tout en désactivant l'appareil d'un pouce agacé.

De son côté, Frédéric venait de terminer de transvaser son sac d'engrais dans la brouette. Saisissant les poignées de l'engin, il le souleva et commença à se diriger à petits pas vers la clôture. Désarçonné par ce déplacement, Renouf lui emboîta le pas avec une docilité qui contredisait son autorité apparente.

Lorsqu'ils passèrent devant les ados, Renouf tendit une main distraite à Laurent tout en s'essayant à un sourire aussi détendu que possible :

— Alors, les jeunes, ça roule ? Padsouci ?

Doutant d'avoir employé le ton et le vocabulaire adéquats, il précisa :

— Ça vous plaît, de planter des arbres ? C'est cool, non ?

Ce n'est pas tant l'absence absolue de réponse qui déstabilisait Renouf que cette sensation aiguë d'être jugé par des regards sur lesquels il n'avait aucune emprise.

— Quelqu'un pourrait quand même répondre à monsieur, fit Laurent en se redressant sur sa pelle. Ce serait la moindre des corrections.

— C'est un truc de tafiole, dit quelqu'un dans sa barbe.

— Ouais. Comme le tennis, enchaîna plus clairement une autre voix.

Les six garçons s'esclaffèrent. Devenu blême, Renouf tenta instinctivement de couvrir de sa main le bracelet-éponge qu'il avait enfilé sur le poignet opposé.

— Kader ! gronda Laurent, tu t'excuses immédiatement auprès de monsieur.

— Hé kèjéfé ? cria Kader, kèjédi encore ?

— Tu vois très bien ce à quoi je fais allusion, dit Laurent. Allez, tu t'excuses.

— Hé pourquoi j'm'escuzrais ? Y'a pas ! J'ai rien fait ! C'toujours sur moi qu'ça tombe ! Va passer ta rage sur quelqu'un d'autre !

Avec ses vingt bons centimètres de moins que Laurent, Kader le fixait à hauteur de ses pectoraux. Laurent lâcha la pelle, s'avança et l'attrapa fermement par le bras :

— Tu mesures ton langage quand tu me parles !

— Hé d'où tu m'touches ? hurla Kader en tentant de se dégager.

Laurent saisissait le second bras du garçon afin de le neutraliser lorsque, alerté depuis le talus où il terminait sa cigarette, Magid pénétra au sein du petit cercle qui s'était spontanément formé autour des deux protagonistes.

— Qu'est-ce qui se passe, encore ?

— Faut vraiment qu'il se calme, ce gosse ! s'émut Laurent, qui commençait à perdre son sang-froid.

Pour l'enjoindre de lâcher le garçon, Magid posa une main ferme sur le bras de Laurent :

— Qu'est-ce qui s'est passé ?

— Il se passe que Kader vient de manquer de respect à monsieur, dit Laurent, qui, ayant fini par ôter ses mains des épaules du jeune homme, pouvait désormais librement désigner Renouf.

— Hé il a rien dit, Kader ! sautilla l'un des jeunes en jouant des doigts comme un chanteur de hip-hop face à la caméra. Il a juss' dit : « Comme le tennis. » Rien d'plus. Parole.

— Me prends pas pour un imbécile, Idriss, s'énerva Laurent. Tu sais très bien qu'avant ça, Mourad avait dit que, planter des arbres, c'était pour les tafioles. Et que, parmi nous, là, s'il y en a qu'un seul dont on puisse dire qu'il fait du tennis, c'est monsieur. Ce qui revient, pour moi, exactement au même que traiter monsieur de tafiole.

— C'est vous qui l'dites, sourit Idriss.

— Non, il y a pas que moi qui le dis, dit Laurent en faisant un *non* appuyé de la tête.

Il se tourna vers Renouf :

— Vous allez pas me dire, monsieur, que

vous vous êtes pas senti traité de tafiole quand Kader a dit ça ?

— Ben, euh, je, non, euh, pas forcément, balbutia Renouf, qui saisissait là une opportunité idéale de se faire oublier.

— Ah, tu vois ? fit Kader, dont l'air scandalisé tenait bon, qu'est-ce ch'te disais ?

— Bon, ça va, ça va, finit par s'interposer Magid en faisant mine d'emmener Laurent par l'épaule. On réglera ça plus tard entre nous. Là, il faut qu'on y aille parce qu'il y a M. Rostre et le journaliste qui viennent d'arriver.

Devant les grilles d'accès du centre, en effet, Frédéric identifia rapidement la courte silhouette de Rostre, ainsi qu'un véhicule frappé de l'enseigne *Le Progrès de la Manche*, duquel un type était en train de sortir du matériel de photo. Quelques minutes plus tard, Rostre, Frédéric, Renouf, les six jeunes et les deux éducateurs, qui avaient tous enfilé pour l'occasion un t-shirt *NuéClair*, prenaient la pose parmi nombre de bêches, pelles, sacs de compost et autres bidons de purin d'orties, devant la section de clôture de la SOREDA qui longeait la nationale, juste à côté de l'entrée principale. D'ici quarante-huit heures, ils auraient planté au pied des barbelés une centaine d'arbres biofruitiers qui, en grandissant, parviendraient un jour à faire écran entre la route et l'usine.

— Et j'insiste sur le fait que NuéClair s'engage, déclamait Rostre à l'attention du journaliste reporter également présent, à prouver à chaque nouvelle récolte que pas un seul d'entre ces fruits n'aura subi la moindre contamination. Prélèvements et tests à l'appui.

Outre le photographe qui rencontra quelques difficultés avec son reflex numérique, lequel floutait incompréhensiblement deux clichés sur trois, il fallut faire éteindre téléphones et cigarettes aux jeunes, faire remettre leur t-shirt *NuéClair* à deux d'entre eux et leur demander à tous de ne pas poser face à l'objectif comme les membres d'un groupe de rap sur la pochette d'un CD, mais d'adopter de préférence quelque chose de plus naturel, de plus « écologiquement concerné ». Après quoi, le journaliste ouvrit son calepin sur une page vierge et s'avança vers eux en faisant signe à Magid et Laurent qu'il n'en aurait pas pour longtemps :

— Bon. Pour accompagner l'article et l'interview que je viens de faire avec M. Rostre, j'aimerais faire un petit encadré avec la photo que Jacques a faite de vous, et y ajouter vos réponses à quelques petites questions que j'ai préparées. Petit un : L'écologie, pour vous, ça sert à quoi ? Petit deux : Vos gestes écologiques quotidiens à vous, quels sont-ils ? Et enfin, petit trois : Qu'attendez-vous personnellement de l'expérience NuéClair ?

L'esprit inattendu de coopération dont les jeunes firent preuve au moment de répondre aux questions du journaliste, fallait-il le mettre sur le compte de l'irrésistible effet « média » auquel se soumettait toute personne dont on sollicitait publiquement l'avis ? Ou, tout simplement, s'expliquait-il du seul fait de l'attitude du journaliste lui-même, qui, en bon professionnel, s'était adressé aux garçons sans précaution ni préjugé particulier, en leur donnant l'impression que leur avis comptait tout autant que celui de n'importe quel citoyen de ce pays ?

Reste que, peu de temps après, tandis que l'entretien allait bon train et que quelqu'un venait très sérieusement de répondre à la deuxième question du journaliste par « Faire mes ablutions cinq fois par jour et ne pas manger de porc », des cris provenant des grilles d'accès à la SOREDA, immédiatement suivis d'un fracas métallique et du déclenchement d'une alarme assourdissante, obligèrent tout le monde à s'interrompre pour regarder ce qui se passait.

À une vingtaine de mètres de là, retenu au sommet de l'un des nombreux remparts grillagés qui composaient la clôture de l'usine nucléaire, un homme casqué s'égosillait au milieu d'un insolite enchevêtrement de toile, de barbelés, de sangles et de lambeaux de drap. De toute évidence, il avait tenté de pénétrer avec un engin à voile sur le site, mais avait mal évalué sa trajectoire. Au sol, trois mètres plus bas, une demi-douzaine d'agents de sécurité en uniforme convergeaient déjà vers le point d'impact au pas de course.

— C'est pas un deltaplane, ça ? demanda Laurent avec inquiétude.

— Si, confirma Frédéric.

D'un même élan, les deux hommes se précipitèrent à leur tour, aussitôt suivis par les six garçons, que l'épisode enchantait littéralement.

Vu de plus près, mis à part l'aile de l'engin déchirée et quelques tubes d'aluminium tordus, l'accident paraissait sans gravité.

— SO-RE-DA, JU-DAS ! ! persistait l'encastré malgré l'extrême inconfort de sa posture et le hurlement continu des sirènes. NU-CLÉ-AIRE, MOR-TI-FÈRE ! !

À en juger par la petite caméra qu'il avait fixée à son casque et le long drap bombé de slogans qui pendait piteusement jusqu'au sol, l'opération avait tout l'aspect d'un acte isolé.

— C'est quoi c'bouffon ? sourit Kader en plissant yeux et front sous l'effet du vacarme de l'alarme.

— A-TOMES, FI-BROMES !!

De l'autre côté, les agents de sécurité tentaient de se frayer à la cisaille un passage à travers la clôture.

— RÉ-AC-TEUR, KI-LLER ! ! COM-BUSTION, TRA-HI-SON !!

— Hé les matons ! Ramenez-le ! Y'en a un qui s'échappe ! parodia en riant un jeune aux vigiles qui, parvenus au pied du grillage, tiraient à eux la totalité du drap tout en attrapant un bout de l'aile du deltaplane afin de le désincarcérer.

— À bas la SOREDA ! À bas NuéClair ! lança le type dans un cri de désespoir.

Kader désigna son t-shirt floqué du logo de l'entreprise avec un air blessé qui disait : « C'est bien à nous qu'y parle, là ? » :

— Hé d'où tu nous traites comme ça ? À bas toi-même, charclo !

Rostre et le journaliste avaient entre-temps rejoint la scène. Kader leur adressa un clin d'œil complice et, autant pour manifester sa bonne humeur que, sans doute, pour leur faire plaisir, il se composa un ultime regard haineux à l'intention du militant empêtré dans ses barbelés :

— Kestu voulais lui faire à la SOREDA ? Anti-écolo, va !

19

Cela faisait longtemps que Mary n'avait pas ressenti un tel bonheur à se préparer pour se rendre à une réception de gens sérieux. Il faisait dehors une fin de chaleur idéale. Toutes les pièces de la maison baignaient dans un orange liquide de soleil couchant. Les portes et les fenêtres du rez-de-chaussée étaient grandes ouvertes. Des serviettes et des maillots de bain séchaient au fil sur la terrasse. Son père avait mis sur la vieille platine un 33 tours de Jethro Tull, on se parlait d'un étage à l'autre, on traînait en se demandant quels vêtements mettre, à une demi-heure à peine du début de la soirée. On s'agitait et on plaisantait, toute cette belle légèreté étant décuplée par ce secret que Mary partageait avec Vienna, leurs petits jeux complices de cache-cache et leurs baisers volés dans le dos d'Hubert et de son père, ce désir inédit qui enflait dans le ventre de la jeune femme et la perspective de retrouvailles clandestines. Bref, ça y est, c'était les vacances, c'était l'été.

À vingt heures quinze, tout le monde était enfin passé par la salle de bains. Mary s'était fait une raie au milieu des cheveux et avait enfilé une simple gandoura blanche, suffisamment étroite pour bien lui marquer la taille. Elle avait prêté à Vienna des sandales à talons qui, bien qu'un peu courtes, la cambraient à l'extrême et la hissaient presque à la même hauteur que son père. Hubert, lui, après avoir longtemps laissé penser qu'il resterait seul dans la maison, avait sans grande surprise sorti sa fine cravate noire de rock britannique des sixties et chaussé ses Spring Court, signe chez lui d'un enthousiasme non négligeable. Seul le père de Mary, encore en caleçon et chemise repassée à vingt heures quarante, hésitait encore entre un jean et un pantalon à pinces, souriant finaudement à ses propres contrepèteries (« Les coinces, ça fait un peu pincé, non ? »).

Dans la voiture, Hubert monta devant (« Avec tes grandes jambes, tu seras plus à l'aise », lui avait dit Mary), donnant ainsi à son beau-père l'occasion de lui demander avec un sourire hypocrite quand il se déciderait à passer enfin son permis, et de se lancer dans des généralités défendables sur les Parisiens qui n'avaient pas un sens pratique aussi développé que les gens de la province. Ce qui, à l'arrière, laissa à Mary et Vienna tout le loisir de se caresser d'un doigt discret les cuisses et les hanches tandis que la Mazda peinait dans les lacets qui menaient sur le plateau.

En prenant place aux côtés d'intimidantes Peugeot 807, Renault Espace, Mégane, 4X4 Range Rover, Audi et même Porsche qui étaient déjà garées, la Mazda jetait un froid dans la cour du Prieuré. Le contraste n'échappa à personne. Et, hormis peut-être le père de Mary, qui émit un rire pas si détaché qu'il voulait s'en donner l'air en allant chercher le cadeau dans le coffre, les trois jeunes gens sortirent ravis du véhicule, conquérants, convaincus que leur jeunesse, leur beauté et leur intelligence supplantaient tout l'argent et toutes les conventions sociales du monde.

Et, de fait, toutes les têtes se tournèrent à leur arrivée dans le jardin. Les regards se faisaient insistants, on se penchait pour chuchoter quelque chose à son conjoint. On pouvait ainsi vérifier combien est insurpassable le pouvoir de deux belles jeunes femmes aux rires disant toute leur liberté de se prêter, sans être dupes, aux jeux des mondanités. Et combien, par conséquent, sont enviés les hommes qui les accompagnent.

Tandis qu'ils rejoignaient le gros des invités massés du côté de la piscine, Hubert pressa l'avant-bras de Mary :

— Regardez ! s'anima le garçon, révélant une disposition au fanatisme télévisuel que Mary n'aurait jamais soupçonnée, regardez, c'est pas Bruno Belval, le mec, là-bas ?

— Oh, putain, fit le père de Mary en se mordant la lèvre.

— Qu'est-ce qu'il y a, papa ? demanda Mary.

— Rien, rien.

Le luxe tape-à-l'œil des lieux, qui d'ordinaire aurait laissé Mary de marbre, prenait cette fois-ci une saveur particulière du seul fait qu'elle partageait tout cela avec son amante. C'est la première fois en effet qu'elle se rendait au Prieuré, ancien couvent longtemps laissé à l'abandon, puis racheté et restauré par Agostini quelques années auparavant. Pierre de taille, ardoise, épais mur d'enceinte, dépendances, massifs profus et odorants : de ce nid d'aigle juché sur le point culminant du plateau, la vue sur l'océan et sur toute la campagne environnante était saisissante.

Tables nappées de blanc remplies d'apéritifs divers, traiteur, personnel en veste blanche, braseros. Une quarantaine de personnes, femmes en robes et bijoux, hommes en mocassins et polos, s'étaient répartis autour de la piscine éclairée, un verre à la main, l'air d'attendre sur fond musical de Kenny G. que quelque chose leur donnât matière à justifier de s'être ainsi apprêtés.

Mary, qui venait de repérer parmi les convives environnants une poitrine particulièrement ostentatoire, sortit son téléphone portable de la poche de sa gandoura et, avec discrétion et doigté, parvint à zoomer et prendre un gros plan assez convaincant des deux seins débordant du décolleté. Elle accompagna la photo d'une petite légende : *Amuse-bouche (Finger food)*, et envoya en silence. Moins de trente secondes plus tard, à moins d'un mètre de là, Vienna prenait connaissance du message sur son propre téléphone et renvoyait à Mary la photo d'une bouteille de jus de tomate posée sur une table à proximité, cliché qu'elle avait pour sa part intitulé : *Bloody You*.

Tout le monde regardait en coin Bruno Belval, mais sans oser s'approcher. L'homme de télévision était entouré de sa jeune compagne, du maire, de l'épouse de celui-ci, ainsi que de deux ou trois autres figurants qu'on ne présenta pas. Tous ces gens ponctuaient de rires serviles chacune des phrases de Belval. Et, comme toutes les célébrités, celui-ci monopolisait la parole et regardait ailleurs lorsque quelqu'un d'autre que lui parlait. Comme toutes les célébrités, il s'adressait aux gens mais sans les regarder dans les yeux, cherchant sans cesse alentour les regards anonymes braqués sur lui, mais pour s'en détourner aussitôt.

Lorsqu'il croisa celui de Mary, cependant, il garda le cap et se pencha à l'oreille du maire. Lequel leva la tête à son tour et, reconnaissant le père de Mary, lui fit signe de s'approcher d'un ample geste de la main.

— Ah ben, la voilà enfin, ta fille !

Il posa une main amicale sur l'épaule de Belval :

— Bruno, je te présente Mary, la fille de monsieur, qui est un ami d'enfance.

Faisant fi autant de la présence d'Hubert aux côtés de Mary que de sa propre compagne aux siens, Belval offrit à la jeune femme un sourire sur mesure de séducteur.

— Vous ressemblez à un personnage de mon roman, dit-il d'entrée de jeu, escomptant sans doute une pâmoison.

Mary, fière de prouver à Vienna qu'elle suscitait des convoitises, observa le visage artificiellement bronzé de cet homme connu de la France entière, ses implants capillaires coûteux, ses ongles soignés, la veste de marque probablement livrée par séries par un sponsor d'émission. Même les rides de ses joues semblaient usurpées. Elle essaya de l'imaginer anonyme, dans le métro, ou bien faisant la queue au supermarché. Nu, il devait à coup sûr avoir le torse blanc, des jambes maigres et des muscles mous.

— C'est pas tant pour la beauté plastique de ce personnage que je vous dis ça que pour son côté, comment dirais-je, *romantique*. Ce qui ne signifie pas que vous n'êtes pas également très belle.

Alors que Mary ne trouvait rien à répondre à une déclaration aussi insipide, deux serveurs munis de larges plateaux couverts de coupes de champagne et de petits-fours s'immobilisèrent au milieu de la petite assemblée, désormais augmentée de la présence de l'éducateur arabe et d'un autre petit type plus âgé aperçus à la gare le mercredi précédent. L'opération ayant entraîné un certain désordre dans la répartition des groupes, une fois les coupes distribuées, chacun ou presque se retrouva affublé d'un nouveau partenaire de conversation.

Ainsi, Mary constata non sans inquiétude que Vienna échangeait avec la jolie compagne de Belval. Elle était sur le point d'aller s'interposer en douceur lorsque l'épouse du maire, qui s'était entre-temps éclipsée du côté de la maison, revint vers elle avec un magazine ouvert entre les mains :

— Je savais pas que c'était vous ! sourit-elle large en pointant l'article de *Elle*. Félicitations !

— Bon, je te laisse, éclate-toi bien. Moi, je vais faire un tour, lâcha sèchement Hubert, toujours un peu vulnérable lorsque était évoqué le fameux numéro du magazine féminin.

Désormais, les bouderies d'Hubert ne faisaient ni chaud ni froid à Mary. Heureuse d'évoquer son article avec cette femme qui, en y regardant de plus près, paraissait elle aussi plus envieuse de sa notoriété frémissante que réellement enthousiaste, Mary ne perdait cependant pas de vue Vienna et la jeune compagne de Belval. « Elle te plaît ? » composa-t-elle à l'aveugle sur son portable depuis le fond de sa poche, tandis que l'épouse du maire évoquait déjà ses propres travaux de couture et de stylisme auxquels elle rêvait de se consacrer entièrement, sa carrière de pharmacienne ne lui réservant plus aucune satisfaction depuis longtemps.

Vienna, tout employée à sa conversation, n'avait toujours pas pris la peine de consulter le message, ni de seulement tourner son visage dans la direction de Mary, malgré les regards d'appel répétés de celle-ci. C'est donc le cœur brouillé que Mary accepta de suivre l'épouse Agostini dans la maison, où celle-ci se proposait de lui montrer rapidement ses meilleures réalisations. Sur le canapé du salon, Hubert était absorbé par une console de jeu à laquelle étaient également arrimés les jeunes fils du maire et de Belval. Le temps de constater avec dépit sur son téléphone que Vienna avait répondu « ? » à sa question, devenue à même la poche : « Evo td pla4t' », Mary se retrouva quelque part à l'étage de la maison avec la femme du maire, face à un gros coffre à linge rempli d'étoffes en tous genres. Rien ne lui fut épargné des talents cachés de la pharmacienne, qui, frappée d'une frénésie que rien ne pouvait interrompre, sortait à tour de bras du coffre patchworks et appliqués, descentes de bain brodées, couvre-lits ajourés et autres sacs à pain pailletés.

Une demi-heure plus tard, sa patience mise à rude épreuve mais enfin libre, Mary retrouvait Hubert affalé dans le canapé au milieu des deux enfants. Il avait cessé de jouer, mais son visage affichait cette euphorie molle et figée, caractéristique des effets immédiats du cannabis sur le jeune homme :

— 'Tain, les Rebeus, ya pas à dire, quand c'est pour leur conso perso, elle dépote, leur beu…

Sans prêter attention aux babillements post-pubères du garçon, Mary vérifia à nouveau son téléphone, lequel restait désespérément vide de toute trace d'appel ou d'envoi de SMS :

— Elle est où, Vienna ?

— Dehors, là, à côté du garage, avec Magid.

— C'est qui, Magid ?

— Ben, le Rebeu à beu, justement. Le mec qu'était à la gare avec les cailleras, l'autre jour. Il a dit qu'il pouvait pas rester parce qu'il pouvait soi-disant pas laisser trop longtemps l'autre éducateur seul avec les mômes au camping. Mais j'ai l'impression qu'avec Vienna, il y a du hardcore dans l'air.

Abandonnant Hubert à ses divagations, Mary se précipita aussitôt dans la direction qu'il venait de lui indiquer, guidée par un très désagréable pressentiment. Elle déboucha côté cour de la maison où, un peu plus loin, dans la semi-pénombre de la nuit tombante et des lampes d'extérieur que l'on venait d'allumer, Vienna et Magid étaient seuls, en train de partager un joint. L'Italienne était adossée au mur du garage tandis que l'homme, une main posée à plat sur ledit mur, à quelques centimètres seulement de l'oreille de la jeune femme, lui faisait la conversation à voix basse, illustrant à merveille cette immémoriale allégorie de l'homme comptant fleurette à sa belle. Mais ce sont surtout les petits rires de Vienna, incontrôlés et lubriques, qui achevèrent de convaincre Mary que la scène était sans équivoque.

Soulagée presque de se voir confirmer l'objet de son appréhension, Mary sentit de nouveau quelque chose lâcher prise en elle, qui laissait un vide dans son estomac. Les jambes tremblantes, elle sortit sans bruit son téléphone portable, ajusta le mur du garage et les deux silhouettes dans le viseur, puis pressa sur son clavier. Enfin, après avoir complété le cliché par la légende *Les garçons ne savent pas aimer*, elle envoya le message et tourna les talons.

Cinq minutes plus tard, alors qu'elle éclusait cul sec une troisième coupe de champagne, elle fut rejointe à la piscine par une Vienna furieuse aux yeux rougis par le cannabis, qui tenait son téléphone portable à la main :

— *Ma cosa cazzo fai ?* se crispa-t-elle sans réaliser sans doute que Mary ne comprenait goutte à son sabir, ça siguenifie quoi, ça ?

Elle montrait le téléphone comme si elle voulait le lui jeter à la figure.

— Tu te rappelles, les deux enfants au bord de la piscine, hein ? dit Mary qu'on sentait réprimer des larmes de rage. Eh ben ça y est. On y est.

Elle s'avança de quelques pas jusqu'à la margelle du bassin. Puis, sans se retourner, elle compta jusqu'à trois et sauta dans l'eau tout habillée, son verre de champagne à la main, comme un vrai soir de fête.

20

— C'est pour moi, ça ? demanda le maire à John en désignant le paquet rectangulaire recouvert de papier kraft qu'il portait sous le bras. Il est pas très grand, dis donc. Fais voir.

Partagé entre l'envie de retirer sur-le-champ le dessin de son père des mains d'Agostini et celle de remettre à sa place Bruno Belval qui, juste à côté, confiait avec fatuité à sa fille qu'elle lui rappelait un personnage du *Sanglot madécasse*, John préféra se rabattre sur un canapé au saumon et un salé de quenelle que lui proposait un serveur ambulant.

— Il est coté ? fit le maire dans un sourire tout en déchirant le kraft.

— Non, se renfrogna John.

Agostini ne cacha pas sa déception en découvrant une série de croquis d'étude très sommairement exécutés à la mine de plomb sur un bout de nappe de restaurant en papier.

— Mais il est signé, compléta John, qui paraissait avoir prévu le coup.

— Ah. Quand même.

D'un œil chargé de reproche, il tendit sèchement le cadre à John :

— Bon. Tu nous enverras la facture. Mais avant, je vais juste te demander de rajouter une petite dédicace au dos, si tu veux bien. Mais c'est moi qui te la dicte.

Il sortit un stylo de la poche de sa veste et le tendit à John :

— Voilà. Tu notes ? *De la part d'un fils de peintre prestigieux à un prestigieux fils de peintre*. Et puis tu signes. Et, le nom, écris-le bien lisiblement, s'il te plaît. Faut bien qu'on voie que c'est le même nom, surtout.

— C'est pour qui ? s'interrompit John, méfiant.

— T'occupe, le coupa Agostini avec autorité. C'est une surprise.

Tout en maudissant à nouveau sa propre lâcheté devant ce ton sans réplique, John s'exécuta, puis rendit le cadre au maire, lequel se détourna aussitôt pour reprendre en marche le train de la conversation du côté de Belval.

Deux serveurs proposaient du champagne, ainsi qu'une nouvelle fournée d'amuse-gueules.

Après avoir vidé d'un trait une première coupe et avalé dans la foulée un feuilleté au jambon ainsi qu'une micro-tarte de fromage frais aux fines herbes, John fit provision d'une bonne demi-douzaine de pièces sur une assiette en carton, rassembla tout son courage et fonça droit vers le groupe :

— Vous trouvez qu'elle ressemble à qui, dans votre livre, ma fille ? s'adressa-t-il sans ambages à Belval. À Isabelle, celle qui attend Pierre dans le petit troquet de la rue Pierre-Ier-de-Serbie ?

— Ah, vous l'avez lu ? s'interrompit Belval en posant sur lui un regard sans chaleur.

— Euh, oui, mentit ce dernier. Parce que, si c'est d'Isabelle qu'il s'agit, elle, elle est brune avec des yeux noisette. Pas blonde avec des yeux bleus.

— Elle a les yeux noisette, Isabelle ? demanda Belval à son voisin, un type dont le calme et l'indifférence tranchaient sur l'agitation des autres convives.

— Oui, répondit l'homme avec une assurance lasse.

— Et vous en avez pensé quoi, alors, de ce livre ? demanda Belval en intimant d'un geste le silence à ses voisins.

— Ben, euh, c'est pas mal, se dégonfla John, soudain paralysé par tous ces visages braqués sur le sien. J'ai bien aimé le côté parodie cachée du roman d'aventures, en fait. Le départ à Madagascar, la brousse, Amalia, tout ça. C'est un vrai cas d'école, ce livre. Vous prenez tous les clichés du genre, et vous les resservez à votre sauce à vous, à la fois complètement critique et complètement assumée, complètement concernée, complètement *participative.* Ce qui rend le livre absolument non catégorisable, en fait.

— Oooh, admira Belval, qui semblait tout aussi flatté que dépassé par le jargon de John, vous allez me faire rougir.

Satisfait par cette caution intellectuelle inespérée, Belval détourna aussitôt son attention pour reprendre le cours de ses mondanités, entraînant avec lui l'ensemble de ces rires et de ces regards que, pour son propre compte, il avait bien voulu partager avec John, l'espace de quelques phrases.

Parfaitement conscient d'avoir ciré les pompes du bonhomme à travers ses pseudo-sarcasmes, John alla au bar se servir une autre coupe de champagne et se ravitailler en petits-fours. Au bout de quelques secondes, il vit s'avancer vers lui le type qui, parmi l'auditoire de Belval, lui avait paru moins courtisan que les autres.

— C'est vrai ? Ça vous a vraiment plu, le bouquin ? demanda-t-il à voix basse, d'un ton qui laissait entendre qu'il n'était pas convaincu.

L'air sagace de l'homme poussait à la franchise.

— Pour être tout à fait franc avec vous, dit John, qui voyait là une occasion de se racheter à ses propres yeux, pour être franc, pas du tout.

Si je lui ai pas dit, c'est parce que, parfois, toutes les vérités ne sont pas bonnes à dire. J'allais quand même pas le descendre, Belval, à quoi ça aurait servi ? Je lui aurais fait de la peine pour rien.

Approuvant par de grands signes de tête, le type l'incitait à poursuivre.

— Et puis, entre nous, je suis pas sûr qu'il ait tout compris à ce que je lui ai dit. Parce que, je sais pas si vous êtes d'accord avec moi, mais je lui ai balancé pas mal de vacheries, en fait.

— Oui, c'est ce que j'ai cru comprendre, sourit douloureusement le type.

— Parce que, au fond, si on traduit bien, ce que je lui ai dit, c'est rien d'autre que : Votre livre, monsieur Belval, c'est une caricature, un amas de banalités prétentieuses, du Harlequin qui se la joue…

Le type avait cessé de sourire. Il hochait la tête d'un air plus pensif que réellement conciliant.

— En deux mots : de la merde, quoi.

John se tut, attendant en vain un commentaire.

— Vous l'avez lu, vous ? demanda-t-il, histoire d'obliger l'autre à donner enfin son avis.

Le type se remit lentement à approuver en dévisageant John avec des yeux très curieux, à la fois plein de reconnaissance et de haine :

— Oui, je l'ai lu. C'est même moi qui l'ai écrit, en fait.

21

— Faut vraiment l'mettre, le casque ?

— Oui, c'est obligatoire. Sinon, t'as pas le droit de voler.

— Vas-y ! J'vais avoir l'air d'un bousard, avec ça !

En dépit de sa réticence, Kader finit par enfiler son casque, lequel semblait signifier aux ostentatoires bagues, gourmette et chaîne en or du jeune homme que la plaisanterie était terminée.

— Tu vois, c'est pas sorcier, dit Frédéric.

Il terminait d'enfiler son harnais tout en vérifiant d'un œil compétent que Laurent menait à bien les exercices de gonflage des ailes qu'il faisait exécuter un peu plus loin aux autres jeunes du groupe.

— Bon. Maintenant, viens me montrer ton harnais. Voir si tu l'as bien mis.

— Hé ! T'es sûr qu'on va pas tomber ?

Ils se trouvaient à mi-pente, à trente mètres environ du bord de la falaise. Au-delà, plus rien qu'un grand vide d'où, à près de cent mètres au-dessus du niveau de la mer, l'on pouvait embrasser à 360 degrés un paysage unique. Derrière, côté Valanches, un plateau de joncs jaunes et de steppe au bout duquel, tel un décor de film de science-fiction, émergeaient les tours d'aluminium de la SOREDA. Au nord, la ligne de crête de la falaise, qui dessinait sur des kilomètres la fin de la péninsule à travers la brume de chaleur iodée. Au sud, Vatenville et ses pâturages, les dunes et la plage. Tout en bas, les nuances turquoise et vert forêt vierge des fonds marins, les striures régulières et profondes de la roche noire. Devant eux, enfin, jusqu'à l'horizon, l'océan étale et miroitant sous le soleil de midi.

— De t'façon, si j'meurs, t'es mort aussi.

— T'inquiète, on va pas tomber.

— Comment tu peux être sûr ? dit le garçon en levant le menton vers Frédéric. Tu sais c'qui va t'arriver dans une heure, toi ? Ça s'trouve, Allah y t'envoie un éclair dans ta doudoune, là, et tu crames comme une pauv' mouche.

— C'est pas une doudoune, ça s'appelle une *aile*, ou une *voile*, précisa Frédéric en resserrant une sangle de nylon sur le harnais de Kader. Et puis, statistiquement, y'a quasi aucune chance pour qu'on ait un accident.

— J'm'en bats, d'tes *skatistikement*. Cherche pas à m'embrouiller avec tes gros mots. J'dis juste : si j'meurs, ce s'ra pas d'ma faute.

Frédéric haussa les sourcils :

— Tu peux toujours laisser ta place à un autre, tu sais. Si tu le sens pas, faut pas te forcer. T'as été tiré au sort pour le biplace avec Idriss et Yannis, et t'as dit que tu voulais le faire. Mais tu peux aller gonfler les voiles avec

Laurent et les autres. C'est intéressant, aussi. C'est comme tu veux.

Le regard du garçon hésitait. Il ne cherchait plus à tout prix à donner le change de son appréhension, ce qui pouvait laisser imaginer quel enfant il avait été. Le laissant à sa réflexion, Frédéric saisit par terre les deux boucles d'attache de l'aile étalée devant lui, les fixa à la sellette et, d'un bref mouvement du poignet, fit jouer les suspentes afin de soulever la voile et de vérifier que la brise s'y engouffrait bien. Il reposa l'attelage par terre et regarda en direction du village, tout en bas. À cet instant précis, il put distinguer John Bennett qui sortait de chez lui, poussait le portail de ses parents, traversait la cour puis frappait à la porte d'entrée de la maison.

— Hé ! Cht'attends, moi ! Qu'est-ce t'as ? Tu flippes ta race ou quoi ? C'est trop haut pour toi ? Si ça s'trouve, t'es pas moniteur, en fait. C'est que d'la bouche, tes diplômes, si ça s'trouve…

Frédéric se retourna : Kader avait retrouvé sa verve et cette effronterie qui semblait exister à la seule fin de ne fléchir devant personne. Il s'approcha, fixa à la sellette les boucles d'attache de la voile, ainsi que son harnais et celui de Kader. Il jeta un dernier œil aux casques ainsi qu'aux poignées du parachute de sécurité. Puis il se mit à lever progressivement la voile qui, flottant au-dessus de leurs têtes, tirait sur les suspentes comme un chien décidé sur sa laisse, contraignant Frédéric à affermir ses appuis au sol. Il indiqua à Kader qu'à son signal, il devrait se mettre à courir à la même vitesse que lui, pas trop vite, puis se laisser faire, que ça irait tout seul.

Quelques secondes plus tard, sous l'effet du vent ascendant qui venait buter contre la paroi de la falaise, le parapente hésita, commença lentement de s'élever dans les airs puis progressa franchement, jusqu'à ce que Frédéric le stabilise, à une trentaine de mètres au-dessus du plateau. Enveloppés par le vent tiède, enivrés par l'incomparable sensation procurée par la portance, ils flottaient au-dessus du monde et des hommes, soudés l'un à l'autre dans leur privilège.

— Wahhh ! Ch'kiffe trop ! hurla Kader dans le vide, dévoilant cette fois une intacte et puissante capacité d'enthousiasme.

Il ajouta :

— Juste que j'aime pas trop qu'tu sois derrière moi, comme ça, avec tes jambes, là. On dirait qu'tu m'niques. Chus pas ta meuf, moi…

Les deux mains posées sur les freins, Frédéric sourit et désigna du menton une barre à ses pieds :

— Alors, ça, tu vois, c'est l'accélérateur. Comme il est relié aux élévateurs arrière, si je l'actionne, il va allonger les élévateurs, ce qui va entraîner une réduction de la cambrure de mon aile. Et c'est comme ça que je vais pouvoir accélérer.

— Arrête ton dictionnaire, ch'comprends walou, dit Kader, qui ne savait plus où donner des yeux. Téma ! Les vaches, là ! Téma comme tellement elles sont p'tites on dirait des ouèj' !

Amusé, Frédéric renonça à ses explications et se tut. Une mouette flottait à contre-vent juste en face, à dix mètres du parapente.

— Ça doit être trop d'la bombe, de faire ça à Mohammedia…

— Où ça ?

— À Mohammedia. Tu connais pas ? C'est au Maroc, à côté de Casa. Normalement, j'y vais presque chaque été avec mon oncle et mes cousins. C'est d'la balle. Parce que, tu vois, ta plage, là, en bas. D'accord, elle est grande. Mais on peut rien faire. L'eau elle est trop froide, on peut pas s'baigner. Et puis y'a personne, y'a rien à faire. À Mohammedia, là, tu vois, sur la vie d'ma daronne, l'eau elle est bien chaude, t'as des gens partout. Que des jeunes, pas des ieuves comme ici. Tu fais des six contre six sur la plage, t'as des baby-foot, des magasins, tu fais du jet-ski, tu peux acheter des glaces, des boissons. On peut même t'apporter le thé sur la plage et te jouer de la darbouka pour toi tout seul, si tu veux.

— Moi, dit Frédéric, trop de monde et les jet-skis, j'aime pas trop. Je préfère la nature.

— Là-bas aussi, t'as la nature ! se défendait

Kader. T'as la mer, t'as du sable, t'as des arbres. T'as même des chiens. Les voitures qui passent sur l'autoroute qu'est juste derrière, tu les entends seulement, tu les vois pas. Tu kiff'rais, ch'te dis. Sur la vie d'ma mère tu kiff'rais.

— Peut-être. Ça me dirait bien, le Maroc, en tout cas. J'ai un copain qui y est allé, il a vachement aimé.

— C'est un gros blédard, ton copain ! Il est allé à l'hôtel, ch'parie ? Parce que là-bas, faut pas aller dans les hôtels. C'est tous des arnaqueurs, les mecs des hôtels, là-bas. Moi ch'te dis : tu viens un jour au Maroc, sur l'Coran, ch't'emmène dans des endroits, tu vas pas comprendre. T'as d'jà goûté, le tajine ?

— Non. C'est quoi ?

— T'as d'la viande dedans, et plein d'autres trucs, des légumes, tout. Ça fracasse. Et le couscous, tu connais ?

— Ouais, bien sûr. Tout le monde connaît, le couscous.

— Ouais, mais le couscous marocain, tu connais ?

— Non, chais pas. C'est quoi, la différence avec l'autre ?

— Chais pas trop. Mais goûte le couscous marocain, tu vas la voir, la différence, ch'te l'dis. Ah non, le Maroc, faut qu't'y ailles, c'est trop d'la leuba. Ch'te l'dis mon frère...

Le gamin laissait Frédéric songeur. Avec la

camionnette, une fois qu'il aurait fini l'installation électrique, raboté et verni le plan de travail de la kitchenette, installé un petit frigidaire et aménagé tout ça, ce devrait être jouable, le Maroc. Deux jours pour aller jusqu'à la frontière espagnole, deux jours pour traverser l'Espagne, trois en prenant le temps de visiter un peu, et puis le ferry jusqu'à Tanger.

— Elles sont bonnes, les routes, au Maroc ?

— Et qu'est-ce tu crois ? se vexa Kader. On n'est pas chez les sauvages, là-bas. Bien sûr, qu'elles sont bonnes, les routes. Meilleures qu'ici, même.

— Et la sécurité, tout ça ?

— Qu'est-ce tu crois ? Que les Marocains, c'est tous des racailles ? Bien sûr, qu'elle est bonne, la sécurité. Meilleure qu'ici, même.

Dix bonnes minutes qu'ils discutaient, ainsi, à mi-ciel. Frédéric regarda sa montre et relâcha les freins du parapente.

— Bon, on va y aller. Y'a les autres qu'attendent. Et puis, il est déjà plus de midi, c'est l'heure de manger, là.

— Hé qu'est-ce tu m'dis ? On vient juste d'arriver ! protesta Kader tandis que l'engin s'apprêtait à virer pour redescendre. Laisse-les mourir, les autres, c'est tous des blédards, ch'te dis !

Bizarrement, tout le monde était rassemblé au point de décollage pour leur retour : les cinq autres ados, Laurent et puis Magid, qui avait fini entretemps par se réveiller d'une longue sieste récupératrice sur l'herbe.

— Cassez-vous ! criait aux jeunes Kader depuis la sellette tandis que Frédéric assurait un atterrissage en souplesse. Cassez-vous ! C'est mon prof particulier ! Y veut pas d'vous ! Y prend que moi !

L'aile à terre, Frédéric désarrima les deux harnais de la sellette, ôta son casque et se recoiffa négligemment de la main.

— Vous avez déjà fini ? demanda-t-il à Laurent, qui s'approchait, l'air grave, un téléphone portable à la main.

— Qu'est-ce qui s'passe ? Y'a un problème ?

— Faut que vous alliez chez vos parents de toute urgence, dit Laurent en tendant le téléphone. Il y a M. Rostre qui vient de me dire qu'il s'était passé quelque chose de grave avec votre père.

— Il paraît qu'on a appelé une ambulance, compléta Magid, qui cherchait manifestement à faire oublier sa sieste.

Gardant son sang-froid, Frédéric se débarrassa prestement de son harnais, récupéra son téléphone et donna à Laurent quelques instructions rapides concernant le matériel. Puis il se dirigea d'un pas vif vers sa voiture, garée en amont. La dernière chose que son esprit enregistra tandis qu'il composait le numéro de portable de ses parents sur l'appareil fut la voix de Kader qui s'adressait à ses camarades :

— J'vous l'avais dit, qu'c'était mon prof particulier.

22

Dimanche, onze heures quarante. John ouvrit un œil nauséeux, absolument découragé à l'idée qu'il lui fallait se lever, et davantage encore à celle qu'il était attendu vingt minutes plus tard à déjeuner chez les voisins. Cherchant à tâtons le tube d'aspirine sur sa table de nuit, il se sentait toujours lourd des petits-fours de la veille et se demanda si son mal de crâne était dû au mélange des alcools, ou bien au trop médiocre rouge qu'Agostini avait fait déboucher après le champagne.

Le silence intense qui régnait dans la maison laissait penser que les jeunes dormaient toujours. John prit deux comprimés dans le creux de sa main, se leva, sortit de sa chambre et se dirigea à pas de loup vers la salle de bains, bien décidé à se préparer sans se regarder dans la glace. Bref, à faire comme s'il n'était pas là.

Une phrase lui trottait dans la tête malgré la migraine : *Écrire, c'est ne pas s'avérer trop dupe de ses ambitions*. Voilà. Ayant décidé de renoncer définitivement à la littérature depuis sa rencontre avec le nègre de Belval, la veille, il pensa que s'il n'avait qu'une seule chose à écrire désormais, une seule et ultime phrase qui concentrerait ses réflexions d'une vie entière, toutes ses tentatives avortées de roman, son sens profond de la vanité des choses, ce serait celle-là. Il réfléchit une seconde à sa tournure et rectifia mentalement : *Écrire, c'est ne pas s'avérer trop dupe de ses ambitions. Y compris de celle d'écrire cela.* Il posa ses cachets sur le rebord du lavabo et retourna dans sa chambre griffonner ces mots sur un bout de papier, en se promettant de les recopier au propre à son retour de chez les Lejuez. Il en profita pour ajouter : *Mettre en scène un héros de roman écrivain, lequel passerait son temps à commenter des projets de livres qu'il n'écrirait jamais.* Puis, peu avant midi, débarbouillé et vêtu de propre, il passa le portail de ses voisins et toqua au carreau de la porte d'entrée.

À l'intérieur, ça sentait la friture. Les sourires que Jean et Claudine servirent de concert à John lui parurent en contradiction avec une forme d'intranquillité qui, en contrepoint, se dégageait de leurs regards.

— Ça n'a pas changé, ici, tâcha de se détendre John, qui, avec l'atmosphère bois véritable et napperons brodés du salon, avait l'impression qu'on avait brusquement changé de saison.

— C'est pas qu'on n'aimerait pas qu'ça change, parfois, émit Jean de façon tout à fait sibylline en ouvrant le buffet aux liqueurs.

John, qui suivait ses gestes des yeux, eut une expression de dépit :

— Vous avez pas un jus de fruits, plutôt ?

— Ah, je suis désolée, j'ai pas prévu de jus, s'excusa Claudine, venue en express de la cuisine déposer cacahuètes et crackers au fromage sur la table basse.

— J'vous fais un p'tit kir ? lança Jean en clignant un œil complice.

Dix minutes plus tard, après avoir commenté le velouté particulier propre à la marque de la crème de cassis, et établi avec Claudine un inventaire à peu près exhaustif de tous les vins blancs secs qu'on pouvait trouver dans les rayons des supermarchés environnants, c'est Jean lui-même qui jugea bon de changer de sujet :

— Quand j'vous regarde à votre table, comme ça, j'me demande toujours : « Mais où il va chercher tous ces mots ? »

— Eh bien, justement, dit John soudain moins à son aise, je les ai pas trouvés, les mots. J'ai rien écrit. Ça vient pas.

— Mais alors ? Pourquoi vous faites pas aut'chose, en attendant qu'ça vienne ? Comme ça, au moins, vous perdrez moins d'temps.

Le dialogue enchantait John, qui soudain regretta fort de ne pouvoir se permettre d'interrompre ses hôtes afin de le recopier sur-le-champ quelque part. Tant pis. Il tâcherait de s'en souvenir et, une fois rentré à la maison, après le déjeuner, d'en recopier au moins l'essentiel sur une feuille blanche. Ça pourrait toujours faire la première pierre d'un livre qui ne consisterait qu'en une succession d'incipits.

— Ben, il y a plus grand-chose d'autre qui m'intéresse vraiment.

— Ah bon ? dit Jean. Le jardinage, le bricolage : ça non plus ?

Il jeta un regard rapide vers sa femme, et tous les deux ne purent réprimer un même léger sourire, que John n'eut pas trop de mal à interpréter comme une petite moquerie mal masquée à son égard. Probablement en allusion au manque d'entretien régulier de sa maison et de son jardin.

— Non, pas vraiment.

Il ajouta, tout en posant son verre :

— Vous savez, je suis pas très à cheval sur ces choses-là. Je suis un sauvage, moi. Pas un petit propriétaire terrien.

Jean émit un petit rire grimacé qui ne répondait pas tant à la remarque de John qu'il ne trahissait un début de nervosité.

Il jeta un bref œil interrogateur à sa femme, prit une courte inspiration et dit :

— Et tout cet espace, alors ? Si vous jardinez pas, vous vous en servez pour quoi ?

Ces derniers mots prononcés, il termina son kir d'un long trait. Claudine, qui n'avait pas quitté son mari des yeux, se leva de son fauteuil :

— Bon, moi, je vous laisse entre hommes, dit-elle avec une fausse légèreté. J'ai à faire à la cuisine.

— Ben, je sais pas, répondit John, qui, bien qu'ayant bien noté le manège de Jean, ne voyait pas du tout où il voulait en venir. C'est l'idée d'avoir cet espace à disposition qui m'intéresse. Même si je ne m'en sers pas. Dans ma tête, je sais qu'il est là, et ça me suffit, point.

Jean se racla la gorge attrapa la bouteille de cassis pour se refaire un nouveau kir. Ses doigts tremblaient :

— Il vous a rien dit, Lari ?

— Mon père ? se ferma brusquement John. À propos de quoi ?

— Ben, vous savez… le mur, bredouilla Jean en désignant d'un index affolé le fond du salon, où pendait un baromètre ouvragé.

— Quoi, le mur ? Non, il m'a rien dit.

— Avant de mourir, Lari, il m'a dit qu'il vous dirait. Vous êtes sûr qu'il vous l'a pas dit ?

Les yeux de Jean commençaient à tiquer sous ses lunettes. Il porta sa main libre à sa poitrine.

— Mais dire quoi ? s'agaçait John, toujours sensible lorsque la conversation tournait autour de la figure paternelle.

La bouteille de cassis toujours en attente au bout de son bras, Jean s'efforçait de regarder John dans les yeux malgré son tic, qui, désormais monté à son paroxysme, l'empêchait de garder la tête immobile.

— Ben… Vous dire qu'il m'avait dit qu'il vous dirait, à propos d'not' mur…

Excédé par tant de circonvolutions, John ne

répondit rien. Il était bien décidé cette fois à ne plus faire aucun effort pour se rendre sympathique. Il reprit son verre sur la table, attendant que Jean aille tout seul au bout de son idée.

— Vous dire qu'il fallait m'laisser percer pour installer une fenêtre…

— Une fenêtre ? Dans ce mur là-bas ?

Une expression glacée métamorphosait les traits de John.

— Oui… Pour voir la mer, vous savez…

— Une fenêtre ? répéta John, impassible, son verre figé dans sa main. Vous connaissez la loi à propos des ouvertures de vues sur les propriétés voisines ?

— Oui, je la connais, se décomposait Jean, pétrifié dans son fauteuil, une main sur son thorax et l'autre crispée sur la crème de cassis.

— Eh ben, si vous la connaissez, dit John en reposant calmement le verre, vous devez savoir que c'est pas possible sans l'accord du propriétaire du terrain sur lequel la vue en question est censée donner. Et, que je sache, depuis quarante-cinq ans que mes parents, ma sœur et moi en sommes propriétaires, le sujet n'a jamais été mis sur le tapis par personne. Alors, je vois pas pourquoi on le ferait aujourd'hui.

Sur le visage de Jean, qui semblait à présent vidé de tout son sang, les tics avaient cessé :

— Alors, vous voulez pas ?

— Jamais de la vie, dit John en se rejetant en arrière dans le fauteuil.

Il regardait d'un œil distrait les bibelots amassés sur le rebord de la cheminée. Quelques secondes passèrent puis, décidé à changer de sujet, il reprit ce ton amical et léger qu'on lui connaissait mieux :

— Et à part ça, quelles nouvelles ?

Il ramena des yeux bienveillants sur Jean, qui ne disait plus rien. Un mince filet de salive coulait depuis la commissure de sa lèvre. Puis une série de convulsions commencèrent à lui soulever la gorge et la poitrine. John cherchait dans sa tête la métaphore la plus appropriée pour décrire l'animalité soudaine de ce corps incontrôlable néanmoins rivé à une bouteille de cassis, et convoquait dans sa mémoire des passages de films où était mise en scène une situation comparable à celle-ci, afin de prendre une décision le plus rapidement possible.

Pendant ce temps, Claudine criait depuis la cuisine qu'on allait enfin pouvoir passer à table. Elle ajouta d'un ton particulièrement satisfait et prometteur : « Vous avez toujours faim, j'espère ? »

23

— Je sais que rien ne vous y oblige et que vous avez la loi de votre côté. Mais c'est vraiment si compliqué que ça, pour vous, de lui laisser faire sa fenêtre ?

John contenait son impatience. Il détestait qu'on vienne lui faire la leçon, surtout un médecin.

— C'est pas que ce soit compliqué, dit-il en regardant l'homme en blouse droit dans les yeux, c'est que c'est gênant. C'est que c'est une question d'intimité. Ça vous plairait, vous, que votre voisin, avec lequel vous n'avez rien à voir et avec lequel vous ne partagez rien, se mette comme ça, du jour au lendemain, à ouvrir une fenêtre sur le mur de votre jardin ? Votre jardin que vous avez toujours connu sans fenêtre ?

— J'en sais rien, soupira le médecin qui ne cachait pas le peu de sympathie que lui inspirait John. Je trouve simplement que, rester humain, c'est quand même ça qui devrait primer sur tout le reste.

— En plus, ajouta John avec un temps de retard, quand ma sœur vient, elle se met les seins à l'air pour se faire bronzer dans cette partie-là du jardin. Précisément parce qu'elle ne peut pas y être regardée.

Le praticien eut un mouvement des sourcils qui signifiait à la fois qu'il trouvait l'argument dérisoire et qu'il n'insisterait pas plus longtemps.

— Enfin, vous faites comme vous voulez. Sachez simplement que c'est pas parce qu'il s'en est tiré cette fois-ci que ça peut pas lui arriver de nouveau. Vous ne vous en rendez pas compte, mais cette histoire l'a miné, vous savez. Vous croyez que c'est marrant, quarante ans de sa vie passés à souder des coques de sous-marins à la DCN ? Je vais être obligé de le mettre sous tranquillisants pendant un moment. Mais bon, si tout ça vous embête pas, et si ça vous embête pas non plus de vivre avec la haine de toute une famille sur la conscience, libre à vous, c'est votre problème.

— Alors là, la haine des autres, si vous savez comme je m'en fous… C'est tout ce que vous aviez à me dire ?

Le médecin fit deux pas vers la porte de la pièce pour signifier à John qu'il ne souhaitait pas davantage que lui poursuivre la conversation.

— Juste une dernière question, fit-il, la main posée sur la poignée de la porte, prête à ouvrir. Ça vous fait rien, qu'il ait failli y passer ?

— Attendez, s'énerva John, dont le visage commençait à s'empourprer, vous cherchez à me faire quel genre de chantage, là ? Votre humanisme bêlant et hypocrite, c'est ça qui est odieux ! On naît, on vit et puis on crève, vous êtes mieux placé que quiconque pour le savoir ! Je ne suis responsable de personne, moi ! C'est pas ma faute, si mon voisin s'est choisi le job qu'il s'est choisi ! C'est pas ma faute, s'il a choisi d'acheter une maison attenante à mon terrain ! C'est pas ma faute, s'il vient de faire une crise cardiaque ! Qu'est-ce que c'est que cette façon de vouloir faire passer les gens pour des monstres, tout simplement parce qu'on a le cran d'assumer ses convictions ? Vous vous prenez pour qui ? Allez, laissez-moi sortir, s'il vous plaît !

John passa devant le praticien et se retrouva dans le couloir tandis que la porte se refermait sèchement dans son dos. Hors de lui, il marcha d'un pas mécanique jusqu'au hall d'attente, tout autant tourmenté par sa conversation avec le médecin que par la culpabilité qu'il sentait monter malgré tout. Qu'est-ce qu'ils pouvaient l'emmerder, tous, depuis midi, avec cette histoire de fenêtre !

En apercevant sa fille qui l'attendait sur un banc, la mine défaite par une nuit blanche et d'ivresse, tenant d'une main absente le bouquet destiné à Lejuez alité dans l'une des chambres de l'étage, il décida, pour une fois, de faire un petit effort avec elle et de tâcher de ne pas trop l'accabler de sa mauvaise humeur.

— Ça va ? demanda-t-il en astreignant son ton à la plus grande douceur possible.

— Ouais, ça va.

— T'es sûre ?

— Certaine.

John avait le sentiment de rejouer pour la énième fois une scène dont l'issue était toujours la même : tourner lâchement le dos aux problèmes de sa fille.

Elle se leva du banc tout en redressant à la verticale le bouquet dans sa main :

— Bon. On y va ?

— Attends une seconde, fit John, mal à l'aise. Je vois bien que ça va pas.

Malgré l'air évident de contrariété qui n'avait pas quitté le visage de la jeune femme depuis le début de l'après-midi, elle regarda son père avec un étonnement presque amusé. Comme si les mots qu'il venait de combiner ensemble appartenaient à un registre verbal parfaitement exotique :

— Hein ?

— Je sais que tu penses que je ne fais pas assez attention à toi, se lança John dont le cœur se faisait tout petit sous l'émotion qui l'envahissait. Et je vais pas te dire que t'as tort.

— Mais, je…

— Attends, laisse-moi continuer. Je sais que ça doit te paraître ridicule, voire indécent, que je me mette à te parler, là, comme ça. Si ça peut te rassurer, sache que je le pense aussi.

Il eut un sourire bref pour marquer ce trait de dérision.

— T'inquiète pas, poursuivit-il en interrompant d'un geste de la main sa fille qui allait répondre quelque chose, je vais pas me lancer dans un discours larmoyant qui va rien faire d'autre que nous embarrasser tous les deux. Je vais pas non plus te faire le coup du « C'est parce que je voudrais éviter de reproduire avec toi les mêmes conneries que mon père a faites avec moi ». Tout ce que je veux te dire, c'est que, même si effectivement j'ai pas toujours été top comme père, ça m'a pas empêché de t'observer à ma façon dans mon coin. Depuis que vous êtes arrivés, tous les trois, j'ai remarqué beaucoup plus de choses que tu n'imagines, tu sais. Tu crois que je t'ai crue, hier soir, quand tu m'as dit que t'étais tombée toute seule dans la piscine, hein ? Et je vois bien, aujourd'hui, que tu ne vas pas bien. Pas bien du tout, même. Et ça se voit encore plus depuis qu'on a amené Vienna à la gare, tout à l'heure. Je me trompe ?

La jeune femme baissa des yeux réticents et tristes.

— C'est pas que je te demande de me confier tes histoires de cœur, ça non. Tu es grande, ça te regarde. Mais sache que, s'il y a un domaine dans lequel l'opinion et, surtout, l'expérience de ton vieux père pourraient peut-être te servir à quelque chose, c'est bien l'amour.

Prenant conscience du caractère grandiloquent de sa phrase, John fit la grimace.

— Attends, papa…

— Non, non. Attends, toi. Laisse-moi finir. Ce que je voudrais te dire, c'est que, l'amour, tu comprendras un jour que c'est surtout une affaire entre soi et soi. Ce n'est pas tant une personne qu'on aime que l'idée même de l'amour. Tu connais la phrase de Lacan : *Il n'y a pas d'amour, il n'y a que des preuves d'amour.* Pourquoi je te dis ça ? Juste parce que la peine que tu peux ressentir maintenant, une fois le chagrin passé, dans quelque temps, eh bien tu prendras soudain conscience que tu lui auras donné beaucoup trop de place. Je cherche pas à minimiser ton chagrin, là, non. Vis-le, ton chagrin, vis-le à fond. Mais, si par moments tu es trop malheureuse, si tu sens qu'il t'étouffe, ce chagrin, alors essaye de te dire que la personne que tu pleures, eh bien elle valait peut-être pas tant le coup que ça. Que l'amour, c'est dans ta tête que tu l'as construit toute seule. Que l'autre n'était qu'une projection de tes propres désirs. Tu connais aussi ce mot, tellement galvaudé, de Swann à propos d'Odette, hein : « Dire que j'ai gâché des années de ma vie, que j'ai voulu mourir, que j'ai eu mon plus grand amour, pour une femme qui ne me plaisait pas, qui n'était pas mon genre ! » Voilà. Tout ce que je voulais te dire, c'était ça : qu'on croit d'abord que c'est la fin du monde, puis qu'on finit toujours par s'en remettre. Essaye de te loger ça dans un coin de la tête, même si je sais bien que ça ne sert pas à grand-chose dans ces cas-là.

La jeune femme hochait la tête avec une sorte d'indulgence embarrassée.

— Enfin, bref, se vexa John sur un ton qui semblait regretter de s'être épanché, excuse-moi de t'avoir bassinée avec cette rhétorique d'arrière-garde. Il y a sûrement en France, à l'heure qu'il est, au moins deux millions de personnes en train de dire exactement la même chose à leur fils ou à leur fille en plein chagrin d'amour, avec exactement les mêmes mots et les mêmes citations à la con que les miennes.

Il prit le bouquet des mains de sa fille. En silence, ils marchèrent dans le couloir. À quelques pas de la chambre dont le numéro avait été indiqué par la réception de l'hôpital, John fit une halte :

— J'ai vu le médecin de Jean, au fait. J'ai beau ne pas les blairer, ces toubibs, avec leur air paternaliste et prétendument humaniste, je me suis quand même dit qu'il avait peut-être pas tort, avec cette histoire de fenêtre. Que je devrais peut-être la lui laisser faire, à Jean, son ouverture dans le mur. Non ?

Pour toute réponse, la jeune femme haussa les épaules. Rien ne semblait pouvoir la divertir de sa tristesse. Arrivés devant la porte de la chambre, au moment de frapper, John hésita de nouveau :

— Juste un dernier mot à propos de ce que je t'ai dit tout à l'heure. Après, promis-juré, je ne t'en parle plus et je te laisse tranquille. Voilà. En te quittant, Hubert, c'est lui qui perd tout, pas toi. Parce que, moi, personnellement, ne m'en veux pas de te dire ça, hein ? Mais j'ai toujours pensé qu'il t'arrivait pas à la cheville, ce type.

24

Toujours intéressant, de franchir le portail d'une maison devant laquelle vous passez régulièrement depuis plus de quarante ans, mais sans jamais avoir eu l'occasion d'y entrer. Bref, qui vous est familière sans l'être. John était loin de se douter que l'emplacement de l'étable Charvet était en tout point idéal, avec une vue sur la plage et sur la mer aussi belle que la sienne, mais également un large dégagement sur la colline et le plateau, derrière. *Idem* pour les volumes du bâtiment. À cause des hauts massifs de bougainvillées qui, depuis la rue, ne vous permettaient de distinguer que le toit et une partie de l'ancien silo à grains, impossible d'imaginer qu'il y avait, au bas mot, plus de trois cents mètres carrés habitables entre ces murs.

Pendant quelques secondes, John put se faire une petite idée de l'étrange sentiment de dépossession que peuvent ressentir dans ces cas-là les natifs d'un village. Donc de l'envie mêlée de haine que les Vatenvillois sont susceptibles de nourrir vis-à-vis de propriétaires comme Vincent, discrets, humbles, sympathiques et, selon toute vraisemblance, riches. Car il en fallait pas mal, de l'argent, achat de la maison mis à part, pour avoir mené à bien tous ces travaux. Toiture d'ardoise entièrement refaite à neuf. Remplacement de l'ensemble des poutrelles d'acier de la structure. Immense baie vitrée percée à la verticale sur deux niveaux, laissant apercevoir depuis l'extérieur les parties communes du rez-de-chaussée et de l'étage. Vaste terrasse de planches en teck et grand jardin zen avec sable, lavande, cactus et mini cours d'eau filant à vos pieds.

John repensa à sa conversation avec Vincent au *Bar de l'Angélus*, à Bourgville. Il cachait bien son jeu, le salaud, avec son air de rien, son jean râpé, son t-shirt informe, ses claquettes de plage sans style, sa barbe de trois jours et son « Moi ? J'bosse dans la conception de jeux éducatifs ». Mieux qu'un faux négligé, mieux qu'une élégante simplicité, le gars avait la panoplie du parfait passe-partout. C'était ça, la vraie puissance, la vraie désaliénation : donner l'impression de ressembler à tout le monde. Le vrai seigneur de Vatenville, c'était lui. Pas Agostini, avec sa piscine et ses pelouses proprettes de préretraité. Ni John, avec sa vue imprenable sur la façade et le jardin rastaquouères des Lejuez.

L'espace d'un instant, John songea que ces gens pourraient peut-être justifier qu'il se remît, depuis près d'un an qu'il avait coupé les ponts avec tous ses anciens amis, à *fréquenter* : pots, restos, balades, coups de fil pour prendre des nouvelles, projets de week-ends. Sans aucune obligation d'assiduité, sans aucun compte à rendre, sans gueule à se faire, en toute indépendance, rien que pour le meilleur. Car John en avait soupé, des relations intéressées. Des détresses suppliantes des uns et des bonheurs ostentatoires des autres. Des doutes, des confidences et des peines de cœur à recueillir, du moral à remonter, des coups de main à donner, de l'argent à prêter pour dépanner. Et puis, à l'inverse, des couples qui marchent, des belles maisons, des super-vacances, des super-jobs, des enfants qui réussissent à l'école et des parents qui vieillissent bien. Car l'amitié, au fond, c'était comme l'amour : on ne s'y rencontrait jamais vraiment.

C'est la petite fille du couple qui, la première, vint à sa rencontre une fois qu'il eut passé le portail. Parfaitement horripilante, avec son collier fantaisie à 1,50 euro, son foulard dans les cheveux façon kolkhoze et ses petits sabots new age aux pieds. Un peu plus loin, la mère lisait *L'Invitée*, de Beauvoir. « Un petit clin d'œil à mon intention, je parie », se désenchantait John, qui, tout en cheminant vers la terrasse, avisait la femme en songeant sous son sourire : « Beauvoir, c'est pour l'archéologie en dilettante. Le côté Je revisite les classiques du féminisme de maman, mais je pourrais tout aussi bien me taper du Tom Clancy pour le fun que du Deleuze par pur plaisir intellectuel. »

— Emmanuelle. Enchantée, fit-elle en posant son livre sur le teck.

Son sourire disait entre les lignes l'intérêt qu'elle savait avoir éveillé chez John les rares fois qu'ils s'étaient croisés. John salua à son tour, comprenant à cette imperceptible réserve de la jeune femme qu'elle ne laisserait jamais filtrer à son intention la moindre ambiguïté. Ce qui, tout en en faisant quelqu'un d'éminemment respectable, la rendait tout à coup beaucoup moins désirable à ses yeux.

— Vous êtes venu sans votre fille ? s'étonna-t-elle.

— Ben, finalement, oui. Elle est en pleine crise de rupture, là.

— Aïe ! dit la jeune femme, surprise par le caractère privé de l'information.

Puis, après un temps :

— C'est bien sur elle, l'article dans le *Elle* de la semaine dernière ?

« Genre, pensa John, genre je lis Beauvoir pendant que mon invité arrive, j'ai une maison et une fillette d'un goût irréprochable, mais je décompresse avec *Elle* à mes heures. La touche parfaite de futilité. Et puis, c'est toujours intéressant, de compter parmi ses connaissances quelqu'un dont on parle dans la presse féminine. C'est classe. Et puis, on sait jamais, ça peut toujours aider. Bientôt, elle va me demander si c'est bien moi, le fils de Larry Bennett. »

— Oui, c'est elle. Vous l'avez ?

— Vous l'avez pas lu ?

— Si si, bien sûr, mentit John, à nouveau

assailli par la mauvaise conscience. C'était juste pour savoir.

— Et c'est pas trop grave, j'espère, cette histoire de rupture ? demanda-t-elle en fronçant prudemment les sourcils.

« On se la joue intello, mais on ne crache pas non plus sur les potins », persifla John pour lui-même.

— C'est grave maintenant, tempéra-t-il, philosophe. Mais ça faisait longtemps que ça couvait, de toute façon. Fallait s'y attendre.

Il s'assit à son tour sur le bois :

— Et puis, pour être honnête, je ne me fais pas trop de souci pour lui. Il y a des gens que cela affecte moins que d'autres, les ruptures.

John préférait, quitte à prendre la peine de sociabiliser, aborder d'emblée les sujets importants, sans perdre de temps. L'intime, il n'y avait que cela de vraiment intéressant à partager, même avec des inconnus. La jeune femme haussa des sourcils sceptiques :

— Vous croyez ?

— Ben, je sais pas. Les égoïstes, par exemple, non ?

— Je vous trouve bien péremptoire, dit Emmanuelle. On l'est pas tous un peu, égoïstes ? Il est égoïste comment, son copain, à votre fille ?

— Égoïste genre artiste maudit qui prend le monde à témoin. Irresponsable. Pas à l'écoute. Moins artiste maudit, d'ailleurs, que raté mais qui ne le sait pas encore suffisamment. Amer d'ici deux ans. Et il a même pas son permis, en plus.

— Charmant, le tableau du beau-père, s'amusait Emmanuelle. Pas l'ombre d'une qualité, le pauvre ?

— Si. Grand et mou. Beau mais sans sexytude.

— Ah, ça, sexy ou pas, c'est pas à vous de juger, dit Emmanuelle avec une petite mine suggestive parfaitement assortie à sa fausse modestie de jolie femme.

John tentait de se figurer ce qu'elle avait, précisément, bien pu trouver de sexy chez son mari, quand Vincent apparut à son tour sur la terrasse. Il tenait entre ses mains trois punchs fraîchement préparés. « Variante, pensa John : bissap sénégalais, gingembre ou caïpirinha. Mais pas de mojito. Trop vulgaire. »

— Qui est sexy ? demanda-t-il à Emmanuelle, feignant un grognement de mari jaloux.

Évidemment, pas de manières avec ces gens-là. Pas de petits plats dans les grands ni de sourires gênés. La parole s'étant libérée d'entrée, tout s'enchaîna dès lors avec la plus parfaite décontraction : la visite de la maison, les tapas qu'ils allèrent tous les trois préparer à la cuisine tout en poursuivant la discussion, le tutoiement général, la spontanéité avec laquelle Vincent chargea John de sélectionner la musique de son choix dans son iPod. Puis le retour sur la terrasse, les coussins par terre que l'on préféra à la table basse en teck, la petite Prune qui vint montrer son dessin, les amandes salées, les olives vertes, les poivrons grillés marinés, les copeaux de jambon bellota, les lamelles de manchego, les picos et le rioja.

— Vous savez que Sarko était à Flamanville, cet aprèm' ? dit Vincent sur les premières mesures d'une chanson de Nick Drake.

— Y'avait Carla ? demanda Emmanuelle avec un faux détachement.

— Ça, je sais pas. Mais lui, il y était, ça c'est sûr. Ça a même créé des bouchons sur la nationale.

— C'est pas si mal, non, cette histoire d'EPR, finalement ? fit Emmanuelle. Ségo, elle, elle était pour ou contre ? Je me rappelle plus.

— Ben, pour aussi, je crois, lui répondit Vincent.

— Vous vous rappelez, pendant le débat du deuxième tour, le coup du pourcentage de nucléaire dans l'électricité en France ? dit John, chez qui l'exceptionnelle qualité du jambon avait fini par ôter la mauvaise humeur et les velléités de médisance.

— Oh là là… Lamentable ! fit Vincent.

— Vous imaginez, si elle était passée ? demanda Emmanuelle en recrachant un noyau d'olive dans le creux de sa main.

— Oh là là… se lamentèrent d'une même voix les deux hommes.

— T'en penses quoi, toi, John, au fait, du nucléaire ?

Vincent avait posé la question de sorte à éviter, devant ce nouvel ami potentiel, d'avoir à prendre une position compromettante sur le sujet.

John finissait de mâcher sa bouchée.

— Franchement, j'en pense que du bien, dit-il avec le plus parfait naturel après avoir dégluti. Moi, toute considération technique mise à part, le premier intérêt que j'y vois, très égoïstement, c'est qu'ici, ça a au moins l'avantage de nous préserver des touristes.

— Tu m'étonnes, approuva Emmanuelle dont le langage et la tenue se relâchaient à mesure que le niveau du rioja baissait dans son verre. Nous aussi, avec Vincent, on est pour. Et on dit pas ça pour fayoter auprès des gens du village.

— De toute façon, ajouta Vincent, je sais pas toi, mais ça me paraît un peu ringard, les antinucléaire, aujourd'hui.

— Tu m'étonnes, réitéra Emmanuelle en reprenant une olive entre deux gorgées de vin. D'ailleurs, depuis qu'on est ici, nous, on n'a pas entendu parler d'action de Greenpeace ou de quoi que ce soit du genre. Ça doit être passé de mode.

— Là-dessus, compléta Vincent, je dois dire que je suis tout à fait d'accord avec Sarko. Tant qu'il n'est pas prouvé que c'est vraiment mauvais pour l'homme, autant faire rentrer du fric dans les caisses de l'État en allant vendre nos centrales à l'étranger.

— Tu m'étonnes.

Ils mastiquèrent en silence leur bellota pendant quelques secondes, laissant la musique leur épargner un silence embarrassé. C'est Vincent qui prit l'initiative d'un nouveau débat :

— C'est pas pour faire bobo, mais il y a vraiment plus de gauche.

— Ça, je te le fais pas dire, railla John, que le sujet mettait en verve. Ce qui me gêne, c'est pas seulement qu'ils savent plus se positionner de façon crédible, c'est pas qu'ils n'aient plus d'idéologie. C'est pas la gauche caviar qui me dérange. C'est même pas qu'ils soient devenus bons qu'à gueuler pour conserver des acquis périmés. Non, ce que je supporte vraiment pas, c'est qu'ils continuent de croire et de faire croire que, être à gauche, c'est un esprit, c'est être du bon côté de l'humanité : t'es à gauche, t'es un type sympa, ouvert, tolérant, généreux. T'es à droite, t'es un monstre. C'est ce fascisme inversé que je supporte pas. Alors que c'est eux qui excluent, en fait. L'anathème, c'est eux qui le jettent sur les autres. Les conservateurs et les intolérants, en fait, c'est eux, pas la droite.

— Exactement, approuva Vincent à grands hochements de tête.

— Tu m'étonnes, gâtifia Emmanuelle, qui venait de finir son deuxième verre. Des fois, même, je me demande pourquoi je continue de voter pour eux.

— Ah, ben moi, dit John en saisissant la bouteille, de ce côté-là, j'ai déjà pris les devants.

— Ah bon ? fit Vincent en tendant négligemment son verre. T'as voté pour qui, alors ? Pas Besancenot, quand même.

— Non. Pour Sarko. Pas vous ?

Vincent retira son verre. Emmanuelle, de son côté, se contenta d'un haussement de sourcils figé pour manifester sa stupéfaction.

— Sans déconner ? demanda Vincent.

Son regard ainsi que le ton de sa voix s'étaient altérés, un peu comme si tout ce que John pouvait désormais exprimer serait susceptible d'être retenu contre lui.

— Sans déconner, confirma John en se servant de rioja tandis que, dans les baffles du salon, Nick Drake susurrait en sourdine *Don't think twice, it's alright.*

25

L'affluence était exceptionnelle devant les portes du tout nouvel Espace culturel Jacques-Prévert de Vatenville. Près de deux cents villageois et touristes endimanchés à l'estivale, appareil photo et *Le Sanglot madécasse* à la main, ainsi que la petite équipe mobile de reporters du *Progrès de la Manche.*

— Tu crois qu'ils pourront me faire entrer avant tout le monde ? grimaça Élodie.

Une main prudente posée sur son ventre, elle faisait d'un regard méfiant le tri entre les visages qui lui étaient familiers, et les autres.

— Ben, je sais pas. Je vais demander, répondit Frédéric.

Il partit à la recherche d'un organisateur. Ayant aperçu John Bennett en pleine conversation avec le Parisien de l'étable Charvet, il fit en sorte de ne pas rentrer dans son champ de vision afin d'éviter d'avoir à le saluer, puis disparut.

— Franchement, disait John sur un ton théâtral bien rodé par un rioja particulièrement capiteux, franchement, tu penses vraiment que je peux m'identifier à autant de vulgarité ? Tu vois bien que c'est pas mon genre, quand même, les Rolex et la gouaille de mauvais humoriste ? C'est évident, non ? Je vais pas te mentir ! Tu m'as quand même vu acheter *Libé*, l'autre jour !

— Je comprends, je comprends, disait Vincent en faisant un *oui* peu convaincu de la tête.

— Moi, poursuivait John, même si je dois reconnaître aujourd'hui que c'était du flan, son hyperdynamisme, en 2007, j'ai surtout voté pour le côté « coup de pied au cul général », tu vois ce que je veux dire ? Mon vote Sarko, dans un sens, c'était un vote révolutionnaire. Un vote de gauche, quoi. Non mais regarde-moi bien : tu me vois serrer la pince à un mec pareil ?

Trop engagé sur la chaussée, John dut s'interrompre et s'écarter sur le bas-côté afin de laisser passer une voiture. C'était la Mégane d'Agostini, dont on pouvait aisément distinguer derrière les vitres, outre le député-maire qui conduisait rivé à son téléphone portable, le visage de son attaché parlementaire et ceux, beaucoup plus détendus, de Bruno Belval et de l'homme qu'il présentait à tous comme son *conseiller littéraire*. La voiture roula jusqu'à l'entrée de l'espace culturel, où, très vite, attroupement, acclamations et microflashes de téléphones portables accompagnèrent la sortie de Belval, qui retrouvait pour l'occasion exactement la même expression trompeuse de sollicitude qu'à la télévision.

Peu après dix-neuf heures, dans la salle polyvalente qui sentait encore la peinture et la colle à moquette, le maire entama un discours inaugural. Lequel fut rapidement interrompu par l'assistant parlementaire, qui emmena Agostini à l'écart pour un aparté urgent. Suffisamment, en tout cas, pour confirmer chez ce dernier un état exceptionnel de nervosité, que d'aucuns avaient cru déceler dès sa sortie de voiture.

C'est Belval qui, au pied levé, prit le relais au micro tandis que le maire et l'assistant s'éclipsaient par une porte dérobée. Avec cette assurance que peut vous procurer un public tout acquis à votre cause, et la conviction d'être un orateur hors pair, il prouva qu'il savait se montrer lyrique en exprimant combien les Vatenvillois avaient de la chance de vivre dans la *terre-mer* (« *mer*, pas *mère*, hein ? ») du *père* de *L'Angélus du soir*, cette œuvre remarquable et impérissable de la peinture française, au beau milieu de ces *prés verts* si chers à Prévert (« sans mauvais jeu de mots de ma part, hein ? »). Et que lui-même s'estimait fier de *débarquer* ici, à quelques portées de balles traçantes à peine des tragiques et glorieuses Omaha et Utah Beach. Il évoqua ensuite cet *air* de contrastes (« *air*, pas *terre*, hein ? »), cette véritable palette de peintre (« et pas que de Millet ») qu'était la région, injustement méconnue du grand public qui redoutait (« on peut quand même les comprendre ») la proximité des centrales de Flamanville et de la SOREDA. Mais, son propre fils ayant joué sur la plage et s'étant baigné, ayant lui-même (« et pourtant, je suis pas frileux ») été prendre la *température* du public dans les petits cafés de la région, son opinion aujourd'hui était définitive, indestructible, *inatomisable* : Vive le nucléaire ! Et, du nucléaire à la littérature, il pensait qu'il n'y avait qu'un pas. Car, s'il n'était encore qu'un Einstein en herbe des belles lettres, il pensait que ce premier roman, *Le Sanglot madécasse*, pourrait bien faire l'effet d'une petite bombe H dans les milieux médiatico-politiques français, où *mission* rimait trop souvent, malheureusement, avec *compromission*.

Dix minutes plus tard, auréolé de sa célébrité nationale et de cette nouvelle dimension, plus romantique, d'écrivain-voyageur, Belval entamait sa séance de dédicaces face à la longue file de ses admirateurs.

— Je trouve ça cher, quand même, 21 euros pour un autographe, chuchotait Élodie à Frédéric tout en considérant d'un air dubitatif son exemplaire du *Sanglot madécasse*. Tu crois que je peux lui demander de me faire la bise, en plus ?

À trois ou quatre têtes derrière, John et Vincent, le roman ouvert sous leurs yeux, venaient d'y dénicher une nouvelle perle :

— Chiche, ricanait John en vérifiant que le conseiller littéraire ne se trouvait pas dans les environs immédiats de Belval, chiche on lui demande de nous dédicacer juste cette phrase :

> **Chez Pierre, le courage l'ayant toujours disputé à l'audace, il fixa Gérard dans les yeux et lui lança : « Il est bidon, cet article, et tu le sais très bien. Combien on t'a donné, pour écrire une saloperie pareille ? »**

Un peu plus tard, Élodie posa avec Belval pour la photo (« Alors, on attend un heureux événement ? »). Peu après, c'était au tour de John et de Vincent de se faire dédicacer le livre lorsque, surpris par un tumulte soudain qui montait de l'autre côté de la salle, ils se retournèrent comme tout un chacun en direction des portes d'entrée de la salle. Au début, John crut à un mouvement de panique. Les gens, en effet, convergeaient tous avec frénésie vers un même point précis, mais qui s'avéra n'être rien d'autre qu'un petit groupe de silhouettes cravatées, inondées de lumières de caméras et de perches-son sorties de nulle part. Quelqu'un de suffisamment important pour détrôner Belval fendait la foule, et, en entendant une femme s'exclamer quelque part « C'est Sarkozy !! Y'a Sarkozy !! », John pensa immédiatement que, pour invraisemblable que pût paraître la situation, il ne s'agissait probablement pas d'un canular.

Et, de fait, ils ne tardèrent pas, avec Vincent, à voir s'avancer dans leur direction le visage du Président, à la fois irréel et flagrant dans la lumière crue des projecteurs. À ses côtés, un inévitable aréopage de gardes du corps, de conseillers et d'assistants semblant tout droit déboucher d'un couloir adjacent de l'Élysée. Puis Agostini, son attaché parlementaire, Rostre, ainsi que deux types qui pouvaient très bien incarner des directeurs de centrales nucléaires.

— On a beau pas être de droite, ça fait quand même un drôle d'effet, dit Vincent en s'écartant, plus fasciné que goguenard.

Un demi-sourire en pilotage automatique, prêtant une oreille distraite et lasse aux explications d'un Agostini tout miel et d'un assistant parlementaire pétrifié, Nicolas Sarkozy avançait en photographiant avec précision les regards qu'il pouvait croiser, mais sans s'attarder sur aucun visage.

— Ah ! Monsieur le Président ! fit, dans le dos de John et de Vincent, la voix de Belval avec un ton où l'on pouvait distinguer, tour à tour, une fausse ironie, une fausse complicité, ainsi qu'une volonté de ne pas se montrer quand même trop servile en public.

— Mooonsieur Belval ! répondit Sarkozy en parodiant une brève inclinaison respectueuse, quatre ou cinq micros sous le nez.

Il brandissait un exemplaire du *Sanglot madécasse* :

— Regardez, j'ai quand même tenu à emporter votre livre pour les vacances ! Vous l'avez, vous, mon dernier discours ?

Éclat de rire général : le mot avait fait mouche.

— Monsieur Sarkozy, intervint l'un des nombreux journalistes arrivés sur place en même temps que le président, vous avez *vraiment* fait un détour pour la dédicace ?

— Absolument, répondit le Président avec un sourire qui voulait signifier à tous : *Fini la politique pour aujourd'hui, je me détends*. Mais c'est également pour moi l'occasion de venir saluer le député Agostini, qui fait un excellent travail de fond.

Le sourire 100 % naturel du maire indiquait

qu'il prenait le compliment pour argent comptant.

— Vous faites référence à l'implication de la sixième circonscription dans le projet EPR ?

— Notamment, oui. Mais comme je me suis déjà exprimé cet après-midi devant vos collègues sur l'état d'avancement du chantier, je ne vais pas répéter deux fois la même chose. Alors, maintenant, si vous permettez, je vais aller me faire signer mon exemplaire par Bruno Belval.

Sarkozy adressa un sourire fermement dissuasif au journaliste et continua de s'avancer.

— Mais je ne voudrais pas m'imposer devant monsieur, ajouta-t-il. Je vais attendre mon tour, comme tout le monde.

D'une main très provisoirement déférente, il désignait John.

— Euh… Je… Enfin, moi, vous savez… s'empêtra John en cherchant Vincent d'un regard égaré.

— Faudrait pas qu'on tarde trop, glissa au Président un conseiller en cravate.

— Oui, d'accord, fit Sarkozy. On va faire vite.

— Ça vous ennuierait pas, ordonna le conseiller à John, de laisser votre place au Président pour une seconde ?

— Pas le moins du monde, dit John en reculant aussitôt d'un bon pas.

Sous un crépitement de flashs, Sarkozy et Belval prirent la pose autour de la table de dédicace.

— Monsieur le maire ! Sur la photo ! s'éleva une voix parmi la rangée de photographes.

— Oui, Jean-Luc. Allez, viens nous rejoindre, lança Belval à Agostini sur un ton magnanime.

Le maire s'avança à son tour dans la lumière, un dessin encadré à la main.

— Je peux venir aussi ? supplia l'assistant parlementaire.

Agostini le convia de la main, profitant de l'autre, sous une rafale ininterrompue de photos, pour remettre le cadre à Nicolas Sarkozy.

— Le Whopper local, précisa l'assistant parlementaire à l'intention du Président.

— Président, faut vraiment qu'on y aille, là, réitéra bien distinctement le conseiller.

— Bon, on va s'arrêter là, dit Sarkozy qui avait lâché la main d'Agostini tout en remettant, sans y avoir porté le moindre regard, le dessin à un collaborateur.

— Monsieur le Président ! Une toute dernière avec un lecteur pour *Le Progrès de la Manche* !

D'un coup d'œil, Sarkozy intima l'indulgence au conseiller :

— Bon. Rapide, alors. Il est où, le lecteur ?

Le conseiller se tourna vers John et lui attrapa le bras :

— Vous pouvez aller sur la photo ?

— Moi ? Euh… Je… Hein ?

— Dépêchez-vous ! Le Président doit partir !

Sans avoir eu le temps de prendre conscience de ce qu'il lui arrivait, John se retrouva à son tour dans le halo brûlant des projecteurs, étourdi par la clameur et l'intensité des regards fixés sur lui. Sa main droite se trouvait dans celle du Président, qui la lâcha aussitôt pour disparaître en compagnie de Belval, du maire et de cet étrange essaim sonore de silhouettes, de perches et de micros, comme les derniers scintillements d'un éblouissement passager.

Dans le calme retrouvé, le photographe du *Progrès de la Manche* vérifiait ses clichés sur l'écran de son appareil numérique :

— Vous avez de la chance, dit-il à John, que Vincent avait fini par rejoindre. C'est la seule que j'ai pu prendre. Juste à temps pour le bouclage. Et elle est même pas floue, en plus.

26

Encore peu habitué, Jean dut relire une nouvelle fois l'ordonnance du médecin, afin de bien s'assurer qu'il n'avait pas emporté avec lui la mauvaise boîte au *Bon Accueil*. Il sortit la plaquette de médicaments du petit carton, détacha avec précaution deux comprimés qu'il garda dans la paume de sa main, se saisit du verre d'eau que Roland avait déposé à son intention sur le comptoir, porta à sa bouche les deux comprimés, et puis but. Après avoir reposé le verre, il rangea la boîte de médicaments dans la poche de sa veste et désigna une meuleuse angulaire électrique toute neuve posée bien en évidence au milieu du zinc, à côté de son coffret.

— Elle est belle, hein ? Et puis, une fois que j'aurai fini, y m'restera plus qu'à fixer de beaux volets et puis voilà. Passque si j'mets pas d'volets, quand y'aura trop d'soleil, ça va pas êt' vivab' sinon.

Détendu malgré la fatigue et les médicaments, il faisait montre d'une verve inhabituelle.

— Et des stores ? demanda distraitement Roland, qui peinait à ôter un rouleau de caisse neuf de sa fine gaine de plastique, ça suffirait pas, des stores ?

— Ben non, fit Jean sur un ton charitable. Tu bloques pas une ouverture juste avec des stores. Comment on fait, nous, après, si on laisse la maison seule, pour éviter les cambriolages ?

— Pourquoi t'en mettrais pas des roulants, plutôt, des volets ? intervint Fémieux dont les doigts agaçaient depuis cinq bonnes minutes une Marlboro non allumée. Mon beau-frère, lui, il a mis des volets roulants.

— Les volets roulants, c'est plus cher, souligna Hennequin non sans perfidie.

— C'est plus cher, mais c'est plus beau, insista Fémieux. Et puis, ça dépend si tu les prends en PVC ou en alu.

— Et si t'en installes carrément un électrique, compléta Roland, qui, à présent, calait son rouleau de caisse dans la machine, ça s'ra plus pratique que si tu dois t'emmerder à les ouvrir et les fermer chaque fois à la main. Comme ça, à part pour aérer si fait vraiment trop chaud, eh ben t'auras même pas besoin de l'ouvrir, ta f'nêtre.

— Il aura pas b'soin d'l'ouvrir même s'il prend avec fermeture manuelle, corrigea Fémieux. La sangle, c'est de l'intérieur qu'tu la tires.

L'argument étant sans appel, les quatre hommes laissèrent le silence reprendre ses droits dans la pièce.

— Au fait, elle l'a vue, ou elle l'a pas vue, la Carla, ta belle-fille ? finit par demander Hennequin, des yeux indécis rivés sur un reste de calva dans son verre. Passque nous, on connaît personne d'autre qui l'a vue.

— Ben, chais pas trop, dit Jean, ravi d'être pour une fois au centre des conversations. C'est c'qu'elle a dit à Frédéric, en tout cas. Mais on n'est pas sûrs. Y'en a qui disent que c'était elle qu'était dans la voiture, et d'autres qui disent que c'était pas elle. Mais moi, chuis sûr qu'elle l'a vue. Sinon, j'vois pas pourquoi elle aurait perdu les eaux quinze jours avant terme, comme ça.

— Et Lui ? Elle l'a vu ?

— Ah, ça oui, c'est sûr, Lui elle L'a vu. Même Frédéric il L'a vu.

— Il est pas allé Lui d'mander un autographe ?

— Ben non, puisqu'elle a perdu ses eaux, l'autre.

— Les p'tits Arabes du camping, eux, persifla Hennequin en baissant d'un ton, ils z'en ont eu un, d'autographe. Yzon même eu droit à la photo avec Lui. Vous avez vu, dans l'*Progrès* ?

— Ouais, fit Fémieux.

— Là, comme par hasard, quand s'agit d'faire la pub au nucléaire, On parle plus d'Kärcher…

— Ouais.

Un nouveau silence s'installa.

— Et pourquoi il l'a emmenée à l'hôpital dans la camionnette et pas avec sa Twingo, Frédéric ? demanda Fémieux à Jean. Il était pas censé faire des travaux d'dans ?

— Parce que, ma belle-fille, expliqua Jean, elle lui a dit qu'elle avait besoin d'être allongée.

Hennequin émit un bref ricanement :

— Depuis l'temps qu'y comptait s'en servir, de son *camping-car*, il a dû être content…

— Ben oui, fit Jean qui n'avait pas perçu le sarcasme. C'est vrai qu'c'est pas très loin, Cherbourg. Mais ça lui a fait quand même un p'tit voyage. Et pis y'aura l'retour, aussi, quand elle sortira de l'hôpital. Passqu'elle lui a dit qu'elle voulait être allongée aussi, avec le bébé.

Il ôta ses mains du zinc, les essuya sur son pantalon et attrapa avec grand soin la meuleuse sur le comptoir, qu'il rangea non moins précautionneusement dans le coffret.

— Bon, fit-il en calant la boîte sous son bras avec cette assurance propre à ceux qui n'ont rien à envier à personne. C'est pas tout, mais faut qu'je rentre, moi.

DU MÊME AUTEUR

Aux Éditions P.O.L

LE TOUR DU PROPRIÉTAIRE, 2000.

DEMAIN SI VOUS LE VOULEZ BIEN, 2001.

ONE MAN SHOW, 2002 (Folio n° 4091).

RADE TERMINUS, 2004 (Folio n° 4310)

J'ÉTAIS DERRIÈRE TOI, 2006 (Folio n° 4583).

BEAU RÔLE, 2008 (Folio n° 4909).

LE ROMAN DE L'ÉTÉ, 2009 (Folio n° 5244).

TU VERRAS, 2011.

COLLECTION FOLIO

Dernières parutions

4903. Dan O'Brien — *Les bisons de Broken Heart.*
4904. Grégoire Polet — *Leurs vies éclatantes.*
4905. Jean-Christophe Rufin — *Un léopard sur le garrot.*
4906. Gilbert Sinoué — *La Dame à la lampe.*
4907. Nathacha Appanah — *La noce d'Anna.*
4908. Joyce Carol Oates — *Sexy.*
4909. Nicolas Fargues — *Beau rôle.*
4910. Jane Austen — *Le Cœur et la Raison.*
4911. Karen Blixen — *Saison à Copenhague.*
4912. Julio Cortázar — *La porte condamnée* et autres nouvelles fantastiques.
4913. Mircea Eliade — *Incognito à Buchenwald*... précédé d'*Adieu !...*
4914. Romain Gary — *Les trésors de la mer Rouge.*
4915. Aldous Huxley — *Le jeune Archimède* précédé de *Les Claxton.*
4916. Régis Jauffret — *Ce que c'est que l'amour* et autres microfictions.
4917. Joseph Kessel — *Une balle perdue.*
4918. Lie-tseu — *Sur le destin* et autres textes.
4919. Junichirô Tanizaki — *Le pont flottant des songes.*
4920. Oscar Wilde — *Le portrait de Mr. W.H.*
4921. Vassilis Alexakis — *Ap. J.-C.*
4922. Alessandro Baricco — *Cette histoire-là.*
4923. Tahar Ben Jelloun — *Sur ma mère.*
4924. Antoni Casas Ros — *Le théorème d'Almodóvar.*
4925. Guy Goffette — *L'autre Verlaine.*
4926. Céline Minard — *Le dernier monde.*
4927. Kate O'Riordan — *Le garçon dans la lune.*
4928. Yves Pagès — *Le soi-disant.*
4929. Judith Perrignon — *C'était mon frère...*

4930. Danièle Sallenave	*Castor de guerre*
4931. Kazuo Ishiguro	*La lumière pâle sur les collines.*
4932. Lian Hearn	*Le Fil du destin. Le Clan des Otori.*
4933. Martin Amis	*London Fields.*
4934. Jules Verne	*Le Tour du monde en quatre-vingts jours.*
4935. Harry Crews	*Des mules et des hommes.*
4936. René Belletto	*Créature.*
4937. Benoît Duteurtre	*Les malentendus.*
4938. Patrick Lapeyre	*Ludo et compagnie.*
4939. Muriel Barbery	*L'élégance du hérisson.*
4940. Melvin Burgess	*Junk.*
4941. Vincent Delecroix	*Ce qui est perdu.*
4942. Philippe Delerm	*Maintenant, foutez-moi la paix!*
4943. Alain-Fournier	*Le grand Meaulnes.*
4944. Jerôme Garcin	*Son excellence, monsieur mon ami.*
4945. Marie-Hélène Lafon	*Les derniers Indiens.*
4946. Claire Messud	*Les enfants de l'empereur*
4947. Amos Oz	*Vie et mort en quatre rimes*
4948. Daniel Rondeau	*Carthage*
4949. Salman Rushdie	*Le dernier soupir du Maure*
4950. Boualem Sansal	*Le village de l'Allemand*
4951. Lee Seung-U	*La vie rêvée des plantes*
4952. Alexandre Dumas	*La Reine Margot*
4953. Eva Almassy	*Petit éloge des petites filles*
4954. Franz Bartelt	*Petit éloge de la vie de tous les jours*
4955. Roger Caillois	*Noé* et autres textes
4956. Casanova	*Madame F.* suivi d'*Henriette*
4957. Henry James	*De Grey, histoire romantique*
4958. Patrick Kéchichian	*Petit éloge du catholicisme*
4959. Michel Lermontov	*La Princesse Ligovskoï*
4960. Pierre Péju	*L'idiot de Shangai* et autres nouvelles
4961. Brina Svit	*Petit éloge de la rupture*
4962. John Updike	*Publicité*

4963. Noëlle Revaz	*Rapport aux bêtes*
4964. Dominique Barbéris	*Quelque chose à cacher*
4965. Tonino Benacquista	*Malavita encore*
4966. John Cheever	*Falconer*
4967. Gérard de Cortanze	*Cyclone*
4968. Régis Debray	*Un candide en Terre sainte*
4969. Penelope Fitzgerald	*Début de printemps*
4970. René Frégni	*Tu tomberas avec la nuit*
4971. Régis Jauffret	*Stricte intimité*
4972. Alona Kimhi	*Moi, Anastasia*
4973. Richard Millet	*L'Orient désert*
4974. José Luís Peixoto	*Le cimetière de pianos*
4975. Michel Quint	*Une ombre, sans doute*
4976. Fédor Dostoïevski	*Le Songe d'un homme ridicule* et autres récits
4977. Roberto Saviano	*Gomorra*
4978. Chuck Palahniuk	*Le Festival de la couille*
4979. Martin Amis	*La Maison des Rencontres*
4980. Antoine Bello	*Les funambules*
4981. Maryse Condé	*Les belles ténébreuses*
4982. Didier Daeninckx	*Camarades de classe*
4983. Patrick Declerck	*Socrate dans la nuit*
4984. André Gide	*Retour de l'U.R.S.S.*
4985. Franz-Olivier Giesbert	*Le huitième prophète*
4986. Kazuo Ishiguro	*Quand nous étions orphelins*
4987. Pierre Magnan	*Chronique d'un château hanté*
4988. Arto Paasilinna	*Le cantique de l'apocalypse joyeuse*
4989. H.M. van den Brink	*Sur l'eau*
4990. George Eliot	*Daniel Deronda, 1*
4991. George Eliot	*Daniel Deronda, 2*
4992. Jean Giono	*J'ai ce que j'ai donné*
4993. Édouard Levé	*Suicide*
4994. Pascale Roze	*Itsik*
4995. Philippe Sollers	*Guerres secrètes*
4996. Vladimir Nabokov	*L'exploit*
4997. Salim Bachi	*Le silence de Mahomet*

5031. Bernhard Schlink — *Le week-end*
5032. Collectif — *Écrivains fin-de-siècle*
5033. Dermot Bolger — *Toute la famille sur la jetée du Paradis*
5034. Nina Bouraoui — *Appelez-moi par mon prénom*
5035. Yasmine Char — *La main de Dieu*
5036. Jean-Baptiste Del Amo — *Une éducation libertine*
5037. Benoît Duteurtre — *Les pieds dans l'eau*
5038. Paula Fox — *Parure d'emprunt*
5039. Kazuo Ishiguro — *L'inconsolé*
5040. Kazuo Ishiguro — *Les vestiges du jour*
5041. Alain Jaubert — *Une nuit à Pompéi*
5042. Marie Nimier — *Les inséparables*
5043. Atiq Rahimi — *Syngué sabour. Pierre de patience*
5044. Atiq Rahimi — *Terre et cendres*
5045. Lewis Carroll — *La chasse au Snark*
5046. Joseph Conrad — *La Ligne d'ombre*
5047. Martin Amis — *La flèche du temps*
5048. Stéphane Audeguy — *Nous autres*
5049. Roberto Bolaño — *Les détectives sauvages*
5050. Jonathan Coe — *La pluie, avant qu'elle tombe*
5051. Gérard de Cortanze — *Les vice-rois*
5052. Maylis de Kerangal — *Corniche Kennedy*
5053. J.M.G. Le Clézio — *Ritournelle de la faim*
5054. Dominique Mainard — *Pour Vous*
5055. Morten Ramsland — *Tête de chien*
5056. Jean Rouaud — *La femme promise*
5057. Philippe Le Guillou — *Stèles à de Gaulle* suivi de *Je regarde passer les chimères*
5058. Sempé-Goscinny — *Les bêtises du Petit Nicolas. Histoires inédites - 1*
5059. Érasme — *Éloge de la Folie*
5060. Anonyme — *L'œil du serpent. Contes folkloriques japonais*
5061. Federico García Lorca — *Romancero gitan*
5062. Ray Bradbury — *Le meilleur des mondes possibles* et autres nouvelles
5063. Honoré de Balzac — *La Fausse Maîtresse*

5064. Madame Roland	*Enfance*
5065. Jean-Jacques Rousseau	*« En méditant sur les dispositions de mon âme... »*
5066. Comtesse de Ségur	*Ourson*
5067. Marguerite de Valois	*Mémoires*
5068. Madame de Villeneuve	*La Belle et la Bête*
5069. Louise de Vilmorin	*Sainte-Unefois*
5070. Julian Barnes	*Rien à craindre*
5071. Rick Bass	*Winter*
5072. Alan Bennett	*La Reine des lectrices*
5073. Blaise Cendrars	*Le Brésil. Des hommes sont venus*
5074. Laurence Cossé	*Au Bon Roman*
5075. Philippe Djian	*Impardonnables*
5076. Tarquin Hall	*Salaam London*
5077. Katherine Mosby	*Sous le charme de Lillian Dawes Rauno Rämekorpi*
5078. Arto Paasilinna	*Les dix femmes de l'industriel*
5079. Charles Baudelaire	*Le Spleen de Paris*
5080. Jean Rolin	*Un chien mort après lui*
5081. Colin Thubron	*L'ombre de la route de la Soie*
5082. Stendhal	*Journal*
5083. Victor Hugo	*Les Contemplations*
5084. Paul Verlaine	*Poèmes saturniens*
5085. Pierre Assouline	*Les invités*
5086. Tahar Ben Jelloun	*Lettre à Delacroix*
5087. Olivier Bleys	*Le colonel désaccordé*
5088. John Cheever	*Le ver dans la pomme*
5089. Frédéric Ciriez	*Des néons sous la mer*
5090. Pietro Citati	*La mort du papillon. Zelda et Francis Scott Fitzgerald*
5091. Bob Dylan	*Chroniques*
5092. Philippe Labro	*Les gens*
5093. Chimamanda Ngozi Adichie	*L'autre moitié du soleil*
5094. Salman Rushdie	*Haroun et la mer des histoires*
5095. Julie Wolkenstein	*L'Excuse*

5096. Antonio Tabucchi	*Pereira prétend*
5097. Nadine Gordimer	*Beethoven avait un seizième de sang noir*
5098. Alfred Döblin	*Berlin Alexanderplatz*
5099. Jules Verne	*L'Île mystérieuse*
5100. Jean Daniel	*Les miens*
5101. Shakespeare	*Macbeth*
5102. Anne Bragance	*Passe un ange noir*
5103. Raphaël Confiant	*L'Allée des Soupirs*
5104. Abdellatif Laâbi	*Le fond de la jarre*
5105. Lucien Suel	*Mort d'un jardinier*
5106. Antoine Bello	*Les éclaireurs*
5107. Didier Daeninckx	*Histoire et faux-semblants*
5108. Marc Dugain	*En bas, les nuages*
5109. Tristan Egolf	*Kornwolf. Le Démon de Blue Ball*
5110. Mathias Énard	*Bréviaire des artificiers*
5111. Carlos Fuentes	*Le bonheur des familles*
5112. Denis Grozdanovitch	*L'art difficile de ne presque rien faire*
5113. Claude Lanzmann	*Le lièvre de Patagonie*
5114. Michèle Lesbre	*Sur le sable*
5115. Sempé	*Multiples intentions*
5116. R. Goscinny/Sempé	*Le Petit Nicolas voyage*
5117. Hunter S. Thompson	*Las Vegas parano*
5118. Hunter S. Thompson	*Rhum express*
5119. Chantal Thomas	*La vie réelle des petites filles*
5120. Hans Christian Andersen	*La Vierge des glaces*
5121. Paul Bowles	*L'éducation de Malika*
5122. Collectif	*Au pied du sapin*
5123. Vincent Delecroix	*Petit éloge de l'ironie*
5124. Philip K. Dick	*Petit déjeuner au crépuscule*
5125. Jean-Baptiste Gendarme	*Petit éloge des voisins*
5126. Bertrand Leclair	*Petit éloge de la paternité*
5127. Musset-Sand	*« Ô mon George, ma belle maîtresse... »*
5128. Grégoire Polet	*Petit éloge de la gourmandise*
5129. Paul Verlaine	*Histoires comme ça*
5130. Collectif	*Nouvelles du Moyen Âge*

5131.	Emmanuel Carrère	*D'autres vies que la mienne*
5132.	Raphaël Confiant	*L'Hôtel du Bon Plaisir*
5133.	Éric Fottorino	*L'homme qui m'aimait tout bas*
5134.	Jérôme Garcin	*Les livres ont un visage*
5135.	Jean Genet	*L'ennemi déclaré*
5136.	Curzio Malaparte	*Le compagnon de voyage*
5137.	Mona Ozouf	*Composition française*
5138.	Orhan Pamuk	*La maison du silence*
5139.	J.-B. Pontalis	*Le songe de Monomotapa*
5140.	Shûsaku Endô	*Silence*
5141.	Alexandra Strauss	*Les démons de Jérôme Bosch*
5142.	Sylvain Tesson	*Une vie à coucher dehors*
5143.	Zoé Valdés	*Danse avec la vie*
5144.	François Begaudeau	*Vers la douceur*
5145.	Tahar Ben Jelloun	*Au pays*
5146.	Dario Franceschini	*Dans les veines ce fleuve d'argent*
5147.	Diego Gary	*S. ou L'espérance de vie*
5148.	Régis Jauffret	*Lacrimosa*
5149.	Jean-Marie Laclavetine	*Nous voilà*
5150.	Richard Millet	*La confession négative*
5151.	Vladimir Nabokov	*Brisure à senestre*
5152.	Irène Némirovsky	*Les vierges et autres nouvelles*
5153.	Michel Quint	*Les joyeuses*
5154.	Antonio Tabucchi	*Le temps vieillit vite*
5155.	John Cheever	*On dirait vraiment le paradis*
5156.	Alain Finkielkraut	*Un cœur intelligent*
5157.	Cervantès	*Don Quichotte I*
5158.	Cervantès	*Don Quichotte II*
5159.	Baltasar Gracian	*L'Homme de cour*
5160.	Patrick Chamoiseau	*Les neuf consciences du Malfini*
5161.	François Nourissier	*Eau de feu*
5162.	Salman Rushdie	*Furie*
5163.	Ryûnosuke Akutagawa	*La vie d'un idiot*
5164.	Anonyme	*Saga d'Eirikr le Rouge*
5165.	Antoine Bello	*Go Ganymède !*
5166.	Adelbert von Chamisso	*L'étrange histoire de Peter Schlemihl*

5167. Collectif	*L'art du baiser*
5168. Guy Goffette	*Les derniers planteurs de fumée*
5169. H.P. Lovecraft	*L'horreur de Dunwich*
5170. Tolstoï	*Le Diable*
5171. J.G. Ballard	*La vie et rien d'autre*
5172. Sebastian Barry	*Le testament caché*
5173. Blaise Cendrars	*Dan Yack*
5174. Philippe Delerm	*Quelque chose en lui de Bartleby*
5175. Dave Eggers	*Le grand Quoi*
5176. Jean-Louis Ezine	*Les taiseux*
5177. David Foenkinos	*La délicatesse*
5178. Yannick Haenel	*Jan Karski*
5179. Carol Ann Lee	*La rafale des tambours*
5180. Grégoire Polet	*Chucho*
5181. J.-H. Rosny Aîné	*La guerre du feu*
5182. Philippe Sollers	*Les Voyageurs du Temps*
5183. Stendhal	*Aux âmes sensibles* (À paraître)
5184. Dumas	*La main droite du sire de Giac* et autres nouvelles
5185. Wharton	*Le Miroir* suivi *de Miss Mary* Parks
5186. Antoine Audouard	*L'Arabe*
5187. Gerbrand Bakker	*Là-haut, tout est calme*
5188. David Boratav	*Murmures à Beyoğlu*
5189. Bernard Chapuis	*Le rêve entouré d'eau*
5190. Robert Cohen	*Ici et maintenant*
5191. Ananda Devi	*Le sari vert*
5192. Pierre Dubois	*Comptines assassines*
5193. Pierre Michon	*Les Onze*
5194. Orhan Pamuk	*D'autres couleurs*
5195. Noëlle Revaz	*Efina*
5196. Salman Rushdie	*La terre sous ses pieds*
5197. Anne Wiazemsky	*Mon enfant de Berlin*
5198. Martin Winckler	*Le Chœur des femmes*
5199. Marie NDiaye	*Trois femmes puissantes*

Composition Nord Compo
Impression Maury-Imprimeur
45330 Malesherbes
le 3 juillet 2011.
Dépôt légal : juillet 2011.
1er dépôt légal dans la collection : avril 2011.
Numéro d'imprimeur : 166046.

ISBN 978-2-07-044062-7. / Imprimé en France.

237037